U0598870

■ 中国作家协会重点作品扶持项目

董瑞光◎著

图书在版编目（CIP）数据

人间正道 / 董瑞光著. -- 长春：时代文艺出版社，2024.8

ISBN 978-7-5387-7102-2

Ⅰ. ①人… Ⅱ. ①董… Ⅲ. ①长篇小说—中国—当代 Ⅳ. ①I247.5

中国版本图书馆CIP数据核字(2022)第213050号

人间正道

RENJIAN ZHENGDAO

董瑞光　著

出　　版：时代文艺出版社
出 品 人：吴　刚
责任编辑：徐　薇
封面设计：孙　利
排版制作：毛倩雯

发　　行：时代文艺出版社
地　　址：长春市福祉大路5788号　龙腾国际大厦A座15层（130118）
电　　话：0431-81629751（总编办）　0431-81629758（发行部）
官方微博：weibo.com/tlapress
开　　本：880mm×1230mm　1/32
印　　张：10.25
字　　数：222千字
印　　刷：长春市华远印务有限公司
版　　次：2024年8月第1版
印　　次：2024年8月第1次印刷
书　　号：ISBN 978-7-5387-7102-2
定　　价：46.00元

目　录

第一章……………………………………1
第二章……………………………………15
第三章……………………………………30
第四章……………………………………48
第五章……………………………………70
第六章……………………………………86
第七章……………………………………104
第八章……………………………………141
第九章……………………………………163
第十章……………………………………186
第十一章…………………………………198
第十二章…………………………………210
第十三章…………………………………233
第十四章…………………………………247
第十五章…………………………………263
第十六章…………………………………275
第十七章…………………………………293
第十八章…………………………………308

第　一　章

1

2019年春天，一场毫无征兆的大雪，覆盖了北安省东部山区的大片原野。大雪融化后，广袤的黑土地上长出了一层毛茸茸的青翠的小草，河套边的灌木丛褪掉了青黑的肤色，公路两侧的老柳树长出了嫩绿的苞芽。

接到省公安厅指令的时候，郑铁峰正在赶赴北安省丹江市的高速公路上。指令是北安省公安厅情报指挥中心主任吴远声发来的，内容很简短：请宁边市公安局副局长郑铁峰同志，于今日下午五点前务必赶到省厅情报指挥中心，有重要任务！

郑铁峰把这条指令一连看了三遍，才确认指令是发给自己的。到底是多重要的任务，让省厅绕过市局把指令直接发给自己？他心里“咯噔”一下。

他看了一眼手机屏幕上显示的时间，离下午五点还剩下不到三个半小时。他让司机在前方的高速出口下高速，然后再调头重新上来。司机有些迷惑，但也没多问，等汽车重新驶上高速公路后，郑铁峰告诉司机：“马上去省公安厅，五点前务必赶到。”

司机加大了油门，汽车像一条白色的银龙，掠过一片片还没有耕种的庄稼地和山脚下的村庄。

郑铁峰拿起手机，拨通了正在丹江市等待他的宁边市公安局刑警支队副支队长唐大勇的电话。

“喂，老唐，模拟现场抓捕演练搞了吧？”

“我们刚从模拟现场回来，演练很顺利，有两个点增加了两名当地的警力。你走到什么地方了？”唐大勇问了一句。

“我在半路上接到省厅的指令，这边有了新情况，估计行动开始前无法赶到丹江了。”

“怎么了，又出案子了？”

“具体情况还不清楚，只说有任务。”

两个人拿着电话停顿了几秒钟。郑铁峰先开口：“老唐，这次抓捕直接关系到整个行动的成败，我要是赶不过去，就由你来指挥。”

“你不来，我心里还真挺‘突突’。”唐大勇小心谨慎地回答。

“有啥‘突突’的，你也是身经百战的老刑侦了，还能让一个小蟊贼吓尿裤子。”

“那倒不会。”唐大勇在电话里笑了。

“但我还是要嘱咐你一句。”

“你说。”

“人咋给我带去的，咋给我带回来，一个都不能少。”

“你就放心吧，下午模拟演练的时候，每个人都做了周密的安排。”

“那我就等你们的好消息了。”

“哎，哎，郑局你先别挂……”

“还有啥事？”

“你到厅里有啥好事可别忘了我们这帮兄弟啊！哈哈……”

唐大勇还没说完，又有一个电话打了进来，郑铁峰快速扫了一眼手机屏幕，来电显示是宁边市副市长兼公安局局长林政的电话号码。他挂断唐大勇的电话，接起林政的电话。林政显然也是刚刚接到省厅情报指挥中心的通知，他问郑铁峰走到什么地方了，郑铁峰说刚调转车头，正在去往省公安厅的路上。林政说：“你既然接到通知了，我就不多说了，告诉司机注意安全。”

宁边市公安局正在侦办一起网络诈骗案件，受骗群众多数都是宁边大学的在校大学生，目前已经抓捕了十七名犯罪嫌疑人。昨天，主要犯罪嫌疑人在丹江市现身，唐大勇带领一干人马已经先行到达丹江市展开布控，郑铁峰急匆匆奔赴丹江和唐大勇汇合，正是因为晚间十一点要对主要犯罪嫌疑人采取抓捕行动。

郑铁峰作为宁边市公安局分管刑事侦查工作的副局长，这起网络诈骗案件一立案，市局就成立了专案组，局党委把专案组组长的重担交给了他，在收网的关键时刻，他向林政提出要去丹江市指挥抓捕行动，林政批准了他的请求。出发的时候，林政正在市里参加会议，郑铁峰给林政发了一条信息：我出发了。林政回复：预祝行动成功！

省公安厅指令要求郑铁峰必须在傍晚五点前赶到情报指挥中心，郑铁峰在路上想了半天也没想出厅里是为了什么事。省厅一般侦办大要案件要从地、市公安机关抽人，基本都是由刑侦局的领导先和被抽人员单位的领导进行沟通，达成一致后再由厅政治部发文到被抽调人员单位。这次情报指挥中心直接发指令调人，郑铁峰还是第一次遇到。

郑铁峰看着仪表盘上的迈速表，又看了一下手机上的时间，盘算了一下到达省会长青市的路程，感觉五点之前赶到省公安厅时间还不算太紧张，他拿起电话拨通了省厅情报指挥中心主任吴远声的电话，想从吴远声那里提前知道点儿内情。郑铁峰和吴远声是北安警察学院的同届同学，虽然不是一个班，但都是校篮球队的队员，彼此关系不错。

电话“嘟嘟”响了十几声之后被吴远声挂了，郑铁峰看着屏幕愣了会儿神，随手把手机扔在了汽车挡风玻璃的右下角，催促司机说：“再快点儿。”

2

下午四点半，郑铁峰赶到了省公安厅。这时，吴远声给郑铁峰回拨了电话，得知他已经到了省厅大门口，就给大门前站岗的武警战士打电话放行，让郑铁峰的车开进了省厅大院。郑铁峰的车进院，吴远声也来到了楼下，两个人见了面只象征性地握了一下手，郑铁峰便直奔主题：

“整得神神秘秘的，到底是多重要的任务啊？”

吴远声环顾了一眼四周，笑着对郑铁峰说：“你啥都不用问，马上做好省长召见的准备。”吴远声说的省长是北安省副省长兼公安厅厅长丁雪松，公安部“空降”干部。郑铁峰略微一怔，惊讶地问吴远声：“不会就召见我自己吧？”

吴远声盯着郑铁峰的眼睛说：“你说对了，就你自己。”

丁雪松正在开会，吴远声先把郑铁峰带到丁雪松的秘书小刘的办公室，让郑铁峰在小刘的办公室等候，他就出去了。

小刘给郑铁峰接了一杯咖啡，还没等咖啡凉些，郑铁峰就心急火燎地把咖啡喝了个精光。小刘又给他接了一杯，他摆摆手，示意小刘不用特意照顾他。他想问小刘丁雪松副省长为什么单独召见自己，话到嘴边又咽了回去。小刘陪郑铁峰聊了一会儿全省开展扫黑除恶工作的事，这时，吴远声打来电话让小刘马上到会场去，小刘冲郑铁峰做了一个抱歉的手势，一溜小跑着出去了。不一会儿，小刘回来告诉郑铁峰，丁雪松副省长主持的会议结束了，参会的领导正在收拾笔记本。

郑铁峰马上站起来，到洗手间用凉水使劲搓了两把脸，又捋了两下头发，回到小刘的办公室，把手机掏出来交给小刘。吴远声已经在丁雪松办公室的门前等着他了，郑铁峰紧走了几步，跟着吴远声进了丁雪松的办公室。

“省长，铁峰同志到了。”

丁雪松正在看文件，闻言，把目光从文件上收回来，起身绕过办公桌来和郑铁峰紧握了一下手，指着办公桌对面的座位说：“路上辛苦了，请坐吧。”

郑铁峰坐下后，丁雪松把刚才看的文件递给了郑铁峰。这是一份北安省交通厅呈报给北安省省长维汉同志的报告，标题是《关于北安省丹江市李达海黑社会性质组织犯罪团伙长期阻挠“丹宁”高速公路建设的犯罪线索的报告》。在报告标题的右上角，是维汉省长的批示：请雪松同志组织公安厅相关部门对交通厅提供的线索认真核查，采取异地管辖的方式，坚决铲除丹江市以李达海为首的黑恶势力，确保“丹宁”高速公路国庆节前全线贯通。

郑铁峰快速浏览完报告，他终于明白了自己被丁雪松副省长火速召见的原因。

丁雪松等郑铁峰把报告看完，表情严肃地对郑铁峰说：“知道为什么把你从半路截到厅里了吧？”

郑铁峰站起身，双手把报告放回到丁雪松的面前。

“知道了。”

“好！等一会儿咱们到作战指挥大厅看一段今天上午的监控录像。”丁雪松从座位上站起来，拿起内线电话：“人员都到齐了吧？”电话里传来吴远声的声音：“省长，参加会议的领导已经到齐，一切准备就绪。”

“好！”丁雪松的声音短促且有力，“请吧，铁峰同志。”

郑铁峰紧随着丁雪松向作战指挥大厅走去。

3

作战指挥大厅在省厅指挥中心大楼的第十层，是省公安厅的核心枢纽。在第十层办公的部门有情报指挥中心、政研室、机要处、秘书处、作战指挥大厅。作战指挥大厅独占十楼面积的一半，大厅正面的墙壁是一面巨大的LED显示屏，显示屏上跳动着全省各地的治安警情。

丁雪松走进作战指挥大厅,已经赶到的常务副厅长杜壮威、政治部主任陈文海、纪检书记夏广新、刑侦局局长马乘风以及厅机关其他几个部门的领导正站在作战大厅的LED屏前，看到丁雪松和郑铁峰进来，大家马上按照情报指挥中心排好的座签顺序坐在了各自的座位上。

丁雪松环视了一下座位，看到郑铁峰被安排在靠边的一个座位，就让郑铁峰坐到自己边上。郑铁峰坐下之后，丁雪松意有所指地对大家说：“今天会议的主角是铁峰同志。”

郑铁峰看到会场里很多是自己熟悉的领导，便站起身与众人打招呼，然后落座，从随身携带的手提包里拿出笔记本，准备做会议记录。

会议正式开始。大家首先观看了当天上午的监控录像，LED显示屏上显示出上午八点二十七分省交通厅门前的画面。

三十多位村民带着铁锨、镐把，打着横幅，聚集在省交通厅的门前，横幅上写着：绝不允许“丹宁”高速公路改线施工，污染水源地，请交通厅答应我们的请求。上访村民的对面，站着几名赤手空拳的保安，双方僵持了一段时间。上访村民中一个五十岁左右的中年汉子从人群中走出来，要去和对面一个领导模样的工作人员交涉，站在附近的保安一个箭步挡在了两人之间，中年汉子恼羞成怒，一拳打在保安的脸颊上，保安倒地，头部重重地摔在水泥地面上，当场昏了过去。其他保安见状蜂拥而上，将中年汉子摁倒在地，村民们立即围拢上来将中年汉子从保安的身下拖起，中年汉子左手捂着半边脑袋，挥舞着右手高喊："给我砸！"

三十多个村民一起冲向交通厅大门，举起事先准备好的铁锨、镐把等农具疯狂地将旋转门上的玻璃砸得粉碎，玻璃碴子散落一地。打砸声和喊叫声混杂在一起，引来街上的行人和部分交通厅的工作人员驻足观望，纷纷猜测发生了什么事情。

保安队长语无伦次地拨打110报警，不多时，警车鸣着警笛赶到现场。中年汉子感觉大事不妙，假装接电话往人群外溜，被民警挡住了去路……

丁雪松说了一声："暂停一下。"中年汉子拿着手机佯装打电话的巨大人头像定格在LED屏幕上。

"这个人的信息，丹江市局报上来没有？"丁雪松目光冷峻地看着吴远声。

"已经报上来了。这个人叫李达林，是丹江市达海实业有限公司增益村养殖场的经理，是李达海的弟弟，因在家里兄弟中排行老二，当地人多叫他李二或者李老二。2005年，李达林因故意伤害罪被丹江市人民法院判处有期徒刑两年，缓刑三年。2010年因寻衅滋事被丹江市局行政拘留十五日。"

"请把村民到省交通厅上访的原因向在座的领导通报一下。"

吴远声来到LED大屏幕前，拿起一支激光笔，清了清嗓子，开始汇报："各位领导，综合今天丹江市公安局辖区派出所的调查结果和省交通厅的报案情况，上访的人员全部是丹江市增益村的村民。上访的原因是这样的：2016年，北安省重点工程项目丹江到宁边高速公路开工建设，其中有一个施工标段从丹江市达海实业有限公司的养殖场穿过，李达林借此向丹江市政府提出征地拆迁补偿1亿元，远远高于国家征地补偿的标准，补偿要求被丹江市政府驳回。因此，李达林多次纠集村民和养殖场的从业人员到丹江市政府上访。由于补偿问题一直未能达成共识，李达林便组织村民阻拦‘丹宁’高速公路增益村标段开工，直至今年春天。

“2019年，‘丹宁’高速公路作为建国70周年的献礼工程，省委、省政府高度重视，要求务必在国庆节前全线通车。省交通厅迫于工期紧张的压力，只好请省工程设计院对穿过增益村的标段重新进行了设计。新的设计方案绕过了李达林的养殖场，但是需要穿过流经增益村的南柳河，李达林又以高速公路建设污染南柳河为由，组织村民到省交通厅上访。今天是村民第三次到省交通厅上访，因为省交通厅一直没有给予明确的答复，李达林在准备进入交通厅办公楼时，遭到保安阻拦，便动手将保安打伤，保安和上访的村民发生冲突，情绪失控的村民便对省交通厅进行了围攻打砸。目前，李达林和上访的村民都已被控制，受伤的保安人员正在医院接受救治，暂时无生命危险，通报完毕。”

吴远声的话音刚落，丁雪松便站了起来，他把手中的笔记本“啪”地摔在桌上。

“昨天下午，维汉省长的秘书刚把维汉同志的批示送到我的办公室，今天上午就发生了围攻打砸交通厅的事件。”他停顿了片刻，随后把省交通厅的报告和维汉的批示向参加会议的领导进行了传达。

“根据维汉省长的批示精神，就丹江市达海实业有限公司阻挠‘丹宁’高速公路建设问题和交通厅提供的其他案件线索，厅党委决定，成立侦办丹江市李达海黑社会性质组织犯罪团伙案件专案组。异地用警的目的是防止行动泄密、防止办人情案、防止人情执法，可以干净彻底地铲除这一社会毒瘤。”

丁雪松把目光投向坐在自己身边的郑铁峰身上。郑铁峰挺了一下腰板，目光直视着丁雪松。丁雪松接着说：“会前我和吴远声主任还有马乘风局长进行了充分的沟通，专案组组长由我兼任，同时提名宁边市公安局副局长郑铁峰同志为专案组副组长，主要负责案件的侦办工作，下面请大家发表意见。”

刑侦局局长马乘风率先表态：“这几年，刑侦局接到有关丹江市达海实业有限公司涉黑涉恶举报信二十二件，转给丹江警方之后，都以案件办结或无法查实为由给退了回来。”马乘风停顿了一下又接着说，“我们不是不信任丹江警方，但是群众的举报总不能一推了事。刑侦局也派人对落实核查举报问题进行了督导和暗访，确实发现丹江警方在核实线索上存在一些问题。丹江市李达海黑社会性质组织犯罪案件指定宁边市公安局管辖，我觉得正当其时，没有任何意见。”他环视了一眼参加会议的其他领导，把目光落在了郑铁峰身上。“关于铁峰同志的情况，我简要介绍两句。”

丁雪松停下手中记录的笔，挺直了身子，说：“讲吧。”

马乘风看着郑铁峰，说：“我作为刑侦局的局长，对铁峰同志了解更多一些。铁峰同志素质过硬，业务全面，从事刑事侦查工作时间长，经验丰富，经办过很多大案、要案，并且由他主办的案件能经得起时间的检验。雪松副省长让我推荐专案组人选时，我首先想到的就是铁峰同志。”

郑铁峰被马乘风表扬得有些不好意思，转过脸看了一眼马乘风，马乘风对郑铁峰点了一下头。接着，马乘风又把近两年宁边市扫黑除恶工作的情况做了介绍，丁雪松一边听，一边不住地记录。其他人对专案组组成和正、副组长人选都没有意见，只有常务副厅长杜壮威提出组长能不能由自己或者马乘风兼任，理由是丁雪松副省长不仅要抓公安厅的全面工作，在省政府那边还有很多分工，未免太操劳了。丁雪松婉拒了杜壮威的建议，说专案组组长必须由自己兼任，一来这是维汉省长批示的案子，二来动用宁边的警力到丹江办案，有些事情得由他出面协调。再说，马乘风局长还要抓全省的扫黑除恶工作。

丁雪松再次征求大家还有没有意见，大家都表示没有意见。丁雪松对政治部主任陈文海说：“那就由政治部连夜给宁边市公安局发个通知，立即成立专案组，马上进入丹江市开展工作。”

会议开到了晚间八点半，丁雪松宣布散会。

4

散会后，郑铁峰和吴远声被丁雪松留了下来。郑铁峰对突如其来的新任务有些措手不及，正想知道丁雪松对专案组下一步工作有何具体要求，就跟着丁雪松来到了办公室。进了门，丁雪松问郑铁峰是不是饿了，郑铁峰摸摸肚子笑着说："还真饿了。"丁雪松看着郑铁峰和吴远声说："那咱们到餐厅边吃边谈。"

餐厅准备了四菜一汤，让郑铁峰没想到的是，四道菜里有一道菜很特别，这道菜只有参加过国际维和行动的警察叫得出名字。丁雪松看出了郑铁峰的疑惑，对郑铁峰说：

"我在公安部工作的时候，带队参加过维和行动，比你早去了两年。等你去的时候，我就撤回来了，咱俩是擦肩而过。"

"那咱们可是'生死相依，荣辱与共'的战友了。"

丁雪松两眼泛着光看着郑铁峰："还有两句呢？"

郑铁峰不假思索地大声回答："彼此信任，互为后背。"

丁雪松微笑着点了点头，说："彼此信任、互为后背，生死相依、荣辱与共。这四句话不仅适用于国际维和行动，也适用于扫黑除恶的战场。在和黑恶势力的斗争中，也要有这种精神啊。"

郑铁峰的眼前浮现出当年参加公安部维和警察选拔、考试、培训和到达任务区后的情景。他永远无法忘记在维和行动中，非法武装分子大肆制造绑架、凶杀等恶性案件，他奉命和战友冒着枪林弹雨前去解救人质，在一处废旧的棚户区，和非法武装分子展开了枪战。为了吸引武装分子的注意力，也为保证营救人质的战友行动顺利，他和另外两名战友把武装分子引诱到了自己的一侧。当他从对讲机里收到人质已经成功解救，全体队员撤退的命令后，他掩护两位战友先登上了装甲车，正当他准备进车时，两颗流弹向他飞来，一颗擦着他的头盔飞过，另一颗打在了他的左臂上。他还记得当战友为他包扎伤口时，他摘下头盔，看着上面的流弹划痕，心里升腾起的对和平和正义的强烈渴望——如果世界处处有和平，人间处处有正义，那该是一个多么美好的世界！

丁雪松指着郑铁峰对吴远声说："你俩快坐下，一起吃。"他又有所期待地看着郑铁峰说："说一说下一步怎么组建专案组？对由你任专案组副组长有什么想法？"

知道了丁雪松曾经参加过维和行动，郑铁峰紧张的神情放松了不少。郑铁峰放下手中的碗，把自己的想法说给丁雪松，丁雪松听后，扭头笑着对吴远声说："看来让铁峰局长带领专案组进驻丹江是找对人了嘛。"他又提醒郑铁峰说："从目前掌握的情况来看，李达海在丹江市的官方职务是市政协常委，是名副其实的'红顶商人'，在当地的势力可见一斑。"

吴远声补充说："李达海的背后有一个错综复杂的关系网，这些年，省公安厅开展了多次扫黑除恶专项行动，都没能伤到李达海的汗毛，他的势力反倒是越打越大。"

丁雪松说："这次厅党委把侦办李达海黑社会性质组织犯罪团伙案件指定给宁边警方管辖，指定铁峰同志出征，就是要彰显厅党委扫黑除恶的决心。"

郑铁峰默默地听着丁雪松和吴远声的对话，心里有了要打一场恶仗的准备。

丁雪松接着对郑铁峰说："和李达海这样的人打交道，既要智勇双全，更要技高一筹。你们进驻丹江后，先从阻挠'丹宁'

高速公路施工入手，全面搜集证据，并以此为突破口，先期要保证‘丹宁’高速公路尽快复工，同时要迅速查清李达海黑社会性质组织的犯罪事实，最后将他们一网打尽。”

这时，吴远声的手机响了，他起身到另外的房间接电话，不一会儿，吴远声回来对丁雪松说：

“刚才是长青市公安局情报指挥中心打来的电话，上午围攻打砸省交通厅的李达林被派出所放了。”

“为什么放了？”丁雪松问。

吴远声说：“具体情况有些复杂。”

丁雪松沉思了片刻，说：“好吧，既然已经放了，那就让子弹再飞一会儿。”

第　二　章

5

李达海很快就知道了李达林被长青市警方带走的消息，但他丝毫没有慌乱，依然声情并茂地向来达海实业视察的丹江市政协主席孙计划以及政协委员们介绍着公司的发展规划，直到念完最后一个字，掌声在他的四周稀稀落落地响起，他才站起身走到孙计划身边，和孙计划低声耳语了几句。接着，孙计划宣布休会十分钟。

李达海从会场里出来的时候,公关部经理霍燕也跟了出来。

李达海把李达林被长青市公安局带走的事和霍燕做了交代，让她立即坐着自己的车去长青市找寇长友，让寇长友尽快把李达海从派出所捞出来,以免夜长梦多。霍燕明白了李达海的意思，说了句：“知道了，李董。”转身就离开了会场。看着霍燕一扭一扭地进了电梯，李达海才回到会场。

孙计划看李达海的身后没有霍燕，就知道李达海又把霍燕派出去公关了。孙计划有点儿不是心思。李达海也看出了孙计划脸上的不悦，就凑到孙计划耳边说：

“我让霍燕去长青办点儿事，晚上回来让她给你打电话。”

孙计划虽然心里不悦，但总不能让外人看出来，就看了一眼手表，说：“好吧，时间不早了，我们接着开会，还没有发言的委员要踊跃发言啊。”

“好的。”

“发言的请举手。”几位政协的工作人员附和着孙计划。

霍燕不在，孙计划有些坐不住了，座谈会开了不到半个钟头，第一个发言的委员刚把话筒传给下一个准备发言的委员，孙计划就把两手举过头顶，做了一个暂停的手势，然后对李达海说：

“李总，我看今天的座谈就到这儿吧，剩下没发言的委员就做书面交流吧。总之，我听了你的企业发展远景规划，也听了几位委员对企业发展壮大献出的良策，感觉思路很新，符合目前的市场规律。今天的视察很成功，以后你们企业有需要我们政协出面协调的事情，可以直接和我说。哦，对了，你也是咱们市政协的常委，以后也可以由你带领政协委员到其他企业考察学习，多了解了解新情况，知此知彼，才能让企业越办越好。”说完，就宣布了散会。

李达海原本是准备了午餐的，孙计划突然说市里有事，李达海客气地让了一会儿，也就没再坚持。临上车的时候，李达海安排人给每个来视察的政协委员手里塞了个红包，算是午餐费。

回到办公室，李达海给长青市的寇长友打了个电话，寇长友是李达海的磕头兄弟，排行老六，李达海常以六弟相称。寇长友接完电话不到一个小时就给李达海回了电话，告诉李达海这边已经把事情“和解”了，派出所也已办完了手续，到时候给被推倒的那个保安一万块钱医疗费和误工费，另外再拿出两万块钱给交通厅,维修旋转门和更换砸坏的保安登记用的桌椅，霍燕到派出所直接把人领走就行了。李达海心领神会，办这样的事,就得找六弟,寇长友常年游走在商界和政界之间,信息准、办法多、路子野，要不江湖上怎么能称他为北安省的“地下组织部长和财政局长”呢！他又打电话问霍燕走到哪儿了，嘱咐霍燕接到李达林后到寇长友那儿去一趟，一来让李达林当面表示感谢，二来给寇长友送十万块钱。他非常清楚，遇到这种事就得花钱摆，该打点的，一个子儿都不能少。

6

从某种意义上说，孙计划能来达海实业有限公司视察，多半是冲着霍燕来的。霍燕以前是丽都练歌厅的小姐，有一次李达海请孙计划吃过晚饭，又请孙计划到丽都练歌厅唱歌，选小姐的时候，孙计划一眼就相中了霍燕。

霍燕是宁边人，来丹江是为了投奔在市政府给副市长当秘书的大学初恋，可到了丹江才知道，副市长因为贪腐问题东窗事发，当秘书的初恋不知去向。在走投无路之际，霍燕想到了在丽都练歌厅当小姐的发小。发小听说霍燕来丹江后一直没有找到工作，就极力邀请她到丽都练歌厅来当陪唱小姐。起初霍燕死活不肯,后来想到因为交不起手术费躺在家里呻吟的父亲，就半推半就地答应先去试试。发小非常高兴，当即打电话把歌厅经理叫了过来，经理一搭眼就相中了霍燕的身材和长相，对霍燕打保票说，不出两个月，保证让霍燕坐上歌厅的“头牌”位置。

孙计划被霍燕婀娜的身姿和玉软花柔的气质吸引住了，见过这一面之后，每次和李达海吃过晚饭，就提出到丽都练歌厅唱歌，而且每次来必点霍燕。李达海看出孙计划对霍燕有点儿那个意思，有一次趁孙计划去洗手间的时候，他试探着问霍燕愿不愿意到达海实业有限公司上班。经过几次接触，霍燕看出这两个常客不是一般的客人，他们从来不对陪唱的小姐动手动脚，坐在那里只是唱歌喝酒，跳舞的时候也都规行矩步。另一个给霍燕留下更深印象的是，两个人一个出手阔绰，言听计从；一个温文尔雅,气度不凡。霍燕猜测这两个人一定是做大事的人。

对李达海的问话，霍燕并没有立刻回答，她机敏地揣摩着李达海的用意。李达海也看出了霍燕对自己的不信任，就直接亮出了底牌：

“我叫李达海，是达海实业有限公司的董事长，只要你答应到我的公司上班，你提出任何条件我都答应。”霍燕从其他小姐妹的口中听到过李达海的名字,知道这个人在丹江很厉害，没想到眼前这个人就是李达海。她那时从没想到能去公司上班，她最大的愿望是开一家自己的品牌服装代理店，这次李达海亲自邀请她到达海实业有限公司上班，她一时无法拿定主意。她冲着李达海礼貌地笑了笑，笑容里包含着感谢和无所适从。李达海进一步说：

“你可要想好了，不是谁都会有这样的机会的。”李达海的言外之意已经十分清楚：到我公司上班，薪水由你自己定。霍燕思忖了片刻，对李达海说：

“要是你能帮我把我父亲的手术费给解决了，我就去你的公司上班。”

李达海问：“手术费得多少钱？”

霍燕说：“二十万。”

李达海给霍燕留下了自己的电话号码，让她明天到公司找他。第二天霍燕来到达海实业有限公司，李达海二话没说直接递给霍燕一张三十万元的支票。霍燕被这突如其来的惊喜弄呆了，半天才缓过神来。李达海告诉霍燕，二十万用于支付她父亲的手术费和术后营养费，另外十万用来租房子和买些品牌时装以及高档化妆品。他要把霍燕从里到外包装成具有强大杀伤力的“白富美”。霍燕没想到李达海出手这么大方，她想冲上去给李达海一个亲吻，但看李达海边上还坐着李达林，就低声说了句：“谢谢！”李达海说不用那么客气，这是提前给她预支的年薪，等她正式上班了，每个月还有一笔活动经费。

霍燕到公司报到后，经过几天短暂的实习，就顺利地当上了公司的公关部经理。没过多久，霍燕就按照李达海的授意，成了孙计划的“地下”情妇。

7

霍燕到派出所很顺利地把李达林接了出来。跟着一起围攻省交通厅的村民也都借李达林的光被释放了。霍燕让其他人坐来时的大巴车回丹江，自己按照李达海的嘱咐带着李达林来答谢寇长友。

寇长友在电话里让霍燕和李达林在红玫瑰大酒店咖啡厅等他，晚间他要见一个人，等和那个人见过面后再来见霍燕和李达林。两个人等到晚上九点多，寇长友也没来，李达林肚子开始“咕咕”叫，他想到酒店附近找个小面馆吃碗面条，被霍燕制止了。

霍燕说：“不是你闯这么天大的祸，我们至于坐在这儿吗？你饿了？谁不饿！”

李达林虽然比霍燕大将近二十岁，但他见到霍燕就像老鼠见到猫一样老实，他知道霍燕在达海实业有限公司是什么地位。

快到晚上十点半的时候，霍燕接到了寇长友的电话，寇长友告诉霍燕自己那边刚结束，现在马上就到红玫瑰大酒店。霍燕笑着说不着急，反正也是晚了，让司机慢点儿开车。撂下电话不到一刻钟，一个穿黑西服的男子来到咖啡厅，问：“哪位是从宁边来的霍经理？”霍燕说：“我是。”男子说：“寇总在 1801 房间等您，让您一个人上去。”霍燕斜了一眼李达林，拎起那只红色名牌包跟着男子上楼去了。

1801 房间门前站着两个同样穿黑色西服的男子，见霍燕走过来，其中一名男子轻轻地敲了两下客房门，客房里传来寇长友的声音：

“进来吧。”

黑衣男子推开房门，伸手做了一个“请”的姿势。霍燕刚进房间，还没有关上客房的门，就被寇长友一把搂在了怀里。霍燕假意推了一把寇长友，寇长友反而把霍燕搂得更紧了，霍燕顺势倒在了寇长友的怀里。

1801 客房是一间大床房，床宽垫软弹性十足。寇长友把霍燕抱起来，连衣服都没来得及脱就和霍燕一起滚到了床上。一番云雨之后，寇长友摸着霍燕的大腿说：“李老二这回可捅了一个天大的篓子。”

霍燕说：“人不是出来了吗？”

寇长友长叹一口气，从床上下来，坐到茶桌边，顺手拿起一支雪茄叼在嘴里，慢悠悠地说：“人出来了，不代表事就没了。”

霍燕一边穿衣服一边问：“那怎么办？”

寇长友猛吸了一口雪茄，吐着烟雾说：“有些事你不知道就不要打听了，我跟李达海已经说完了，他知道该怎么办。”

霍燕从包里拿出一张银行卡，放到寇长友面前的茶桌上，说：“这是李董让我代他对你表达的谢意，一共十万元钱，密码是我的手机号码后六位。”

寇长友把卡拿起来，贴在嘴唇上轻轻地吹了一下，重又放回了霍燕的包里。

“钱就不用了，都是几十年一起打拼过来的哥们儿，谁不用谁啊。”

寇长友说完把霍燕搂在怀里，手在霍燕的胸上捏了一下，然后走到衣柜前穿起衣服来。

寇长友穿好了衣服，两个人又在一起缠绵了一会儿，寇长友便领着随从离开了 1801 房间。霍燕在心里算计着寇长友离开的时间，估计寇长友已经走出了酒店，就到洗手间冲了个澡，补了补妆，才来到咖啡厅找李达林。她发现咖啡厅只剩下司机一个人在打瞌睡，就把司机推醒，问司机："李达林去哪儿了？"司机说："你上楼后不久，李达林接了一个电话，回来后啥也没说，拿着自己的东西就走了。"霍燕赶紧拨打李达林的电话，听筒里传来"你所拨打的电话已关机，请稍后再拨"的提示。

霍燕看了眼手表，时间还不算太晚，就给李达海拨通了电话。她想把李达林消失的消息告诉李达海，可还没等开口，李达海就在电话里对她说："不用说了，事情办得不错，今天太晚了，你就住在长青吧，明天再回丹江。"霍燕说："也就三个多小时的车程，我现在就动身回丹江。"李达海说："那就辛苦你了。另外，一会儿你给孙主席发个信息，他可能生你的气了。"霍燕笑着说："好的，李董。"

霍燕在车上给孙计划发完信息后，就迷迷糊糊地睡着了。醒来后，她想着李达林为什么连声招呼都不打就走了，而且李达海接到她的电话后却不让她说话，她琢磨着寇长友在离开酒店前甩给她的那句"有些事情你不知道就不要打听了"，得出了一个确切的答案：李达林跑路了。

8

达海实业有限公司是李达海、李达林兄弟二人联手打造的商业帝国。

李达海出生在20世纪50年代后期的北方农村，出生不久就赶上了三年困难时期。在李达海的记忆里，他十岁以前从来就没吃过一顿饱饭，即便是过年这种盛大的节日，也只是半饥半饱。李达林的出生进一步加剧了家里的生活窘境。看着饿得黄皮拉瘦的兄弟俩，老实巴交的父亲做出了平生最艰难的决定——趁着夜色到生产队的粮仓偷粮。然而还没等他走到生产队的粮仓附近，就被巡逻的民兵抓住了。民兵仅凭一条空布袋子就给李达海的父亲定了一个盗窃粮食的罪名，准备第二天在全村对他进行游村批斗，不堪忍受的父亲在半夜回家的路上投井自尽了。父亲的死，给李达海的心灵造成了不可抚平的伤害，虽然后来生产队为父亲恢复了名誉，但“小偷儿子”的阴影却始终笼罩着他。

父亲死后，李达海便成了家里的顶梁柱，他白天和村里的村民一起劳作，晚间躺在家里的小土炕上想着自己的未来。给李达海带来希望的是一个外号叫“小眼镜”的下乡知青，他看到尚未成年的李达海像大人一样每天出工挣工分，郁郁寡欢的脸上写满了对命运的抗争，就十分同情李达海。他趁歇晌的时候主动去接近李达海，陪李达海说话，教李达海唱歌，一来二去，二人成了无话不说的好朋友。在李达海迷茫的日子里，“小眼镜”给李达海讲了很多城里的故事，他还把在知青中间流传的文学书籍借给李达海看，通过阅读这些书籍，李达海对外面的世界产生了深切的向往。

转过年，李达海的母亲为了让他们兄弟二人的生活能过得好一些，经媒人介绍，再嫁给了本村一名腿有残疾的光棍木匠。木匠走南闯北见多识广，他跟李达海的母亲讲，男人要想出人头地，必须得上学念书。他先找到在镇中学当校长的姐夫，请姐夫帮忙给李达海复学，他又说服李达海的母亲，告诉她只要让李达海回学校上学，以后家里过日子的所有开销都由自己承担。李达海的母亲看着比自己大十几岁的二婚丈夫，眼含着热泪紧紧地和木匠拥抱在了一起。就这样，李达海重又回到了学校的课堂。彼时知青已经开始陆续返城，“小眼镜”被保送上了工农兵大学。后来国家恢复了高考制度，时不时就有镇上中学的农家子弟考上大学或者中专的消息传来，李达海的母亲把家族的全部希望都寄托在了李达海身上，而继父更是开足马力为了李达海的未来拼命地赚钱，只期待着有一天，李达海也像其他金榜题名的学子一样，扬眉吐气地走出山村，去当个干部。看到家人为了自己的将来付出汗水，李达海在心里暗暗发誓，一定要不负母亲的期待，不负继父的养育之恩。

然而命运就是这么戏弄人。李达海连续三年参加高考，三年都以只差 0.3 分的成绩名落孙山。第三次高考落榜后，李达海情绪非常低落，他把自己关在小土屋里深思了三天三夜，读书时和同学们一起谈论的远大理想和抱负，随着指缝间燃烧的烟蒂，统统化作了缕缕青烟。不得不承认，年轻的李达海是个有野心的人，既然自己不是读书的料，那就不如一头扎到时代的洪流中去搏击一把。第四天，当太阳照常升起的时候，李达海脸色灰暗地走出了小土屋。他对继父还有母亲说出了自己放弃求学之路的决定，他要走出农村，到城里去追寻自己的梦想。继父对他的想法非常反对，他已经通过当校长的姐夫帮李达海找了一个代课教师的工作，希望李达海一边教书一边复习，来年再考。李达海“扑通”一声跪在了继父的面前，他不愿再听到别人的嘲笑，哪怕是当一辈子农民，他也不想再参加高考了。老两口无奈地流下了眼泪，只好接受了李达海的选择。他们把托人办事的三千元钱交到了李达海的手上，希望李达海凭本事闯出一片自己的世界。

李达海来到丹江后，投奔了自己的舅舅。舅舅是个体大货车司机，每天从丹江往长青运送木材，正缺一名跟车的帮手，李达海的到来让舅舅格外高兴，当下就收下了这个徒弟。李达海跟着舅舅早出晚归，几个月下来钱虽没挣到多少，却大开了眼界。他凭着自己的经商天赋，在帮舅舅运木材的同时，用父母给的三千元钱从长青往丹江倒卖服装。一来二去，他就脱离了舅舅，自己专门干起了服装生意。通过倒卖服装，他结识了一些生意场上的朋友，在这些朋友的带动下，他又开始倒弄走私汽车，仅几年的工夫，他就掘得了人生的第一桶金。

那时候的李达海意气风发，胆量过人，只要能赚到钱，多大的赌注他都敢下。后来走私汽车的风声渐渐吃紧，他怕把几年间脑袋别在裤腰带上挣到的钱打了水漂，就决定金盆洗手，另寻发财之路，但要干什么，他一时没有了头绪。

一天，他正在街里转悠，一个算命先生从他身边经过，就在两人擦身一过的刹那，算命先生一把拽住了李达海的衣袖。李达海被拽了个趔趄，他刚要发火，算命先生说话了："这位先生，我看你气宇轩昂，相貌非凡，能不能让我帮你起一卦？"李达海听到算命先生说的是好话，火气一下子就消了。他把自己的生辰八字告诉给算命先生，算命先生经过一番推算，告诉李达海，说他正行丙戌大运，干支帮身力度大，事业财运旺盛，易得同龄人帮衬。李达海忙问："那我干什么能发大财？"算命先生说出两个字："上山。"后来经算命先生详尽的指点，李达海开悟了，他把赚到的钱投到了家禽养殖业上。

他在自己从小长大的增益村承包了三十垧荒地，建起了鸡舍和梅花鹿养殖场，又用自己的名字给养殖场命名，取义通边达海，财源广进。他用"达海"两个字给养殖场注册了商标，办理了营业执照，至此丹江市达海养殖场破土而出。

由于养殖场就建在村庄附近，因此给村庄的空气造成了严重污染，甚至一些瘟死的病鸡不经处理就被扔在村民的房前屋后，给村民的生活带来了极大危害。有几户村民壮着胆子一同找到李达海，让他把养殖场迁移到离村子远一点儿的地方，李达海非但没予理睬，还放出两条大狼狗撕咬村民，把村民们吓得再也没人敢提养殖场搬迁的事。

一晃过了五年，为了扩大鸡蛋和肉鸡的市场销路，李达海把养殖场交给了李达林，自己带着刚刚成年的儿子李先军来到了丹江市。在丹江市，李达海认识了市场工商管理所的顾凤杰。顾凤杰身材婀娜，相貌甜美，但却有着与其相貌极其不相配的性格和嗓音，市场里的商贩对顾凤杰既怕又恨，谁要是不听她的话，说掀摊子就掀摊子。由于李达海比顾凤杰年龄小一岁，李达海便认了顾凤杰作干姐姐。他利用顾凤杰在各大副食品市场和农贸市场的人脉关系，很快将鸡蛋和肉鸡打开了销路。

正当李达海的肉蛋禽生意高歌猛进的时候，原先垄断市场的养鸡大户廖峰和他的三儿子廖志勇找到了李达海，意欲和李达海平分市场。李达海授意李达林和李先军带着几个兄弟给廖家父子一点儿教训，要是对方不识时务，就卸掉廖志勇的一条大腿。廖家父子听说后火冒三丈，带领家小主动应战，战前双方约定，谁家输了，谁家就永久性退出丹江市场。经过一番生死火拼，廖家寡不敌众败下阵来，按照约定，永久退出了丹江市肉禽蛋市场。

与此同时,李达海又通过向各大机关食堂推销鸡蛋和猪肉，结交了一些机关单位的行政负责人。在这些人的引见下，李达海攀附上了当时还是丹江市委副秘书长的孙计划。后来孙计划到丹江市下属的县级市永新市任市委书记，李达海便把生意做到了永新。在这期间，李达海靠着孙计划的关系承揽了永新市的大部分工程，李达海的生意越做越大，从单一的家禽养殖变成了集房地产开发、沙石采挖、养殖业和小额贷款等多种项目为一体的经济实体，成立了丹江市达海实业有限公司，年利润超过八千万元。

李达海是在寇长友去红玫瑰大酒店的路上接到他打来的电话的。彼时寇长友刚和省公安厅常务副厅长杜壮威分开。他从杜壮威的口中得知，省公安厅针对阻拦“丹宁”高速公路施工一事成立了专案组，近期就要进驻丹江市开展案件调查。他建议李达海让李达林赶紧跑路，能跑多远跑多远，躲过风头再说。撂下寇长友的电话，李达海立即拨通了李达林的电话，李达林得到消息后，当即消失在了茫茫夜色中。

寇长友原本是长青市旅游局的一名工作人员，因为私开公车发生了交通事故，给旅游局造成了十几万的损失。按照旅游局的规定，寇长友不仅要包赔损失，还要被开除公职。在等待处分的那些天，寇长友急得上蹿下跳，四处托关系找人说情想保住公职。最后，旅游局党委顶着重重压力，给寇长友做出了开除公职的处分。临走之前，寇长友来到旅游局局长的办公室，当着众人的面，甩了局长一个耳光，并撂下一句话："十年后咱们再见。"说完这句话，寇长友拿着自己的档案头都没回地走出了单位大门。

90年代初，"下海"这两个字是年度热词。年轻气盛的寇长友受朋友的鼓动，把档案往家里一扔，孑身一人闯深圳，他通过朋友介绍认识了刚刚在丹江市立足的李达海。李达海为了笼络人脉关系，以便日后自己在生意场上有更广阔的发展空间，主动从银行抵押贷款二十万元资助寇长友，虽然自己的生意正处于起步阶段，但他看到了寇长友的潜力，愿意拿自己的全部家产豪赌寇长友。寇长友也没负李达海所望，到深圳后，他利用在职时积累下的人脉关系，和一个当地人合伙开了一家旅游公司，专做国际和港澳台旅游项目。十几年的工夫，他不仅赚了个盆满钵满，更令人意想不到的是，通过做旅游项目，他认识了一批北安省和长青市的达官显贵，这为他日后回到长青市发展奠定了基础。

和寇长友见面，是杜壮威一个月前提出来的，由于寇长友那段时间人在深圳，两个人就约好了回来后见面。当晚由于丁雪松突然召开会议，杜壮威一时无法分身，就把见面时间推迟了。杜壮威还有两年就到退休年龄，他一改以前行事张扬高调的做派，把见面的地点定在离他家不远的一个偏僻的面馆，订了一个单间，让寇长友先去等他，他这边完事就直接到面馆去。杜壮威之所以着急见寇长友，是因为他关照的原野沐歌娱乐城有一笔五百万的分红要入账，他不敢让对方把钱直接汇到自己的账户上，想让寇长友帮忙找个稳妥的第三方账户，把钱打到第三方账上。寇长友自然而然地想到了李达海的小额贷款公司，把钱放在那里不仅稳妥，而且还有高额的回报。但是寇长友没有告诉杜壮威小额贷款公司是李达海的儿子李先军的，只告诉他是一个可靠的哥们儿开的，杜壮威也没有往下问，因为他相信寇长友，为他办这样的事，寇长友也不是第一次了，他对寇长友可谓一百个放心。

杜壮威是故意把晚间开会的内容透漏给寇长友的，他知道寇长友和李达海是把兄弟关系，目的就是让寇长友转告李达海，让李达海有所准备。他还特意提到了专案组组长由副省长丁雪松兼任，副组长是宁边市公安局副局长郑铁峰，全权负责案件的侦办，而郑铁峰又是丁雪松在全省主管刑侦工作的副局长中亲自选定的。

第 三 章

9

郑铁峰离开省公安厅的时候已经是晚间九点多了。他接受了专案组副组长一职，顿感肩上的压力倍增。按照丁雪松的要求，他必须在三天内带队进驻丹江市开展侦查工作，眼下的首要任务是立即回到宁边市公安局抽调精兵强将组建专案组。省公安厅的加急传真电报已经在会后发给了宁边市公安局，也许林政局长正拿着传真电报等着他呢。果不其然，快到宁边的时候，郑铁峰接到了林政的电话。两个人的通话很干脆：

“走到什么地方了？”

“已经过了林花隧道。”

“到宁边后直接来我办公室吧，我在办公室等你。”

“好的。”

凌晨一点，郑铁峰走进了林政的办公室。

林政的办公室里坐着宁边市市长佟柏青和市委常委、政法委书记李京京。林政收到传真电报后，向市长和政法委书记做了汇报，两个人先后来到了市公安局。林政不等郑铁峰开口，就单刀直入地对郑铁峰说："市长和京京书记等你两个多小时了，快把昨晚省厅的会议精神向柏青市长和京京书记汇报一下。"说完，他用手指了指紧挨着自己的沙发，示意郑铁峰坐在自己身旁。

郑铁峰的汇报很简短，着重传达了维汉省长的批示和丁雪松副省长提出的要求。佟柏青听后陷入了沉思。

佟柏青在任宁边市市长之前，是丹江市委常委、组织部部长，对达海实业有限公司以及李达海本人都有所了解，而且李达海的小舅子还是自己手下的干部二处处长，丹江市提拔的很多副处级以上干部都是他带队考察的。佟柏青心想，宁边市公安局这回接了个"大活儿"，而且这个"大活儿"卖力不讨好不说，搞不好还有可能成为丹江市官场地震的"导火索"。丹江官场地震，余波会不会波及宁边市？自己在丹江提拔使用了上百名干部，在这些干部当中，会不会有人参与到李达海案件当中？想到这里，他陡然产生一种惴惴不安之感。

佟柏青把鼻梁上的眼镜往上推了推，对郑铁峰说："铁峰同志这一天往返快一千公里了，真够辛苦的。"

郑铁峰笑着说："我一个人辛苦倒没事，让各位领导跟着熬夜，心里实在有点儿不是滋味。"

佟柏青说："当领导都这样，熬夜是家常便饭，都习惯了。"

佟柏青看了一眼政法委书记李京京，接着问林政："下一步成立专案组，人员是怎么考虑的？"

林政说："铁峰刚回来，我们还没商量，但我是这么想的，毕竟是铁峰到丹江侦办案子，抽调谁主要看他的意见。"

李京京应和着林政说："我也觉得应该由铁峰同志来定，这样才能做到人合心马合套啊。"

佟柏青点了点头，说："不管由谁来定，都要加上这一条：案件的进展情况我们市里要随时掌握。"

佟柏青这句话实际上是说给郑铁峰听的。郑铁峰默默地看了林政一眼，林政听了微微一笑，对佟柏青说："这一点是我们必须保证的，人都是我们的人，什么情况肯定是我们先知道，是不是，铁峰同志？"郑铁峰挺直了脊背，用右手揉着酸痛的颈椎，对三位领导一本正经地说："请各位领导放心，该汇报的，我们一定逐级汇报，一刻也不会耽搁。"说完，他起身去了洗手间。佟柏青看着郑铁峰的背影在门前消失，对着林政补充了一句："不该汇报的，我们也要知道，市委、市政府要掌握全部情况。"佟柏青在说到"我们"时，加重了"我"的语气。林政低下头使劲搓着手，一时不知怎么回答佟柏青的话。佟柏青等了好一会儿没见郑铁峰没回来，就对林政说："天快亮了，铁峰在车上颠簸了大半宿，够辛苦了，让他先回去休息。人选的事你们先敲定，选好了报我和京京书记过目。"

郑铁峰的脸上挂着怒气，他在洗手间连着吸了三支烟。他不想听佟柏青指示，专案组还没成立，领导先来指示上了，下一步工作怎么干？郑铁峰的思绪被佟柏青的一席话搅得乱七八糟。按照公安部的规定，凡是上级公安机关督办的专案，一般都是由上级公安机关主管部门垂直领导，地方党委和政府是不允许插手干预的，除非案件涉及特定的领域和特定的人物。而要向党委政府汇报，也必须得经上级公安机关同意。佟柏青要求全面掌握案情,显然是把手伸得太长了,超出了他的职责范围。林政和郑铁峰作为他的下属，只能附声应和，别无他法。

林政送走了佟柏青和李京京，回到办公室，见郑铁峰还没回来，就大喊了一声：“郑铁峰！”郑铁峰听得出来，林政喊的这一嗓子里，包含着疲惫和愤懑。

郑铁峰回到林政的办公室，一屁股坐在了林政的对面。他看着林政满脸倦容,突然大笑起来,这一笑把林政吓得一激灵,反倒精神了不少。两个人暂时把佟柏青的话放到一边,言归正传,一本正经地研究起专案组人选来。

郑铁峰首先想到的是刑警支队副支队长唐大勇和打击新型犯罪大队的侦查员夏博洋。唐大勇是郑铁峰的老搭档，为人正直果敢，破案经验丰富。郑铁峰刚担任刑警支队长那会儿，宁边市发生了一起系列入室杀人、抢劫、强奸案件,案子久侦不破,一时间搅得宁边市人心惶惶，民众生活也受到了影响。此案引起了省公安厅和宁边市委、市政府的高度关注，公安部将该案列为一号督办案件，省公安厅下达了破案时限。市局把省内顶尖的破案专家请到宁边为案件“把脉会诊”，按照专家组制定的侦查方案，市局把该用的侦查手段都用遍了，可案件还是进展缓慢。郑铁峰因为这个案子满嘴火泡，身体一天天消瘦，唐大勇看在眼里急在心上，他理解郑铁峰的无奈，因为在侦破严重暴力犯罪案件和重大刑事案件上，全局都得服从专家组的指导，刑警支队长充其量就是冲在破案前沿的办事员。唐大勇每天按照专家组的部署摸底排查，却收获甚微。如果一直这样下去，不仅浪费警力，而且全局对刑警队的不满情绪也会越来越大。

就在这时，唐大勇对郑铁峰说了自己的想法。他认为任何科技手段都是人在操纵，只要是人操纵的，就会有漏洞，嫌疑人如果掌握了这些漏洞，警方会更加被动。唐大勇打算依靠群众，他希望能给他半个月的时间，他化装成出租车司机，在出租车司机群体里寻找线索，或许能有突破。

郑铁峰认为，从目前掌握的情况上看，警方对这个群体的掌控还欠火候，他认可唐大勇的想法，跑去找局长汇报。不到十分钟，郑铁峰就兴冲冲地回来了，他告诉唐大勇，局长完全同意他们的想法，还提了两点要求：一是对这件事要严格保密，仅限他们三个人知道；二是单线联系，发现可疑线索随时向局长报告。

为了保密，唐大勇和郑铁峰自掏腰包凑钱，用十六万五千元钱买了一辆出租车，唐大勇当天办完了过户手续，连夜驾车“靠活儿”去了。“靠活儿”是出租车司机的行话，意思是在一个人员流动量大的地方等乘客，比如在医院、客运站、火车站等人流密集的地方。唐大勇的目的自然不是拉客挣钱，而是要迅速融入出租车司机这个群体，从他们的交谈中获取有价值的线索。

宁边的出租车司机绝大多数是外地人，因为这起案件，他们已经被属地派出所反复摸排了多次，凑到一起聊的主要话题就是这起案子。这个说今天又被叫到派出所摁了指纹，那个说公安局的悬赏奖金涨到十万了，谁提供线索就给谁，一会儿又有人说今天拉的某个客人和模拟画像上那个恶魔长得很像，大伙就起哄问他为什么不报案，那人说瞎报案干扰公安侦查，大家你一言我一语地边吃边说，唐大勇坐在一边听着，也不多嘴。

这之后，唐大勇又加入了在火车站和滚石广场“靠活儿”的出租车司机群，小道消息纷纷而来。唐大勇这个主意倒是没白出，大约十天后，一个叫李四的出租车司机主动找到了唐大勇。这个李四平时沉默寡言，实际上，他一直在观察唐大勇，他记得在电视里看见过唐大勇，知道唐大勇是个警察，在确认唐大勇没有问题之后，他决定把自己心里的关于案子的秘密告诉给唐大勇。

李四通过拉活儿认识了一个四十岁左右的男子，家住在市郊城乡接合部的村子里。这个男子每次用车，都给李四打电话让李四去接他，把他送到市内的一个平房，办完事后再到平房接他，把他送回村子里。这个人没有固定职业，模样和模拟画像上的通缉犯有很多相似的地方。最大的疑点是，这个人每次到市里办完事，第二天就会听到市里发生杀人、抢劫、强奸案件的新闻，这几年，每次发案都是这样。

唐大勇将这个消息报告给郑铁峰和局长，三个人跟着李四一起，去了嫌疑人的两处住所。郑铁峰带领唐大勇对嫌疑人在市内的平房进行了突击搜查，发现室内有多部被砸毁的手机，灶坑内还有没完全焚烧的衣物。经被害人家属对手机和被焚烧衣物的辨认，基本认定该男子与系列入室杀人、抢劫、强奸案件有关。当夜，局长带领郑铁峰、唐大勇等侦查员到村里对该男子实施了抓捕。后经审查，该男子交代了几年来在宁边市区及周边连续入室杀人、抢劫、强奸作案十三起，杀死十一人的犯罪事实。

经此一案，唐大勇在全局名声大噪。市局党委把唐大勇安排到市区最大的派出所任所长，计划进一步锻炼使用。由于对刑侦工作的热爱，一年后，唐大勇主动向局党委辞去了派出所所长职务，重新回到了刑警支队，目前是公安部刑侦局专家库里的刑侦专家。

夏博洋在宁边市局被誉为未来的警营之星。他毕业于北安人民警察学院刑侦专业，以他当年在警院考公务员的成绩，完全可以优先进入省公安厅工作，他的老师和同学准备为他庆祝的时候，他却选择回到家乡宁边市公安局。很多人为他的这一选择感到不解，因为放弃进入省厅工作，就是放弃了晋升快、工资高、环境好、机会多等优渥待遇，按世俗的说法，这是傻子都能看明白的道理。他的老师为他自作主张放弃进入省厅工作而怒不可遏，甚至要和他断绝师生关系，因为他实在不希望自己的得意门生默默无闻地在基层当一辈子小警察。夏博洋没和任何人做任何解释，他觉着那些不可理喻和冷眼旁观都是浮躁和市侩的产物，而他自有志向，绝不会以左右逢源、卑躬屈膝的姿态来实现所谓的人生价值。

夏博洋到宁边市公安局报到的第一天就遇上了唐大勇。那天，和夏博洋一起到刑警队报到的还有另外两名警院毕业生，办公室主任分别向唐大勇做了介绍，庞大勇一一与他们握手。在介绍到夏博洋时，唐大勇突然加大了握手的力气，没想到夏博洋马上进行了反握，而且反握的力度甚至比唐大勇还大，以致唐大勇感觉到手部有些许不适。唐大勇目光严肃地直视着夏博洋，夏博洋不但没有躲闪，反而用温和的目光回敬唐大勇。办公室主任领着夏博洋告别唐大勇后，唐大勇马上把电话打给他的老朋友——警察学院刑侦系李主任。李主任告诉唐大勇，这个叫夏博洋的小伙子，是他们这届毕业生中搞刑事侦查难得的一块好料子，一定要好好培养，前途不可限量。撂下电话，唐大勇就来到了支队长办公室，没等支队长发话，他就直接说明了来意，希望把夏博洋分到由他分管的打击新型犯罪大队，好钢一定用在刀刃上。在打击新型犯罪大队的三年多时间里，夏博洋一个人发现线索并成功破获的案件有十余起，成为全省打击新型犯罪领域的标杆式人物。

这两个人，一个深谋远虑，一个少年老成，你永远不知道他们在想什么，但你永远会在他们身上看见奇迹。对这次这个扫黑除恶的案子，这两个人绝对是最佳人选。

想到唐大勇，郑铁峰又想起了抓捕行动，他拿起电话打给唐大勇，铃声响了一分多钟，电话没人接听。他知道唐大勇率侦查员抓捕网络诈骗的主犯时，一定是把电话设置静音了。他又把电话打给夏博洋，夏博洋也没有接听电话。他看了一下时间，已经快凌晨两点钟了，这个时候正是“收网”的最佳时间，他想，这条“鱼”就要落网了。

郑铁峰一共向林政推荐了九名专案组成员：

刑警支队副支队长唐大勇；

刑警支队打击新型犯罪大队侦查员夏博洋；

刑警支队打击黑恶势力犯罪大队侦查员王国鹏、张如坚；

法制支队副支队长金海纳；

情报指挥中心侦查员李原明；

视频侦查支队侦查员岳之辉；

特警支队副支队长朴龙湖；

特警支队特警尹天池。

林政详细看过郑铁峰列出的这份名单，名单上的人都是各办案单位的业务骨干，名单里有郑铁峰分管部门的侦查员，也有其他领导分管部门的人员。林政拿着名单笑着说：“你这就是一个小型刑警队啊。”郑铁峰说：“现在不是讲综合作战能力吗，专案组就是一个综合作战实体。”林政说：“你分管部门的人员还好说，涉及其他领导分管的，得让政治部主任逐一协调。”他把名单放在办公桌正中间，等天亮上班第一件事就是把名单交给政治部主任何心宽。

郑铁峰见林政没提出异议，心里一块石头算是落了地。

唐大勇的电话来得不早不晚，郑铁峰正要离开林政的办公室，唐大勇的电话就打进来了。郑铁峰停住脚步，把电话音量调到最大，以便林政也能听得清楚。唐大勇说刚刚在丹江警方的配合下，在烧烤店店外把网络诈骗的主犯抓获，还搂草打兔子逮了个网逃。

郑铁峰问：“什么情况？详细说说。”

唐大勇边笑边说：“这小子网恋，到丹江就是被‘媳妇’给约来的。刚才两个人在一家烧烤店吃到后半夜，烧烤店里客人太多，不易行动，我们就在烧烤店内安排了两名眼线，又安排侦查员在前后两个出入口设伏，等这两个家伙出来的时候一举将二人擒获。想不到的是，那个网逃是男扮女装，穿了一件连衣裙，我们抓捕的时候他激烈反抗，夏博洋一不小心把这小子的假胸戳爆了。”

唐大勇哈哈哈地笑了一会儿，又接着说：“经过网上比对，‘媳妇’是丹江市局网上的逃犯，已经被移交给了丹江市局。”说完唐大勇又在电话里笑了起来。

郑铁峰问唐大勇：“给咱们的嫌疑人戴上脚镣没有？”

唐大勇回答说：“戴上了，而且还给戴上了头罩。”

郑铁峰说：“好，我现在和林局长在一起，他要跟你说话。”郑铁峰把电话递给了林政。

林政接过电话对唐大勇说：“刚才通话我都听到了，你们辛苦了！请转达局党委对参战侦查员的问候，请你们返家途中注意安全，一路平安！”

“放心吧局长，到家后我再详细汇报。”唐大勇说完挂了电话。

10

郑铁峰本来想在办公室睡到天亮，好迎接唐大勇他们，但一想到刚刚出院的父亲还在妹妹家里，就改变了主意，决定去妹妹家看望父亲，因为天亮后他就不会有时间陪父亲了。司机把郑铁峰送到局里后就被郑铁峰撵回家睡觉去了，郑铁峰说他跟着跑了一天，也够辛苦的。

郑铁峰走出了公安局办公楼的大门，站在路边等出租车，他的手机响了，他拿出手机来看，是一个陌生的座机号码，号码开头显示的是丹江地区的区号。丹江市来电话的会是谁呢？郑铁峰在丹江没有亲戚和同学，他不禁皱了一下眉头，不管是谁都得接，他不再犹豫，接起电话。打电话的是一个女人：“喂，请问您是郑局长吗？”

“我是郑铁峰。”郑铁峰答道。

“听说您要带队来丹江调查李达海黑社会案件，是真的吗？”

“你怎么知道的？”郑铁峰警觉起来。

“我是丹江市鼎鑫国际大酒店的保洁员，晚间打扫客房的时候听客人说的。”

“听客人说的？什么样的客人？”

“晚间我负责的楼层来了两位客人，是本地人，他们开了两间房，在房间里捣鼓了一个多钟头，没住就退房了。”

“他们捣鼓什么了？”

“好像是在房间里安什么东西。”

“那你怎么听说我要去丹江市侦办李达海案件的？”

“我收拾卫生间的时候，他们可能不知道我在里面，边干活儿边唠嗑说出来的。”

“他们长什么样？”

“我怕他们知道我偷听了他们说话，没敢看他们就出来了。”

“那你是怎么知道我的电话号的？”

“我是打你们宁边市的110要来的，开始110不给，我说要报案他们才给的。”

“你叫什么名字？喂，喂……”郑铁峰看了一眼手机屏幕，对方把电话挂了。他赶紧回拨刚刚打进来的号码，电话那端是“嘟嘟嘟”的忙音。

郑铁峰困意全无，他怎么也想不到，不到一夜的工夫，成立专案组的消息就传到了丹江，而且还传到了李达海的耳朵里。他想，天亮后要立即把这个情况向丁雪松副省长汇报，昨晚参加会议的人当中，肯定有人放出了风声。

这时，一辆出租车停在了他的身边，他来不及多想便上了车。在车上，他又回拨了一次那个电话号码，这次电话被人接了起来：“喂，您好，这里是鼎鑫国际大酒店，请问有什么事可以帮您？”

“我想找刚才给我打电话的那个人，她在不在？”

“对不起，这里是前台总机，刚才您接到的电话可能是用酒店客房的分机打的，我们这里找不到打电话的人。”

“哦，是这样，那好吧。”

挂了电话，郑铁峰回想刚才通话的内容，对方说两个人在房间里安什么东西，郑铁峰一拍脑袋：房间里安装的会不会是微型摄像机？而到目前专案组并没有确定入住在什么地方，那么安装微型摄像机，是为了对付专案组？或者还是另有其他什么目的？郑铁峰把鼎鑫国际大酒店的名称和女人打电话的时间存到了手机备忘录里，还做了个“神秘女人来电”的标签。

出租车停在文体小区门前，郑铁峰付完车费，在路灯幽暗的光亮中往妹妹家走去。

郑铁峰的父亲是宁边林业局庆丰林场的一名退休的伐木工人，退休前在林场当油锯手，是全省劳动模范，母亲在林场卫生所当护士，他家是林场为数不多的双职工家庭。郑铁峰和妹妹刚学会走路，就被父母送进了林场的托儿所。托儿所和林场场部相隔不远，兄妹俩每次从家里去托儿所，都要经过场部前面的小广场。每当郑铁峰牵着妹妹的小手路过场部的时候，都会学着大人的样子向矗立在场部广场中央的伟人雕像三鞠躬。托儿所负责看管他们兄妹的阿姨是一位参加过抗美援朝的退伍女兵，她的左手只有拇指、无名指和小指，食指和中指在战场上被冻掉了。听场部的人说，这位阿姨和战斗英雄黄继光是老乡，而且还在同一个部队。兄妹俩稍稍懂事之后，就拉着阿姨残疾的左手让阿姨讲战斗故事，阿姨就用带有浓重的四川口音的普通话为兄妹二人讲黄继光的故事，日复一日，年复一年，黄继光的英雄事迹深深地根植在了兄妹俩的心中，特别是郑铁峰，他把黄继光当成了自己的人生偶像,立志做一名像黄继光那样的人。

郑铁峰的父亲不久前得了中风,虽然经过抢救保住了生命，但却落下了严重的后遗症，生活几乎无法自理。父亲出院后，郑铁峰本想把父亲接到自己家里，但因自己工作繁忙外加经常出差办案，只好把父亲送到妹妹家里。妹妹和妹夫都是老实人，两口子靠在小区里开一家小超市维持生计，女儿正读高中。为了接济妹妹一家，也为了尽自己的一份责任，他每个月从工资中拿出五千元钱帮助妹妹一家改善生活。其实郑铁峰的日子也不宽绰，妻子十年前得了罕见的渐冻症，为了给妻子看病，他花光了自家的积蓄，妹妹还为嫂子花了十几万元，到最后妻子还是撒手人寰。

妹妹听到门铃声，给郑铁峰开了门。郑铁峰见面就问：“咱爸怎么样？”妹妹说：“这两天比前些日子强不少，饭量比以前大了。”郑铁峰轻轻地推开父亲房间的门，看见父亲平躺在床上，双目微微地闭着，右手搭在床边，左手放在胸前。郑铁峰轻轻地把父亲放在胸上的手拿下来，这时，父亲睁开了眼睛，他的嘴角微微动了一下,两滴浑浊的泪水从眼角流到了枕巾上。父亲得病后就失去了语言功能，只有右手能慢慢地活动，他抓着郑铁峰的手，紧紧地握着，好像怕郑铁峰离开似的。郑铁峰让妹妹在父亲的床下铺了条褥子，他趴在父亲的耳边对父亲说：“我今晚就睡在你的身边，哪儿也不走了。”父亲急促地吸了一口气，意思在说：“好！好！”

郑铁峰握着父亲的手，沉沉地睡了一大觉，要不是妹妹来叫他吃饭，他还能睡上一阵子。吃早饭的时候，郑铁峰跟妹妹说：“我明天要带队到外地办案，最近这些天，父亲就交给你们了。”妹妹说：“你就放心去吧，咱爸我会伺候好的。”妹妹想起了嫂子的三周年祭日，对郑铁峰说：“再过几天就是我嫂子的三周年祭日了，你能不能回来？”

郑铁峰说：“恐怕回不来。”

妹妹说：“你回不来，我就和小雪替你去祭奠吧，买束玫瑰给嫂子摆上。嫂子最喜欢玫瑰了。”

郑铁峰伤感地说：“她这辈子就盼着她过生日的时候，我能送她一朵玫瑰，可一到她生日那天，我不是在办案就是在外地出差，直到最后，也没让她实现这个愿望。现在想起来，心里就总觉得对不住你嫂子。”

妹妹说：“欠我嫂子玫瑰这事我都听你说了几百遍了，这回我替你买九十九朵，再替你在嫂子墓前做个检讨，也算帮你了结这个心愿。”

郑铁峰说：“就是九千九百朵也了结不了我对她的愧疚，还是买几朵表示一下心意吧。检讨的话，得我亲自到她墓前说，你说没用，解不开我心里的疙瘩。她虽然不在了，但我一到她的墓前，总觉得她好像就在我眼前似的。”

妹妹赶紧打断他，说：“看你说的，咋这么吓人呢。”

郑铁峰说：“不是吓人，我和你嫂子之间的感情你不懂。”

过了一会儿，郑铁峰又对妹妹说：“小雪是不是快高考了？还是别让小雪去了，抓紧时间复习更重要。”

妹妹说：“小雪早就张罗去祭奠舅妈了，她舅妈在的时候，她就愿意和舅妈在一起。”

郑铁峰叹了口气，说：“她喜欢小雪，跟她自己生不了孩子有关。”

快到上班时间了，郑铁峰让妹妹打来盆温水，他掀开父亲身上盖着的羊绒被，从头到脚给父亲的全身轻擦了一遍，父亲睁着眼睛看着他的每一个动作，眼泪滑过耳畔，把枕头洇湿了一片。临走的时候，郑铁峰握着父亲的手说：“爸，我今天又要到外地办案去了，可能得很长时间。我有空就给您发视频，您在电话里就能看见我。您不用惦念我，我会照顾好自己的。”说完，他松开握着父亲的手，转身走出了父亲的房间。妹夫站在门口把郑铁峰的鞋递到郑铁峰手上，郑铁峰略带歉意地对妹夫说：

“这些天把你也熬够呛，等我办完了案子回来，一定好好感谢感谢你。”

妹夫憨厚地笑着说：“哪有那么多说道。”

11

丁雪松接到郑铁峰的报告，颇感意外，他把吴远声叫到办公室,两个人推测谁有可能当天晚间走漏了成立专案组的消息。吴远声马上想到了杜壮威，因为在丁雪松来北安省任职之前，曾发生过一件走漏风声的事件。那次是省厅治安总队接到群众举报，长青市原野沐歌娱乐城存在卖淫嫖娼和“黄、赌、毒”违法犯罪嫌疑。治安总队经请示时任公安厅厅长金达威后，决定对原野沐歌娱乐城进行突击检查。知道此次行动时间的人只有金达威、杜壮威和治安总队长。为了保密，金达威专门从长青市武警支队调来了两个机动大队配合治安总队行动，结果当行动进入倒计时时，提前进入原野沐歌娱乐城卧底的侦查员打来电话，说原野沐歌娱乐城的练歌厅、洗浴按摩中心一个客人都没有，小姐好像提前得到了消息，都打车跑了。后来分析这次行动流产的原因时，金达威要求厅纪检委严肃调查是谁走漏了风声，然而就在厅纪检委的调查结果即将出炉之际，金达威因工作需要调离了北安省，这件事就此没了下文。

丁雪松面色铁青地听完了吴远声的分析，这不是简单的跑风漏气，而是故意向违法犯罪人员通风报信，这是犯罪。如果真是杜壮威走漏的风声，那么省公安厅常务副厅长的位置就得考虑更换人选，公安厅常务副厅长这个位置对北安省的政治安定、治安稳定乃至经济发展大局太重要了。丁雪松对吴远声说："这件事不能就这么不了了之，要由省厅纪检监察部门介入调查。"他拨通了厅纪委书记夏广新的电话，把走漏风声的来龙去脉说了一遍，要求纪委把上次行动的泄密事件和这次的走漏风声一并展开秘密调查。

郑铁峰把情况向丁雪松汇报完毕后，径直来到局长林政的办公室。林政已经把郑铁峰列出来的名单交给了政治部主任何心宽。何心宽拿着名单挨个分管局长征求意见，所有领导都没意见。林政说："好，那就马上去请示佟柏青市长和李京京书记，看两位领导有没有意见。"何心宽立即拿着名单赶往市政府。

唐大勇押解着两名犯罪嫌疑人，经过四个多小时的长途跋涉，已经进入了宁边市区，郑铁峰在电话里要求唐大勇把嫌疑人移交给其他侦查员,让他和夏博洋抓紧吃饭洗澡,有新的任务。唐大勇一听说又有新的任务，说："这就是你到省厅领到的新任务啊，早说啊，早说我俩就不回来了。"

郑铁峰笑着说："你抓紧把手里的嫌疑人移交了，完事回家看看，该办的事马上办，这一去说不定一两个月不着家。"

唐大勇拿着电话半天没出声，郑铁峰急了又催了一句："听明白了没有？"

唐大勇在电话里喊了一声："是！"

何心宽在市政府见到佟柏青时，佟柏青正急着要去开会，他大概浏览了一眼何心宽递过来的名单，名单上的人他都不认识。他转身又回到办公桌边，把名单放在桌子上，在名单的最后加了一个名字：孙露。然后他对何心宽说："其他人我没意见。”

李京京没在办公室，林政在电话里把选调专案组人选的事和她做了汇报,李京京没提什么意见,只象征性地提了几点要求。

郑铁峰看着名单后面佟柏青加的孙露的名字，怎么也没想起局里有这么个人，何心宽告诉郑铁峰，孙露是政治部宣传处的宣传干事，前年考公务员进来的，曾经得过省电视台青年歌手大奖赛的金奖。郑铁峰听完何心宽的介绍，“啪”地擂了一下桌子：“给专案组一个歌手干什么？我这又不是去演戏。”

林政走到郑铁峰身边使劲把他摁在沙发上:“冷静,冷静。”

“我无法冷静！”郑铁峰又“嚯”地从沙发上站了起来。

“专案组加一个宣传干事有什么大惊小怪的，她参加不了抓捕审讯，不是还能做其他工作吗？”林政的火气也上来了。

“他这不是给加一个宣传干事的事,他这是添乱,是添乱。”

“你住口，有什么添乱的？我看是你添乱。”

林政停顿一下，口气缓和地说：“领导安排孙露进专案组，自有领导的考量，咱们服从就是了。”

林政的口气软了下来，郑铁峰也就没再发火，他从烟盒里拿出一支烟点燃，狠狠地吸了一口，说：“好吧，我服从。”

下午，林政召集专案组全体人员开了个战前动员会，也是送别会，大家在会后分头回到各自的单位，把手头的工作进行了移交，一切准备就绪。这时，孙露来找郑铁峰，说想请两天假，郑铁峰说：“你随便，家里如果有事脱不开身，不去也可以。”说完带领着专案组的战友们登上了开赴丹江的战车。

孙露看着转身离去的郑铁峰，心里涌上一股莫名的酸楚。

第 四 章

12

李达海在会场接到第一个报信电话的时候，并没有多么紧张，他给寇长友打电话，只是让寇长友出面帮着摆一摆，但在接到寇长友晚间打来的电话后，他的脑袋里突然“嗡”地冒出一句话：“事情闹大了，该来的还是来了。”

他马上打电话给李达林，把白天发生的事情询问了一遍。事已经出了，现在说什么都晚了，他告诉李达林先出去躲躲，等这边消停了再回丹江。

李达林问：“老大，你让我去哪儿躲呀？”

李达海想了一会儿，说：“去西南玉丽吧，前年来丹江找我做玉石生意的肖猛，你还记得吧？”

“记得有这么个人。”

“你先去他那儿躲几天，如果这边风声太紧，我让他想办法把你送到缅甸去。”

“那得躲多长时间啊？”

“多长时间，我现在也吃不准，等我电话吧。”

李达林沉默了一会儿，问：“肖猛电话号是多少？”

李达海说：“等一会儿我发给你。”

李达海挂了电话后，把肖猛的电话发给了李达林，并叮嘱李达林从现在起不要给任何人打电话，也不要接任何人的来电，包括家里人的来电。

李达林还想回丹江取点儿东西，李达海告诉他，千万别回丹江，从长青直接走，马上就走，越快越好。

李达海早就打算让李达林到外面躲避风头，就是不发生围攻省交通厅这件事，他也计划让李达林离开丹江一年半载，毕竟扫黑除恶的风声越来越紧，而且告李达林的人又都在丹江，李达林总在丹江抛头露面，没准会出大事。

李达海在丹江一步一步打拼出今天的局面，与李达林的打打杀杀是分不开的。现在丹江市各大农贸市场出售的鸡蛋，每一百个里面至少有七十个是老李家的。

特别是 2013 年春节过后，寇长友来丹江给李达海拜年的时候，李达海从寇长友那里得到消息：北安省将开工建设的一条贯穿全省的高速公路，他的老家增益村是必经之地，如果耕地或者林地被国家征用，土地承包人将获得一笔不菲的征地补偿。说者无心，听者有意。第二天，他就通过关系在省规划设计院拿到了高速公路设计图纸的复印件，确认了高速公路从增益村穿过的具体位置。让他无比惊讶的是，高速公路穿过的那片林地，正是紧挨着自家养殖场的村民常福民的承包林地。他脑海里突然冒出了一个贪婪的念头，决不能让这笔飞来的横财落到常福民的手里，他要趁常福民还不知情之前，把那片林地划到养殖场的名下。

寇长友走了之后，他便让霍燕约孙计划来会所喝茶，孙计划满口应允，草草地处理完手头的事务，还没到下班时间，就自己开着车来到了李达海的会所。

李达海已在会所门前等候半天了。孙计划的车刚停稳，李达海就迫不及待地打开孙计划的车门，二人像好久没见了似的，来了个“五花大绑”式的拥抱，搞得站在一边的霍燕尴尬得小脸“唰”地红了。

“把我叫到你这儿，不光是霍燕想我了吧？”孙计划瞟了一眼霍燕，边走边试探着问李达海。

李达海看了一眼依偎在孙计划身边的霍燕，笑呵呵地说：“不光是霍燕想你了，这里的一花一草都想你孙大主席了啊。”

孙计划哈哈地笑了一阵，然后直奔主题：“是不是又发现新的来钱门道了？”孙计划和李达海有过约定，没有特殊情况，两个人尽量不往一起凑，总黏在一起，难免会招人猜忌。

“让你猜着了。”

李达海又看了一眼霍燕，霍燕知趣地和孙计划撒了个谎，要到别处去。孙计划一把搀住霍燕，佯装不高兴的样子说：

“怎么的，你要回避咋地？”

霍燕娇滴滴地说：“哎呀大主席，我哪是回避呀，人家是真有事嘛。”

李达海笑着说：“让她先忙自己的事去，回头好好陪你不就行了嘛。”

霍燕挥挥玉手跟孙计划做了个拜拜的动作，孙计划半是认真半是玩笑地说：

“我一来你就有事，我看你就是有意躲着我。”

李达海说：“算了算了，让她去吧，咱俩唠点儿正经事。”

李达海一边陪着孙计划散步，一边把高速公路占地补偿的事情跟孙计划说了一遍。孙计划听完之后，问李达海下一步打算怎么办，李达海一字一顿地说：“拿下他！”

孙计划沉思了片刻，摇了摇头说：“好像没那么简单。”

李达海拍了一下孙计划的腰，孙计划往李达海身边靠了靠，李达海搂着孙计划的肩膀说：“要是简单就不烦劳您老人家跑这一趟了。”

二人说着进了会所，继续密谋。两个人从会所里出来，已经接近午夜了。会所外的路灯、射树灯、草坪灯交相辉映，使院内的盆景和树木形成了不规则的倒影。李达海乘兴对孙计划说：“这件事如果成了，够咱哥儿俩几辈子花了。”

孙计划说：“先别把事想得太美，走一步看一步，从长计议。”

送走了孙计划，李达海打电话把李达林叫到了会所，把刚才和孙计划密谋后的想法说给了李达林，叮嘱李达林千万保密，并让李达林按照他和孙计划设计好的步骤一步一步实施。

李达林兴奋得一宿没睡。兴奋过后，他想到了一个关键问题，如果把常福民名下的林地转让过来，转让合同必须得由村委会盖章，而现任增益村村主任罗世杰因为养殖场污染问题，和李达林的关系一直很僵，找罗世杰盖章，肯定盖不上。李达林问李达海该怎么办，李达海说把罗世杰换掉，让他家李先军当村主任。

说干就干，李达林安排人开始在村里散布罗世杰贪污耕地补偿款的谣言，而且还花钱买通了几个村里的无赖联名告罗世杰。开始的时候，罗世杰并没有太当回事，他主动向镇里说明了情况，希望镇里派调查组来调查，还他清白。然而镇里已经被孙计划提前打了招呼，出炉的调查报告基本就是李达林的谣言翻版。这回罗世杰坐不住了，找到李达林让他出示贪污的证据,不想反被李达林跟班的兄弟二老尿找了个由头打成了重伤。这还不算，李达林还逼迫罗世杰写下了自愿辞去村党支部书记和村委会主任职务的辞职报告。

罗世杰被迫辞职后，孙计划通过打招呼和事先宴请的方式疏通各方关系，给李先军冠以"杰出青年企业家"和"农村脱贫致富带头人"的称号，李先军在这一称号的光环下，顺利地当选为增益村的村委会主任。孙计划又帮着李先军突击入党，使他顺利当上了增益村党支部书记。李先军当上村委会主任后，李达林便带着李先军起草好的林地转让合同来到常福民家，强迫常福民按上了手印，并签上了自己的名字。这样，常福民的林地就被划入了李达林的养殖场。当李达海把转让合同摆在孙计划面前的时候，孙计划又动用各种关系，通过层层审批、报备，在常福民的林地上建了上百栋特种经济作物养殖圈舍。至此，他们完成了获取高速公路征地补偿的前期布局。

在丹江，凡是李达海看中的沙场、采石场、林地、山场，只要有孙计划做后盾，李达林一出面就都能全盘搞定。

李达海本打算等高速公路补偿款到位了，就让李达林一家子离开丹江，因为李达林在丹江做的生拿硬抢的事太多了，已经触犯了众怒，要不是孙计划给前后罩着，李达林早就不知道进几次“局子”了，达海实业有限公司可能也不复存在了。

李达海已经在国外买好了两套别墅，哥儿俩年龄都不算小了，钱赚到这个分儿上，该退出江湖了。

李达海想到了当年哥儿俩刚出道时，李达林在一次酒后拍着胸脯很认真地对李达海说：“老大，以后你就负责在丹江找靠山，我负责在丹江打江山。咱哥儿俩一文一武，里应外合，保证能在丹江打出一片咱老李家说了算的地盘。”

李达海知道李达林喝多了说的是酒话，但这又何尝不是自己心里想说的话呢？当年高考落榜独闯江湖,受了那么多委屈，吃了那么多苦头，流了那么多眼泪，他能轻易忘掉吗？他把李达林的话暗暗记在了心里。

为了自己能在江湖上扬名立万，他给自己制定了严格的清规戒律：不近女色。他不仅自己这么做，还要求李达林身边的人也和他一样。无论是刚出道时给予他帮助的顾凤杰，还是花枝招展极力为他卖命的霍燕，他都与她们保持着极正常的、但又超乎朋友之间的友情。他无数次出入高档会所，接触过不计其数的红男绿女，但他始终坐怀不乱，从容淡定。他顽固地认为女人就是祸水，凡是见到美色就迈不动步的男人，早晚要栽在女人的身上。

他出手阔绰，只要认为对自己是可用之人，买单时从来都是毫不犹豫，不管多少钱都出手大方，绝不吝啬。

而他的残暴也是出了名的。李达林手下有个绰号叫“豁牙子”的打手，就是因为在李达海组织的家族年会上，先上桌偷吃了一只鸡爪子，被李达林当场掰断了门牙。他给李达林手下的兄弟立下了“家规”，谁违反“家规”，谁就自断拇指。正是因为如此冷酷克制和心狠毒辣，他才在丹江市的黑白两道逐渐有了名气。

这么多年来，他和李达林分工明确，里应外合，只要是被他们盯上的赚钱的项目，都是先由李达海找孙计划去打通关节，然后再由李达林出面搞定；凡是不识眉眼高低的，轻则挨一顿痛打，重则性命难保。故而他们每次出手，都全胜而归。李达海常挂在口头的话就是：“兄弟同心，其利断金；以最小的代价，换取最大的利益。”

让他万万没想到的是，李达林带人去围攻省交通厅，引起了维汉省长的高度关注，这要如何收场？谁能摆平这个事？李达海一时没了主意。碰到这样的事，他只能找孙计划商讨对策。

李达海来到孙计划家，没提前给孙计划打电话，他怕孙计划接了电话把见面推到明天。他站在孙计划家门外直接按门铃，孙计划的媳妇谨慎小心地“谁呀谁呀”问了七八遍，后来在可视门铃的小屏幕上确认是李达海，才把门打开。

李达海进屋只说了一句嫂子打扰了，然后自己坐在客厅里泡了一杯普洱，等着孙计划从卧室出来。

孙计划因为李达海安排霍燕去长青市没跟自己商量，心里很不高兴，这会儿又不打招呼突然来家里造访，觉得李达海越来越不讲规矩。他想推脱不见，但转念一想，因为一个女人伤了兄弟间的和气有点儿犯不上，再说霍燕还是李达海送上门来的。

孙计划磨磨蹭蹭地来到客厅，先点燃一支烟吸了两口，才问李达海："什么事情，这么晚了非得到家里说？"李达海先把安排霍燕去长青的事向孙计划做了解释，紧接着把李达林围攻省交通厅和维汉省长要求省公安厅指派异地警方进驻丹江调查的事向孙计划说了一遍。

孙计划觉得这件事非同小可，以他当领导干部多年的经验判断，省领导显然已经对丹江本地警方失去了信任。他深深地吸了一口气，起身把客厅的窗帘拉开，站在窗前，听着天边滚过的一声声闷雷。闪电在朦胧的山峦上空一个接着一个地闪耀，他心里想，暴风雨就要来了。

他回到客厅问李达海："你怎么想的？"

李达海说："我已经让老二躲出去了，在这个节骨眼上，不能让警察找到他。"

孙计划沉吟片刻："躲，不过是缓兵之计，还是要想办法摆平专案组，让他们大事化小，尽快撤兵。"

李达海说："听说专案组组长叫郑铁峰，是个软硬不吃的家伙。"

孙计划说："对付郑铁峰这样的人，还是要找寇长友，这时候就得让他施展才华了。"

李达海用探寻的口气问孙计划："是不是还得和王章耀先说一声？"

孙计划说："必须得和他说，很多事都是他给压下的，得让他有所准备。"他看了一下时间，说："都这个时候了，就别给他打电话了，再说这样的事，电话里是不能说的。"

李达海说："要不咱俩现在去一趟他住的地方？"

孙计划说："还没那么急迫，让他今晚睡个好觉吧。"

13

第二天一上班，孙计划就让秘书给王章耀的秘书打电话，问王章耀上午有没有会议，如果没有会议安排，就约王章耀到小天鹅西餐厅吃午餐。不一会儿，秘书进来说王章耀副市长上午没有会议，他点了点头，拿起电话给王章耀打了过去，说很长时间没在一起吃饭了，中午一起坐坐商量个事，王章耀问在什么地方，孙计划说："小天鹅西餐厅，那里肃静。"

王章耀是从北安省另外一个地级市副市长的岗位上交流到丹江市任丹江市副市长、公安局长的。在此之前，他只在一个县公安局挂职锻炼过一年。那一年，他的主要工作是协助一名副局长分管户政工作。那时候王章耀还很年轻，对派出所的工作感到新奇，经常到派出所和民警一起开展入户核对，有时候还和民警一起值班、一起摸排、一起审查犯罪嫌疑人，结交了一些当警察的朋友，也逐渐对公安工作产生了感情和兴趣。挂职结束后，他又回到原单位，从科级领导干部干起，先后担任过政府委办局的科长、副局长、局长、市政府办秘书长，之后从秘书长的岗位直接升任地级市的副市长，可以说王章耀在仕途上一帆风顺。不过，他在家庭婚姻上却十分坎坷。他的第一任妻子是经人介绍的大学老师，两个人育有一女，在女儿十岁的时候，妻子被公派出国做访问学者，不承想发生了车祸，年纪轻轻就命丧异国他乡。妻子去世后，他没有消沉在亡妻的悲痛中，而是一边努力工作，一边自己带着孩子，工作获得了领导和同事的赞许，女儿也被培养得乖巧聪明。有好心的同事看到他一个人实在不易，就主动帮他介绍对象，他开始以孩子小为理由委婉拒绝过几次，后来在家人催促下，他才同意见面。女孩儿是电视台的主持人，年纪正好比他小一轮。那时候他已是仕途上冉冉升起的新星，两个人第一次见面，女孩儿就被他的大名和成熟的外表所吸引，见过几次面之后，女孩儿觉得只有这个男人才能给她带来想要的生活，于是毅然决然地扑向了他的怀抱。婚后他们有过一段幸福的蜜月期，但没过多久，妻子就央求王章耀找电视台的领导为她量身定做一档电视栏目，那时王章耀刚升任政府办秘书长，电视台的领导为了讨好王章耀，就为他的妻子制定了一档以“天南地北家乡人”为主题的访谈节目，每期三十分钟，每周播放一期。节目一经播出，立即吸引了众多成功人士的关注，很多人找到他的妻子要做她的访谈对象，甚至有的老板为了上她的访谈节目不惜花重金。为了做栏目,妻子每周都在全国各地采访,刚开始王章耀还能理解,直到他听到有关妻子风言风语的传言,他才不得不找妻子对质,然而一切都晚了，妻子通过他搭建的跳板，已经找到了比他权力更大的下家。无奈之下，王章耀选择了离婚，带着女儿净身出户。为了离开伤心地，王章耀主动向组织提出到异地工作。

组织上经过研究，将王章耀交流到了丹江市。原定王章耀到丹江后接任常务副市长，没想到半路杀出来一匹“黑马”挡住了王章耀的路，组织上只好对王章耀做重新安排。彼时正好丹江市副市长、公安局局长到了二线年龄，因为王章耀有曾经在公安局挂职的经历，经与省公安厅协商，他先任命为丹江市公安局党委书记。一个月后，经丹江市人大常委会任命，王章耀任丹江市副市长、丹江市公安局局长。

孙计划虽然是政协主席，和市长、市人大常委会主任都是平级，但是把政府的副市长兼公安局局长叫到自己的办公室谈事，让别人看见显然不妥，即便私下里关系再好，也难免让人心生嫌疑，这是官场大忌，所以孙计划把见面地点定在了小天鹅西餐厅。

孙计划和王章耀两个人的关系非同寻常，这其中不仅包含着很多共同利益，而且两个人的祖籍还都是关内同一个地区同一个县的，提起老家的一些名流，二人先后都有过交集，这进一步加深了二人之间彼此的好感。王章耀到丹江任职，第一个给他接风洗尘的就是孙计划，当然，这样的场合孙计划是不会落下李达海的。后来李达海的很多头疼事，他都是通过孙计划找到王章耀给摆平的。为了报答孙计划和王章耀的知遇之恩，李达海分别以孙计划和王章耀的名义，在他的小额贷款公司为每个人投了二百万，每到年终分红的时候，李达海就把利息凑成整数送给二人。李达海在孙计划那里听说王章耀离婚后独自供女儿在英国留学，就以旅游为名特地去了一趟英国。他在伦敦见到了王章耀的女儿，并留下了女孩儿的联系方式，回国后便以王章耀的名义每月给其女儿打生活费，王章耀表示了几次谢意之后，便顺理成章了。自此，李达海、孙计划、王章耀在宁边结成了死党，三个人的铁三角关系，就像一根钢索绳上的三股钢丝，越拧越紧。

小天鹅西餐厅坐落在丹江市郊海兰湖畔的高尔夫球场内，不对外营业，只接待高尔夫会所的会员。孙计划提前一个小时来到了小天鹅西餐厅。

西餐厅的老板是一位从长青来的海归女博士，她穿着得体，谈吐优雅，相貌恬静。孙计划每次见到女老板，都要把她和霍燕做一番比较，霍燕身材火辣，女老板小巧玲珑；霍燕充满野性，女老板温润如玉。

女老板把孙计划引进666包间，这个包间是孙计划预订好的，他每次来小天鹅都提前预订666包间。从666包间的窗户向外望去，绿草茵茵的高尔夫球场尽收眼底。其实孙计划并不是想看球场上的草，而是看谁在这里打高尔夫球。女老板问孙计划喝什么饮品，孙计划说等一等，还有一位客人没到。女老板说："那就先给您沏一杯茶吧，我们这儿刚来了明前龙井。"孙计划笑着说："那就来一杯吧。"女老板刚要转身离去，他又对女老板说："要是不忙，能不能坐下聊会儿天？"女老板两腮微红，说："我先到后厨看看，不忙的话我就过来陪您聊天。"说完，她走出了包房。

孙计划正等女老板来聊天的时候，王章耀的秘书打来了电话，告诉孙计划，王章耀副市长计划有变，省厅专案组到丹江了，他不能来小天鹅西餐厅就餐了。

王章耀来不了了，孙计划便想退掉中午的预约，抬头见女老板进了包间，又马上改了主意，心想反正也到中午了，不如就在这里吃个便餐，于是和女老板聊起了天。女老板告诉孙计划，她的名字叫潘美玉，哥哥是北安省纪委副书记，她本人在瑞典斯德哥尔摩大学商学院读完博士后，已经在一家公司找到了工作，但因为她哥哥是省纪委的领导干部，家人怕她在国外工作给她哥哥的仕途带来不利的影响，一直劝她回国工作。最后，她无奈回到了长青市。因为在斯德哥尔摩生活了将近二十年的时间，她对长青的城市生活已经非常不适应，她哥哥便托人帮她在国内寻找环境气候和斯德哥尔摩差不多的城市，最后，她选择了丹江市海兰湖畔。她用自己在瑞典留学时积攒下来的钱，把高尔夫球场的小天鹅西餐厅盘了下来，虽然刚开始的时候生意有点儿冷清，但现在已经越来越好了。

孙计划听说潘美玉的哥哥是省纪委的副书记，一时难掩内心的喜悦。他想，没准这个女博士将来能给自己帮上大忙。他觉得这是结交省里高官的千载难逢的好机会，是天赐良机，但他表面上却表现得十分淡定。王章耀没来，就约潘美玉一起共进午餐吧，他是这么想的。潘美玉也猜透了他的心思，于是为他点了一份鱼子酱，一份鹅肝排和一份烤大虾苏夫力，自己只要了一份蔬菜沙拉。餐后，孙计划要买单，潘美玉说："孙主席能瞧得起小店，我就很知足了。这顿午餐就算我给孙主席的见面礼，以后还希望孙主席常来捧场。"孙计划客气了一下，就不再推辞。两人互相加了微信，潘美玉特地在孙计划的名字后面加了个红心图案。

孙计划上车的时候对潘美玉说："下次一定要给我一个机会，我要好好答谢潘老板的盛情款待。"

潘美玉娇滴滴地说："能认识孙主席您这样的贵客，小女子已经是荣幸万分了，哪还敢让孙主席您破费呀。"

孙计划用半开玩笑半认真的口吻说："别一口一个主席地叫了，听着别扭，以后就叫我大哥。咱哥儿俩现在就改口，我是大哥，你是老妹，大哥请老妹也是理所应该的。"

潘美玉有些害羞地笑着说："大哥您也太霸气了，那我就不和大哥外道了。"

14

王章耀知道专案组进入丹江的消息，是从丹江市公安局安明派出所所长张宏杰的嘴里知道的。

一大早，张宏杰刚到办公室，派出所值班民警便领进来了两位客人，两位客人亮出了介绍信和警官证后，张宏杰很客气地接待了这两位同行。

原来这两名警察是专案组的唐大勇和夏博洋。他们来到安明派出所,要求调取李达林非法拘禁增益村村民常福民的卷宗。

张宏杰一边在心里嘀咕，一边面带微笑对唐大勇和夏博洋说："你俩稍等一会儿，我叫内勤过来一下。"不一会儿，内勤就到了张宏杰的办公室。

张宏杰问内勤："增益村常福民的卷宗还在不在所里？"

内勤说："这都过了多少年了，卷宗早就拿局里去了。"

张宏杰对唐大勇说："你看这样行不行，我正好到局里汇报点儿事，顺便把卷宗给你们取回来，你们就不用到局里去了。"

唐大勇问："得多长时间？"

张宏杰说："顶多一个小时。你们就在我办公室等着吧。"说完，他让内勤给唐大勇和夏博洋拿了两瓶矿泉水，自己拿起桌子上的车钥匙准备出门。

唐大勇和夏博洋互相看了一眼，唐大勇说："这样吧所长，我俩在这儿待着也没啥事可干，不如跟你一起去局里取吧。"

张宏杰摸了摸脑袋，笑嘻嘻地说："咋还信不过我啊？"

唐大勇说："不是不信任，是我俩在这里干待着浪费时间。"

张宏杰转过身对内勤说："你陪两位领导坐着喝会儿水，我马上就回来。"

其实，张宏杰说去局里汇报点儿事是假，他的真实目的是去找王章耀请示该怎么办，因为那天常福民来报案，就是因为王章耀的过问才没立案。

那天，李达林听说常福民到派出所报案，就打电话告诉了李达海。当时李达海正和孙计划在会所喝茶，他直接把电话给了孙计划，孙计划对李达林说先别急，他这就打电话让王章耀过问一下。

王章耀到丹江任职后，住的是丹江市公安局的周转房，周转房正好在张宏杰他们派出所辖区。张宏杰也是个有心计的人，为了能和王章耀接触上，他以巡逻的名义故意制造和王章耀的"偶遇"，几次"偶遇"过后，王章耀对张宏杰的好感度急剧上升，两个人的关系由原来的上下级领导变成了无话不说的铁哥们儿。

有时候王章耀一个人在家里寂寞难耐，张宏杰就带着啤酒和肉串到王章耀家里陪王章耀消磨时光。

王章耀接到孙计划的电话后，马上打电话让张宏杰到局里来一趟，张宏杰放下手中的工作，来到了王章耀的办公室。经过简单询问，王章耀初步了解了常福民报案的目的，他指示张宏杰灵活处理一下。张宏杰马上心领神会，回到派出所后，便以经济纠纷不予立案为由，把常福民强行打发走了。后来常福民多次到市里上访,期间还喝过两次农药,被家人发现救了下来。

王章耀知道丹江警方来调查常福民上访的事情，开始没觉得是件多大的事，就告诉张宏杰，专案组要什么给什么，全面配合专案组的调查。

张宏杰走后，他突然觉得这事不是一件简单的事，调查常福民上访，不就是调查李达海和李达林吗？他马上把电话打给了孙计划，孙计划说："中午见面要谈的就是这件事。"这时，秘书来到王章耀身边，问："是不是把专案组进驻丹江的事向市委书记吕光做一下汇报？"王章耀说："马上汇报！"吕光正在省里参加会议，第二天才能赶回丹江，得知专案组进入丹江市，他要求王章耀马上到专案组驻地代表自己对专案组进行慰问，并请转告郑铁峰局长，他回到丹江后，会专程到驻地看望专案组成员。王章耀就让秘书打电话告诉孙计划，中午的计划无法进行了。

王章耀便让秘书通知刑侦支队副支队长高万斌、警保部主任李艺涵，让他们和自己一道，带着吕光书记的问候赶往专案组的驻地。动身之前，他让李艺涵准备了一些水果和矿泉水，又让秘书到干部科从公安部警员信息库中打印了一份郑铁峰的个人简历。在车上，他认真地把郑铁峰的简历看了一遍：

郑铁峰，1976 年 10 月生，毕业于中国人民公安大学，参加过国际维和行动。1998 年起，历任宁边市公安局技术侦查支队侦查员，刑警支队打击黑社会有组织犯罪大队大队长，经济侦查支队政委，刑警支队支队长，宁边市公安局副局长；荣立个人一等功三次、个人二等功五次，多次被宁边市委组织部授予“优秀共产党员”称号。2011 年被人社部、公安部授予“全国优秀人民警察”称号。

看完简历，王章耀不由自主地吸了一口气。他把简历递给坐在身边的高万斌，然后挺直身板往后椅背上使劲靠了靠，闭上眼睛，用拳头轻轻地敲了两下额头，冷冷地问高万斌：

“听说，郑铁峰这个人十分抗上？”

高万斌扭头看了一眼王章耀，谄媚地说：“业务能力强的人可能都有这个特点。”

王章耀纠正高万斌说：“那不叫特点，那叫不懂规矩，不懂感恩。”

坐在副驾驶位置上的李艺涵转过脸来笑着说：“业务能力再强，不还是得靠领导赏识吗？”

王章耀嗅到李艺涵身上散发出的香气，他睁开眼睛看了李艺涵一眼，对高万斌说：“郑铁峰破案是高手，谈判能力也是专家级的，就拿前年的那起绑架人质案来说，如果不是他去谈判，嫌疑人就把液化气站给点了。这些大家都认可。可他为什么始终在副局长这个位置上踏步不前，就因为不懂规矩。以为自己有点儿本事，就不把领导放在眼里，这样的干部，我宁愿让他坐一辈子冷板凳，也不会给他机会。”

高万斌边点头边附和：“这种人就应该这样对待，要不然他总以为自己是个啥人物。”

李艺涵接过话说：“凭女人的直觉，我敢说，这种人会很讨女孩子喜欢的。”

高万斌打趣李艺涵说：“李主任是不是也喜欢这种类型的男人？”

李艺涵笑着说：“二十多岁的时候还真说不准，现在三十岁以上的女人，谁还喜欢这种直男。”

专案组的驻地在丹江森林公安局，丹江森林公安局由省公安厅垂直领导，人员编制不隶属于丹江市公安局。这是丁雪松为了专案组办案不受干扰，也不给当地党委、政府增加负担，让厅警保部特地安排的。专案组在丹江办案期间，一切后勤保障由厅警保部和丹江森林公安局承担。丹江森林公安局腾出了二楼的十六间办公室，包括功能间，供专案组使用，还把案件受理中心的两间讯问室和两间询问室拿出来做专案组的办案场所。厅政治部还以文件的形式正式发文，要求丹江森林公安局无缝配合专案组工作，专案组在丹江市侦查办案期间如需警力配合，可以直接调动丹江森林公安局刑特警大队的警力。另外，厅警保部还从丹江本地调来三辆本地牌照的越野车供专案组使用。为了这次扫黑除恶行动高度保密，丁雪松为专案组提出四点要求：1. 不接受任何单位和个人的宴请；2. 不向任何单位和个人透漏案情；3. 非办案需要不准和丹江警方单独联系；4. 未经批准，不许一个人单独离开驻地。他要求每名侦查员都要把这四项规定作为铁的工作纪律执行到位。

15

王章耀的到来让郑铁峰感到非常突然。他刚按照省交通厅提供的线索安排唐大勇和夏博洋去安明派出所调取李达林非法拘禁常福民的卷宗，王章耀就上门来了。

王章耀来访，郑铁峰只好放下手头的工作，到一楼大厅等候王章耀。

王章耀带着刑警支队主持工作的副支队长高万斌和警保部主任李艺涵，一进入森林公安局的大厅，看见郑铁峰正在等候他们，马上迎上去和郑铁峰握手。警保部主任李艺涵招呼司机从车里往大厅搬水果和矿泉水，郑铁峰看着搬进来的一堆物品，对王章耀说："王局长这也太客气了，我们什么都不缺。"

王章耀双手抱在胸前，说："实在抱歉，实在抱歉，刚知道郑局昨天就到了丹江，我这情报太滞后了。"两个人一边说着一边进了电梯。

郑铁峰领着王章耀参观了工作区、生活区，然后来到了案情研判室。在案情研判室，高万斌一眼认出了他的警校同学李原明，李原明也认出了高万斌，不过两个人谁都装作不认识，没打招呼，只是眼神对视了一会儿。

郑铁峰和王章耀一行三人在案情研判室坐了下来。专案组的几名侦查员见状，把材料收好，回避到了其他的办公室。王章耀先向郑铁峰介绍了警保部主任李艺涵。李艺涵是一名年龄不到四十岁的漂亮女警官，给人的第一印象就是干练。王章耀刚介绍完毕，李艺涵就笑着对郑铁峰说："郑局长，以后专案组在丹江有什么困难，我可以全权解决。"

郑铁峰笑着说："谢谢李主任！我们的生活保障省厅警保部已经做得很到位了，实在找不出还有什么事情可以麻烦李主任的。"

李艺涵调侃说："省厅警保部做事也太不讲究了，怎么也得给我们留个'缝儿'啊，要不以后这关系还咋处啊。"在场的人都跟着笑了。

王章耀接着介绍高万斌，郑铁峰说："高支队我们以前见过面。"

高万斌看着王章耀，说："郑局在省厅刑侦局办的培训班上给我们讲过课，说起来，郑局还是我的老师呢。"

郑铁峰马上谦虚地说："老师可不敢当，大家就是相互交流学习。"

王章耀介绍完李艺涵和高万斌，郑铁峰接过话头说："我们这次来丹江办案，想必王局长和二位也知道是怎么回事，这里我就不多说了，希望我们在丹江办案期间能够合作愉快。"

王章耀说："需要我们怎么配合，郑局长您就一句话，说到底咱们是一家人。"

王章耀接着把吕光要专程来看望专案组的想法转达给了郑铁峰，郑铁峰说："请王局长转告吕书记，感谢他对我们的支持。等吕书记从省里开会回来，我去吕书记办公室汇报工作。"

王章耀在专案组逗留了大约半个小时，看郑铁峰不时地接电话，就知趣地说："郑局长您这么忙，我们就不在这里打扰了。等找机会，我们两家一起坐坐，就算给专案组接风，您看怎么样？"

郑铁峰急忙推脱说："接风就免了，我们有严格的纪律规定，只办案，不参加当地的任何活动。"

王章耀说："唉，规定是规定，纪律是纪律，人是活的，活人不能让尿憋死了啊。"

郑铁峰笑着说："规定就是规定，纪律就是纪律，制定了就要严格遵守，要不制定它就没意义了，你说是不是，王局？"

王章耀尴尬地笑了笑，说："那我就不勉强了。等吕光书记明天回来，我把你们的情况向他汇报后，看他还有什么指示。"

郑铁峰接过王章耀的话说："对，吕光书记回来后，我们也得去专门汇报一次。"

王章耀带着高万斌和李艺涵离开了专案组驻地。在回程的路上，王章耀对高万斌说："高支队，你觉得这几个人是不是来者不善啊？"

高万斌说："我咋感觉这个郑铁峰不像是个善茬。"

王章耀说："等一会儿你到我办公室来一趟。"

高万斌回答说："知道了。"

王章耀掏出一根烟刚想点，看李艺涵在车上，就把烟又塞回了烟盒里。高万斌突然想起一件事，对王章耀说："王局长，刚才在专案组，我看到我的警校同学了。"

王章耀马上来了精神："哪个是你同学？"

高万斌说："那个长得像明星的高个子，坐在会议桌右侧，名字叫李原明的那个。"

王章耀又问："你们怎么没打招呼？"

高万斌说："这样的场合不适合打招呼，他看见我了，我也看见他了，就行了。"

王章耀接着问："你和他关系怎么样？"

高万斌说："在学校时没啥联系，就是前几年班级建了个微信群，班长把我们都拉在了一起，平时很少在群里看他发声。"

王章耀说："认识总比不认识强，何况还是同学呢。哪天请他出来叙叙旧，费用局里报销。"说完，他扭头看了一眼坐在后排的李艺涵。

李艺涵笑着说："高支队你就大胆地花吧，费用的事我想办法处理。"

高万斌说："那我过两天约约他，看他能不能给个面子。"

王章耀说："他要是不出来，你就给他办张卡，他自己想买点儿啥也方便。"

高万斌说："我先约他试试。"

第　五　章

16

从王章耀的办公室出来，张宏杰到档案室把常福民的卷宗拿回了所里。张宏杰对唐大勇说："这个案子已经两年多了，希望这回你们能把这个案子彻底查清。"

唐大勇反问张宏杰："两年多了，你们为什么不查？"

张宏杰摇摇头说："我们也查了，可是人家不信呢。"

唐大勇问张宏杰："究竟是怎么回事？"张宏杰就把他所了解的基本情况向唐大勇和夏博洋做了一番介绍。

张宏杰说："当时常福民来报案，说李达林对他进行了非法拘禁，值班民警就给受理了，也制作了《受案登记表》。后来我们找相关证人调查，证实他和李达林之间是经济纠纷。我们也询问常福民是不是欠李达林的钱，他回答说欠钱。这样所里经过研究，做出了不予立案的决定。"

唐大勇疑惑地问："既然常福民承认欠李达林的钱，那他为什么还要上访呢？”

张宏杰接着唐大勇的话回答说：“修建‘丹宁’高速公路前，常福民承包了村里的一片林地，这片林地紧挨着李达林的养殖场，李达林为了扩大养殖规模，就花五万块钱把这片林地从常福民手中给买下来了。但常福民却说，是李达林领着几个人带着转让合同到他家先把他殴打了一顿，然后逼着他强行在合同上签的名，又摁的手印。而且当初他交到村里的五万块钱承包费，李达林也没还给他。

“我们根据常福民反映的这些情况，到增益村找了一些知情人，但没有人能证明林地转让合同上的签名和手印是李达林逼着常福民签的，也没人证明李达林没给常福民钱。常福民自己也提供不出能给他作证的证人。后来常福民家里翻修房子，钱不够用，他就找到李达林，在李达海的小额贷款公司借了十万元钱。

“2016年‘丹宁’高速公路开工建设，其中一个标段正好从常福民原来承包的那片林地穿过，常福民听说他原来承包的那片林地，政府至少能给三百多万的征地补偿款后，就反悔了。他去找李达林想把林地要回来，这时候李达林已经在那片林地上建了一座大型的特种经济作物种植基地，跟政府要一个亿的征地补偿款，李达林根本就不会把地还给他。两个人为此吵过几次，后来李达林让常福民先把从小额贷款公司借的十万贷款连本带利还上再说，因为小额贷款利滚利，十万元已经滚到了二十多万元，常福民拿不出钱来还债。就这样，常福民四处上访，李达林怕常福民上访给自己惹来麻烦，就安排几个人把常福民带到养殖场，让常福民还钱，不还钱就不让他回家。常福民拿不出钱来，他们就把常福民在养殖场扣押了一个礼拜。后来常福民答应出去后还钱，李达林就把常福民放了。常福民出来后就到派出所报案，说李达林对他非法拘禁，我们经过调查发现确有经济纠纷，没法按非法拘禁立案，常福民就告派出所不作为。市局督查来我们所了解情况，也认为是经济纠纷，就让常福民到法院起诉李达林，常福民后来去没去法院走司法途径，我们也不太清楚。”

“完了？”唐大勇问张宏杰。

张宏杰说：“完了。我们就掌握这些情况。”

唐大勇紧接着又问张宏杰：“后来常福民到派出所来过没有？”

张宏杰想了想，说：“去年常福民自己摔倒，脑袋撞在石头上，死了。”

“撞石头上撞死了？”唐大勇惊奇地问了一句。

张宏杰回答说：“当时刑警队出了现场。尸体做了尸检，你们可以到刑警队查法医的尸检报告。”

唐大勇平复了一下心情，说：“现在能带我们去一趟常福民家吗？”

张宏杰犹豫着说：“去倒是可以，但管区民警今天请假了。”看唐大勇脸色阴沉了下来，张宏杰又补充说：“我知道他有个女儿叫常玉玲，在鼎鑫国际酒店当楼层保洁员。”

张宏杰安排内勤马上查查常玉玲的电话号码，不一会儿，内勤就把常玉玲的电话号写在一张纸上交给了唐大勇。

唐大勇和夏博洋带着常福民的报案材料离开安明派出所，直接去了鼎鑫国际酒店。

大厅经理看到唐大勇和夏博洋进了大厅，马上迎上去问唐大勇和夏博洋：

“欢迎二位贵宾。请问二位是入住酒店吗？”

唐大勇回答说：“你好！我们不是住宿，我们来找你们酒店的一名工作人员。”

大厅经理问唐大勇：“你们是什么单位的？”

唐大勇亮出警官证，说：“我们是丹江市公安局的，找你们酒店的保洁员常玉玲。”

大厅经理思忖了一会儿，说：“常玉玲今天好像休班。”

夏博洋走到大厅的落地窗前拨打常玉玲的手机，空号。

大厅经理又问唐大勇：“你们找常玉玲有什么事？”

唐大勇回答说：“我们找常玉玲了解点儿情况。”

大厅经理看夏博洋从落地窗前走过来，猜出来是给常玉玲打电话没打通，就对唐大勇说：“常玉玲总换电话号，有的时候下了班，我们都找不到她。”

夏博洋问：“你知道她的新号码？”

大厅经理笑着说：“不知道。”

唐大勇问大厅经理：“常玉玲哪天上班？”

大厅经理看了一下出勤表，说：“明天。”

唐大勇对大厅经理说：“那我们明天再来。另外，你要是看到常玉玲，就让她打这个电话。”唐大勇把自己的电话号码留给了大厅经理。

二人从鼎鑫国际酒店出来，已经快到中午了。夏博洋问唐大勇还去找谁，唐大勇说谁都不找了，回驻地。

回到专案组驻地，看到刚刚把王章耀送走的郑铁峰正要进电梯，两个人一边喊“等等我俩”，一边小跑着进了电梯。

郑铁峰用手拦着电梯门，问唐大勇：“怎么这么快就回来了？”

唐大勇笑着说：“那个叫张宏杰的所长听说我俩来调取常福民的卷宗后，脸都白了。后来他说去局里汇报点儿事，我分析他是请示他们局长去了。”

郑铁峰说：“这是一起上访案子，不经领导同意，派出所不可能把卷宗交给我们。”

唐大勇说：“这个案子‘猫腻’挺深，背后应该有不可告人的内幕。”

三个人来到了会议室，唐大勇把到派出所调取常福民的卷宗和去鼎鑫国际酒店找常玉玲的来龙去脉向郑铁峰做了汇报。郑铁峰想起那天晚上接到的“神秘女人”来电也是从鼎鑫国际酒店打出来的，认为打电话的女人一定是常玉玲。他安排唐大勇和夏博洋要马上找到常玉玲，通过常玉玲了解常福民的死亡原因。

17

那天晚上，常玉玲在用酒店楼层的电话给郑铁峰打电话的时候，酒店经理来到了常玉玲保洁的楼层。经理平常很少到楼层来，常玉玲看到经理向她走来，她马上撂下电话，回到了保洁员休息室。经理也跟着常玉玲进了休息室。

经理问常玉玲：“你刚才给谁打电话呢？”

常玉玲支支吾吾地说：“给同学打的。”

“大半夜的，你给哪个同学打电话啊？”

“小学同学，她孩子发烧，问我咋整。”

“那怎么不用你的手机打？”

常玉玲指着自己正在充电的手机解释说：“我的手机没电了。”

经理一脸严肃地说：“以后个人的私事不许用酒店的电话，要遵守酒店的规定。”

常玉玲像犯了错误的小学生，低着头说：“知道了，经理。”

经理边往外走边警告常玉玲说：“以后再发现你用酒店的电话谈私事，就扣你的工资。”

等经理走远了，同屋的另一名保洁员小声对常玉玲说：“我咋感觉你被监视了呢？”

常玉玲叹了口气，说：“哎，你说我的命咋这么苦呢。”

保洁员凑到常玉玲的身边安慰她说：“以后你的手机没电了，就用我的电话打。你看刚才经理那样，好像她家没有急事似的。”

常玉玲感激地拉着保洁员的手说：“谢谢姐姐。刚才这一折腾，也让你没休息好，快休息吧。”

第二天早上，常玉玲交完班，刚走出酒店的大门，被两个男子叫住了。一个男子对常玉玲说：“哎，常姑娘，你爹欠李总的钱，你打算什么时候还呢？还非得让我们天天跟着你要吗？”

常玉玲没理他们，继续走自己的路。另一个门牙断了半截的豁牙子挡在常玉玲面前说：“还不还给个痛快话，我们也好跟李总有个交代。”

常玉玲用胳膊肘推开挡在身前的豁牙子，气愤地说：“你们别搞错了，不是我爹欠你们李总的钱，是你们李总欠我爹的钱。”

这时，过路的群众渐渐地围观上来，豁牙子看事情不妙，就给常玉玲让开路，常玉玲快步向前走去。豁牙子在常玉玲身后喊道：“最近有人要是找你打听事，你可别瞎说，问啥都说不知道，听明白了吗？”

常玉玲回过身问：“谁找我打听事啊？”

豁牙子说：“不管谁找你，你都说不知道就行了，说多了对你没好处。”说完，两个人钻进了停在酒店门前的车里。

常玉玲的父亲去世后不久，丈夫赵志学也意外出车祸去世了，而撞死赵志学的肇事车辆，偏偏是李达林养殖场拉饲料的大货车。这不能不让常玉玲怀疑，赵志学是被李达林害死的。

家里就剩下她和年逾七旬的母亲，还有刚上小学五年级的儿子宝钢。宝钢乖巧懂事，聪明伶俐，让常玉玲省了不少心。她现在每天想得最多的就是父亲常福民不明不白的死因和丈夫突然遭遇的车祸。她记得父亲活着的时候和她说过的一句话：“我要是死了，就是李达林给我害死的。”她想起这两年家庭遭遇的变故，都是因为那块林地引起的。因为林地的事，父亲被气得大病了三个多月，到死也没等得到个说法。

她听说郑铁峰要来丹江“打黑”，心想总算有主持公道的人了。

那天晚上，她站在楼层的安全出口前想了三多小时，才鼓起勇气给宁边市公安局110打电话。她向宁边110问郑铁峰的手机号，110接警员请示过值班领导，才把郑铁峰的手机号码告诉她。不巧的是，打完110后，她的手机就没电了，她把郑铁峰的手机号死死地记在脑海里，马上用楼层的电话打给了郑铁峰，还没等说父亲的事，酒店经理看到楼层监控后，鬼使神差地来了。她慌慌张张地撂下电话，竟然把郑铁峰的电话号码忘了。她想白天交班后再给宁边公安局110打电话，刚出门，又被两个陌生男人给拦住了。她听完陌生男人的那些话之后脊梁骨直冒冷汗，他们会不会向宝钢下手？宝钢可是她的命根子啊，她不敢往下想了。

18

唐大勇和夏博洋向郑铁峰汇报完上午的工作后，中午草草吃了口饭，就来到了移动公司，通过查询常玉玲的通话记录，联系上了她的表哥宋小宝。宋小宝是一名出租车司机，一听说是宁边市公安局的警察，马上答应带唐大勇和夏博洋去找常玉玲。

常玉玲一家住在市郊租来的一栋平房里。宋小宝可能是经常过来的缘故，驾轻就熟地把唐大勇和夏博洋带到了常玉玲租住的房子的附近。因为去常玉玲家的胡同很窄，车开不进去，宋小宝就把车停在了胡同口。唐大勇的车跟在后边，也停了下来，他让夏博洋用微信把所在位置发给郑铁峰，然后跟着宋小宝向常玉玲家走去。

宋小宝是一个很响快的中年人，个头不高，身体微胖，腰带上挂着一串钥匙，说话嗓门很大。他一边在前面带路，一边说着常福民这些年的遭遇，说到动情之处，免不了骂上几句。宋小宝领着唐大勇和夏博洋来到一个红色的大铁门前，指着院子对唐大勇说："到了，这就是她们家。"

宋小宝在大铁门上"咚、咚、咚"捶了三下，听见院内有人喊：

"谁呀？"

宋小宝回答说："是我，你表哥！"

常玉玲半天才把大门打开，看到宋小宝后面跟着两个陌生人，常玉玲的目光里充满了疑惑。宋小宝说："他们是宁边市公安局的警察，是省公安厅派到咱们丹江的扫黑除恶专案组，是专门来帮咱们讨公道的。我舅的事这回有希望了。"

常玉玲听完，两腿突然一软跪在了地上。唐大勇急忙上前去搀扶常玉玲，宋小宝在边上喊道："你先别激动，别激动，快让客人进屋说话。"

几个人连拉带拽把常玉玲扶进了屋里。过了几分钟，常玉玲才缓过来，她直勾勾地盯着唐大勇和夏博洋，问："你们谁是郑局长？"

唐大勇说："我俩都不是郑局长，我俩是郑局长派来的。"

常玉玲说："关于我家的事，我只和郑局长说，别人谁问我，我都不能说。"

宋小宝一听常玉玲这么说，双手一摊，生气地对常玉玲说："小玲，你不能像我舅一样犯糊涂，我舅老了，你没老。人家宁边市公安局的警察来找你，就是来给你解决问题的，你不提供线索，人家怎么办案？"

常玉玲近乎歇斯底里地回怼宋小宝说："我要是说了，他们能保证我和孩子的安全吗？"说完，她号啕大哭。

唐大勇和夏博洋没想到会是这种场面，唐大勇给宋小宝使了个眼色，让他过去安抚一下常玉玲。宋小宝安抚了好一会儿，常玉玲才平静下来。

唐大勇意识到常玉玲是有口难言，就示意夏博洋到外面的超市去买些水果。等夏博洋把东西买回来，唐大勇对常玉玲说："我们今天就是来看看，没别的意思，这是给孩子买的一点儿水果，你别嫌少啊。"

常玉玲说："你们不用这样，我不会跟你们说的。"接着，她又自言自语地说："我想好了，我们不告了，只要我们母子能平平安安的，就比啥都强。"说完，常玉玲又催宋小宝说："你快领他俩走吧，要是让别人看到我家有外人来了，就麻烦了。"

唐大勇接着问："能有什么麻烦？"

常玉玲说："我不跟你们说了，你们待几天就走了，我还得在这儿生活，我的孩子还得在这儿上学。"

宋小宝说："好吧，我们走，你别后悔就行。"

唐大勇拉住宋小宝的胳膊说："等等，我想听听会有什么麻烦？”

常玉玲欲言又止，她央求宋小宝说：“你领他们走吧，我什么都不能说，真的，快走。”

唐大勇无奈地看着夏博洋，夏博洋苦笑着摇摇脑袋。唐大勇对夏博洋说：“咱们走吧，让她自己安静一会儿。”

宋小宝觉得有些不好意思，就对唐大勇和夏博洋说：“要不我请你俩找个地方吃点儿东西，我舅的事我多少知道一些，我跟你们唠叨唠叨。”

唐大勇说：“也行，反正中午我俩都没吃饱。”

他又问夏博洋：“饿不饿？”

夏博洋看着唐大勇：“是有点儿饿了。不过吃饭不能让表哥请，今天我请！”

三个人不约而同地看向常玉玲，常玉玲把脸扭到一边，眼神空洞地看着电视机旁的照片。电视机旁放着两张照片，一张是两个年轻人在海边的婚纱照，小伙子双臂揽着穿婚纱的女孩儿，女孩儿羞涩地仰着脸，迎着小伙子。唐大勇认出了那个穿婚纱的女孩是常玉玲。另一张是十二寸的黑框证明照，照片上的人是常福民。

19

三个人从常玉玲家出来，宋小宝带着唐大勇和夏博洋来到了胡同口附近的一家铁锅炖鱼馆，三个人选了一个靠窗的位置坐下来。夏博洋到前台点了一条五斤多重的鲤鱼，又点了四盘小咸菜和三碗米饭。炖鱼的工夫，宋小宝把常福民一家这几年的遭遇讲给了唐大勇和夏博洋。在征得宋小宝的同意后，夏博洋用微型录音笔把宋小宝的讲述进行了全程录音。

话得从增益村发包林地说起。2010年，为了增加村集体收入，增益村村民委员会决定把村里的林地向村民发包。常福民承包的那块林地从发包的那一年起，一直没人承包，因为那块林地寸草不生，全是石头。那块地无人问津还有另外一个原因，就是那块地紧挨着李达林的养殖场，村民们怕承包了以后，和李达林的养殖场纠缠不清，都避而远之。

2012年春天，多年在外务工的常福民因为年纪大了，不想再四处奔波，就回到村里琢磨着干点儿什么。他在电视上看到有人承包荒山造林挣到了钱，就萌生了承包那块林地的想法，在和家人商量的时候，当即遭到了全家人的反对。但常福民这个人生性倔强，家人越是反对，他就越要干。后来家人扭不过他，就让他先去问问李达林，看李达林有没有承包的想法。

常福民去养殖场找到了李达林，说他打算承包那块林地，李达林对他说，那块破地啥也干不了，他不怕赔钱就包吧。

知道了李达林没有承包的意思，常福民回家开始筹钱。当时的村委会主任还是罗世杰，罗世杰再三提醒常福民，一定要和李达林先说好，千万别夜长梦多。常福民理解罗世杰的好意，就在签合同的头一天，又到养殖场找到了李达林，再次问李达林没有承包那块林地的意思，李达林被常福民三天两头地问来问去给问烦了，就骂咧咧地对常福民说："整个增益村就你他妈的脑袋有病，非要包那块破地，今天我说最后一遍，你愿意包你就包，以后再来找我，当心打断你的狗腿！”

常福民从李达林的养殖场回来后，到村委会签了五十年的承包合同，还一次性向村委会交了五万元的承包费。当年春天，常福民花一千多元钱购买了两千多棵树苗栽在了承包的林地上。以后每年春天他都要在山上栽一些树苗，连着栽了三年。

2015 年 3 月的一天，常福民正筹钱准备买树苗的时候，李达林带着两个人来到了常福民家，开口就说：“老常头你那块林地今年别栽树了，转让给我，我的养殖场要扩大经营。”

常福民当时就愣住了，指着李达林说：“你说好了不包，咋又来转让呢？”

李达林拿出在村委会和村主任李先军起草好了的转让合同，对常福民说：“别和我啰唆，你花多少钱包的，我给你多少钱，现在就签字。”

常福民憋着一肚子气和李达林争执起来。李达林带来的那两个人冲上去把常福民摁在了地上，即便如此，常福民也没签字。后来李达林就对常福民大打出手，常福民被打得实在受不了了，就告饶了，说：“我签，我签！”李达林把常福民的大拇指掰开，把笔塞在常福民的指缝里，把着常福民的手，在合同上写上了常福民的名字，李达林又在常福民的大拇指上蘸上印泥，让常福民把指纹按在了写好的名字上。

李达林让常福民三天后到养殖场取他交给村委会的五万元承包款。到了第三天，常福民找到李达林，李达林耍赖说钱已经给常福民了，常福民听完，血压当时就上来了，他一头栽在了李达林面前。常玉玲听说父亲倒在了李达林的养殖场，就和丈夫赵志学打车从市里赶到了养殖场，看到父亲已经不省人事，就直接把父亲送进了市医院。经医院诊断，常福民得的是突发性脑溢血，虽然因为救治及时没留下严重的后遗症，但他家却花费了三万多元的医药费。

经过三个多月的治疗和康复，常福民出院回家了，但他实在咽不下这口窝囊气，就去找李达林要钱，他去一次，就被李达林骂一顿，有的时候还被打两撇子。外人看了都替常福民鸣不平，但没人敢惹李达林。后来有人给常福民出主意，让他以家里翻盖房子为由，先向李达林借十万元钱，这样就能把林地的承包费和买树苗的投入，还有住院的医疗费都要回来。常福民一想也是，再说家里的房子也确实该翻修了。常福民就又来找李达林，当李达林听完常福民是来借钱时，非但没不高兴，反而爽快地答应了。

李达林让常福民带着身份证，他开着车把常福民拉到了市里李达海的小额贷款公司，常福民一看是贷款，犹豫了半天，说不借了。李达林对常福民说，他家的钱都放到了小额贷款里面吃利息，常福民要是不贷的话，没人能借给他十万元钱。常福民想，反正也没打算还给李达林，贷就贷吧。

那天，常福民从小额贷款公司拿到了六万四千元钱，另外的三万六千元直接作为一年的利息被扣下了。常福民想，虽然没拿到十万元钱，要是不借的话，连这六万四千元钱也不会有。

往后一段时间里，两个人相安无事。常福民翻修了家里的房子，李达林在转让常福民的那片林地上建起了一百多栋特种经济作物圈舍，还扩建了一万多平方米的梅花鹿种植基地。

时间到了 2016 年初，‘丹宁’高速公路进入施工阶段。常福民得知原来属于自己的那片林地，国家能给三百多万征地补偿款，就找到李达林，想把林地要回来，因为当时转让的时候，李达林是采用暴力手段强迫他摁的手印。李达林看常福民来要林地，就让几个兄弟教训了常福民一顿。常福民哪甘心看着三百多万的补偿款被李达林独吞，就冒着第二次被打的危险找李达林，还是想要回属于自己的林地。这次李达林没打常福民，而是把常福民锁在一间圈舍里，每天七八个兄弟轮流看着。李达林说，啥时候把二十万贷款还上，啥时候放了常福民。常玉玲听说父亲被非法拘禁在圈舍里，就和赵志学来找李达林，李达林让她俩又打了个欠条，才把常福民放出来。

常福民出来后，就来到派出所报案，派出所说是经济纠纷，让他到法院起诉，法院又说是非法拘禁，让他到信访办控告派出所，这些部门就这样推来推去，谁都不管。后来，李达林怕常福民上访影响他家公司的声誉，就安排人每天分班轮流跟着常福民，常福民走到哪儿他们就跟到哪儿，直到常福民向李达林保证再不上访了，李达林才把跟他的人撤了。那些人撤了没两天，常福民就在村边摔倒死了。当时没人看见是怎么摔倒的，等人发现，常福民已经死了小半天了。公安局刑警队出的现场，法医鉴定是突发昏厥，头部撞在石头上，失血性休克死亡。

常玉玲和她丈夫怎么也不相信常福民是自己摔死的，就开始为常福民上访，然而上访依然是毫无结果。

常玉玲两口子非常痛苦，丈夫赵志学有一次和别人喝酒的时候喝多了，说李达林让他家破人亡，他也要让李达林不得好死。

这话不知道怎么就传到了李达林的耳朵里，李达林把赵志学叫到养殖场，问赵志学说没说过让他不得好死这句话，赵志学说："说过，你想咋地吧？"李达林说："行，算条汉子，咱们看看到底谁不得好死。"赵志学从李达林的养殖场回来没几天，就莫名其妙在一起车祸中死了。现在家中就剩下常玉玲她妈，还有常玉玲和她的儿子，母女俩十分可怜。

宋小宝一口气把常玉玲的家事全倒了出来，听得唐大勇和夏博洋目瞪口呆。

夏博洋的脑海里闪过一个问题，他问宋小宝："常玉玲见到我们这么害怕，是不是受到了李达林的威胁？"

宋小宝说："我感觉她家附近随时有人监视她，所以她才不敢让你们在她家里多待。"

唐大勇又问宋小宝："监视常玉玲的都是什么人？"

宋小宝说："应该是李达林手下的人。"

唐大勇问："你认识这些人吗？"

宋小宝回答说："不认识。咱是开出租的，就怕惹上这帮人，平常出车，见到这帮人都绕着走。"

唐大勇问："那常玉玲应该认识他们吧？"

宋小宝说："她应该认识。"

唐大勇边吃饭边想，李达林手中的林地转让合同是怎么办出来的？李达林说五万元钱给了常福民，谁能证明？常福民和常玉玲丈夫的死是不是谋杀？搞清了这几个问题，常福民案件的真相才能水落石出。

第六章

20

王章耀回到局里，让秘书通知局班子成员下午两点到党委会议室开局长办公会，专题研究省厅专案组在丹江办案期间工作衔接的问题。同时他还让秘书通知警保部主任李艺涵和刑警支队副支队长高万斌列席会议。

会上，王章耀简要介绍了上午到专案组慰问的情况，就下一步工作对接，让各位领导先说说自己的想法，看能给专案组提供哪些服务。

分管刑侦工作的副局长姜东升先说出了自己的想法。他说："省厅一没通知我们和专案组搞工作对接，二，专案组进驻丹江也没和我们打招呼，我们擅自做主去和专案组对接，会不会让专案组的同志反感？会不会对专案组办案造成干扰？这些我们都要考虑周全。"

另一位副局长程光伟听姜东升这么说，好像受到了启发，也跟着说："要是对接，我觉得我们应该把一些疑难的群众上访案子梳理出来，主动给专案组送过去，让专案组帮我们好好调查清楚。这样的对接，我倒觉得很有必要。"

大家你一言我一语地发表看法，会场的秩序有些混乱。王章耀清了一下嗓子，对程光伟说："我说的对接，是为专案组提供生活保障，当然也包括提供线索，刚才你说的把疑难案件送过去，那就是开玩笑了。"

程光伟马上反驳王章耀："我可不是开玩笑的。这几年积压了多少起群众上访案件，局长你可能不知道，为什么处理不了？就是上面干扰太多。这回宁边的同行过来帮我们办案，我们真的要珍惜这次机会，真心实意帮老百姓解决点儿实际问题。"程光伟在局领导分工中分管信访工作，他说的的确是实情。

会议正开着，姜东升问王章耀还有没有其他议题，如果没有他要先走一会儿，市应急局那边还有个会要参加。王章耀说："你先去吧，等秘书把会议纪要整理出来，你再看看。"

王章耀在丹江市公安局最难受的就是开局长办公会，每次开会，他就怕姜东升和程光伟和自己顶牛。这也不能都怪他俩。他俩都是从民警、侦查员、所队长一步步成长起来的，历经过多个警种的磨炼，有丰富的应急处突、案件侦办、现场指挥、大型警卫等经验，公安业务，门门精通。而王章耀是从地方交流来的干部，只有派出所挂职锻炼的经历，缺乏基层实战经验，在一些重要警务部署和重大决策方面，他缺少经验，照本宣科，脱离实际，心里没数。特别在工作调度会上，面对一线所队长现场提出的困难和问题，他经常用秘书事先准备好的稿子来答复，闹得南辕北辙，啼笑皆非。姜东升和程光伟对此十分着急，如果不及时纠正，就可能造成工作部署上的失误，甚至贻误战机。

有时候，两位副局长实在听不下去了，也就顾不上王章耀在会场上的面子，当场就给纠正，这也让王章耀对两位副局长相当反感。

看到姜东升提前离开会场，其他领导就停止了议论，大家等着王章耀发号施令。王章耀环顾了一下在座的几位班子成员，说："省厅成立了以宁边市公安局警力为主的专案组，到丹江办案，这对我们是一次帮助。我们也必须承认，一些治安突出问题长久得不到解决，引起了省政府主要领导的高度关注，这对于我们当地公安机关来讲，是非常不利的。这完全是因为我们的工作偏差和失误，导致的被动的局面。所以，今天召集大家坐下来，一起研究怎么才能弥补过失，亡羊补牢。刚才，东升局长和光伟局长都发表了自己的观点，特别是东升局长提出的顾虑，我也考虑过，但不能因为专案组回避我们，我们就装作什么都不知道。我的意见是要和专案组多沟通、多联系，警保部要安排专人对专案组的日常生活多提供帮助。刑警支队要随时掌握专案组所办案件的情况，必要的时候，我们也可以参与办案。"

会议结束后，王章耀把高万斌叫到了自己的办公室，他关上门，问高万斌："和你专案组的同学联系了没有？"

高万斌说："李原明这个人很怪，我冒冒失失地约他，他肯定不会出来，我正在想用什么办法把他约出来呢。"

王章耀说："嗯，得抓紧想个办法。还有件事，常福民的尸检报告不会有问题吧？”

高万斌说：“应该没问题，我都看了无数遍了。”

王章耀说：“没问题就好，可千万别让人看出破绽来。”

高万斌说：“不会的。”

王章耀拿出一盒中华烟，递给高万斌一根，高万斌拿出打火机先给王章耀点上，才给自己点上。王章耀问高万斌：“你主持刑警支队的工作，快有一年了吧？”

高万斌说：“马上一年了。”

王章耀略有所思地说：“最近准备研究一批干部，把几个空缺的位置补上。”

高万斌说：“局长，你以前可是答应过，让我坐刑警支队长这个位置，可别变卦啊。”

王章耀说：“刑警支队长是实职副处级，拟提人选首先得是市委组织部的后备干部，你还不是后备干部，有一定难度。”他停顿了一会儿，又对高万斌说：“去禁毒支队当支队长怎么样？”

高万斌寻思了一会儿，说：“禁毒支队长是正科，刑警支队长是副处，我还是在刑警支队吧。”他看王章耀没吱声，就跟王章耀说：“我知道现在想进步都得找关系，组织部那边我也找不到人，您就帮我找找关系。您是副市长，组织部咋也得给您面子。事成之后，我一定感谢您对我的知遇之恩。”

王章耀吸了一口烟，说：“你要是不想离开刑警支队，那我就去组织部那边协调协调，先把后备弄上，再想办法把你提起来。”

高万斌笑了：“那我就先谢谢局长了。”

王章耀说："先别着急感谢，专案组那边你还得多上点儿心，有什么情况马上向我报告。"

高万斌立即明白了王章耀的用意，拍着胸脯说："局长您就放心吧，专案组的事就交给我吧。"

21

自从李达林从长青"跑路"之后，李达海就像丢了魂似的，总觉得有个影子时时盯着自己。那天晚上从孙计划家回到自己的家里，他没进卧室睡觉，而是坐在客厅里一根接一根地抽烟。媳妇听到客厅里有声音，就从卧室来到客厅，问他出了什么事？他说没事，让媳妇回去睡觉别管他。他把沙发上的抱枕放平，衣服也没脱就躺下了。

他回想自己三十多年的商海沉浮，每一个"大浪"打过来，他都能够化险为夷，而每一次风平浪静之后，又都是他的事业"扬帆远航"之时。而在他看来，这一次跟以往不一样，这一次已经不是大浪，是海啸。

他是远近闻名的大孝子，三年前继父去世，他为继父吊孝三天。那三天，李家灵棚灯明火彩，客送官迎，方圆百里的亲朋好友听闻后纷纷前来吊唁。他不仅从龙华寺请来五名大和尚为继父超度亡灵，自己还亲自诵经，愿亡父善顺正法，早生善道，离苦得乐。丧事办得隆重热烈，一时间成为丹江市街头巷尾布衣百姓的饭后谈资。他每天过着循规蹈矩的生活，如果外面没有应酬，晚间他都会陪着老母亲看电视。新闻联播他几乎天天不落。他从新闻联播里捕捉过商机，也从新闻联播中掌握了国家经济动向，这一次，他在新闻联播中察觉到一场“扫黑”风暴就要袭来。他想到省公安厅扫黑除恶专案组进驻丹江后的雷霆之势，也想到这些年自己为攫取高额征地补偿款所做的一件件恶事，他不敢预估省长批示的后果有多严重，但是他清楚地知道，这次的扫黑除恶专项斗争，绝不会像以往那样打掉几个“混混”那么简单，而是要有一批“大人物”折戟沉沙，有一批作恶多端的人接受审判。他想着想着，便睡着了。睡梦中，他梦见自己是一个遵纪守法的公民，过着和平民百姓一样日出而作日落而息的正常生活。这一觉睡得太香了，他醒来后，天已经大亮了。

第二天，他陪老母亲吃早饭的时候，对老母亲撒谎说老二去外地办点儿事，过几天就回来，让老母亲不要惦记。老母亲向来相信李达海的话，在老人家的眼里，李达海不仅是仗义疏财的大善人，还是坐怀不乱的正人君子。

他陪着母亲吃完早饭后，搀扶母亲进卧室休息，看着母亲躺下了，才一个人来到自己的会所。要是平常，他到会所的第一件事，是在健身房跑半个小时步，再做几组增肌运动，直到大汗淋淋，这是他坚持了二十多年雷打不动的习惯，但今天他从健身房经过时，连看都没看一眼。他来到办公室，用座机先给霍燕打了个电话，让霍燕到公司后，先到他的办公室一趟。然后他又给儿子李先军打电话，让他马上到公司，有事要商量。

儿子李先军虽然是增益村的村委会主任，但平时并不住在村里，他在市里经营着一家桑拿浴，楼上开着跆拳道馆，兼顾着李达海的小额贷款公司。他平常在市里经营自己的生意，只在村里有事的时候才回村里一趟。

李先军接到电话不一会儿,就跑着来到了李达海的办公室。李先军气喘吁吁地问李达海："爸，我二叔有信了？"

专案组进驻丹江的事，李达海事先和李先军有过交代。

李达海说："等你把气喘匀了再说。"

李先军到自动饮水机上接了一杯温水，问李达海喝不喝，李达海摇摇头，说："你喝吧，喝完咱俩商量个事。"

"我以为我二叔来信了呢。"李先军喝完水,放下水杯,"爸，你找我啥事？"

看李先军呼吸平稳了，李达海把找孙计划的事跟他说了一遍。李先军听完，半天没吱声。过了一会儿，李先军问李达海："老爸，下一步咋办？"

李达海说："专案组就是冲着咱老李家来的，咱们不能束手待毙，就是死也得找两个垫背的。"

李先军一脸茫然地问："那怎么办？"

李达海转动着手里的腕力球，说："你一会儿马上回增益村，你二叔带到省交通厅上访的村民，都是龚来福从村子里每天花三百元钱雇的。你回去把雇人的钱赶紧给龚来福，让龚来福上午就把钱发下去。另外，你还要让龚来福和村民打声招呼，这两天不管是谁找他们了解修高速公路的事，都要说不知道，谁要是瞎嘞嘞，就收拾谁。"

李先军怒气冲冲地说："他们敢呢。"

李达海又叮嘱李先军："这几天你就住在村里吧。你住在那儿，才能镇住他们。”

李先军说：“行，老爸，有事再打电话。”

李达海说：“别乱打电话，有事开车回来当面说。”

李先军说：“行。那我走了。”

李达海和李先军说的龚来福，是增益村的村民。他在村子里凡事不吃亏，村民给龚来福起了个外号，叫“特殊人物”。

22

李先军前脚刚离开李达海的办公室，霍燕后脚就进来了。李达海见到霍燕，刚才和李先军在一起时双眉紧锁的神色马上变成了满面春风的笑脸，紧绷着的面部肌肉瞬间全都耷拉了下来。

李达海让霍燕坐下，对她说：“那天你走了之后，孙主席对我很不高兴，准备好的午餐都没吃，领着那些来视察的委员就撤了。”

霍燕笑着回答说：“他就那样，一看不见我，就瞎寻思，爱吃醋，是一个不折不扣的老醋坛子。”

李达海说：“你下午找时间去看看他，和他解释解释。”

霍燕没羞没臊地说：“根本不用去解释，他每次看见我，骨头都酥了。”

李达海假装不高兴地说：“你把孙主席说成什么人了。”

霍燕笑着说：“他就是那种人。”

李达海不再提孙计划的事了，他换了个话题问霍燕：“那天你见到寇长友，他没说别的吧？”

霍燕的脸微红了一下，她说：“他什么都没说。我到派出所的时候，达林他们已经出来了。”

李达海说：“一会儿你给寇长友打个电话，问寇长友最近有没有事，如果没什么要紧的事，就让他来丹江玩几天，我当面谢谢他。”

霍燕看了一眼李达海办公室门前立钟上的时间，说：“这个点，他应该起来了，我现在就打。”

李达林让霍燕给寇长友打电话，是出于一种自我保护，他不想让自己的电话号频繁地暴露。他平常也很少打电话。他让寇长友来丹江，是因为省里专案组来调查他的事，他得当面和寇长友商量对策，让他帮着想办法出主意，总在电话里说，怕隔墙有耳。霍燕打完电话，告诉李达海，寇长友下午就到丹江。李达海听完先是愣了，然后笑着说：“还是你好使，一个电话过去，人下午就到。”

霍燕也笑着说：“没准他找你有什么事呢。”

李达海毫不掩饰内心的喜悦，对霍燕说：“不管有没有事，他能来就好，能来就万事大吉啦。”

霍燕问李达海：“李董还有啥要吩咐的？”

李达海说：“没事了，去忙你的事吧，我有事再叫你。”

霍燕说：“那我先去安排一下迎接寇长友的事，晚间就让他住鼎鑫国际酒店吧。”

李达海说：“可以。”

等霍燕出了门，李达海又想到，李达林跑路之后，他管的那一摊子事得找人经管起来。他眉头紧蹙了一下，想到了顾凤杰。

好长时间没和顾凤杰联系了，她现在忙什么呢？

顾凤杰在女儿甘霖大学毕业后找他帮着安排工作，他把甘霖安排在了达海实业有限公司财务部当出纳。他来到财务部，甘霖刚到，看见李达海进来，紧张地向李达海问了声："李董上午好！"

李达海问甘霖："在公司，感觉怎么样？"

甘霖说："谢谢李董关照，挺好的！"

李达海又问甘霖："你母亲最近怎么样？"

甘霖笑着说："我妈刚退休那阵子，心情有点儿郁闷，现在每天和一群老姐妹不是出去旅游，就是跳广场舞，天天过得可开心了。"

李达海笑着说："以你妈那种性格，怎么能闲得住。一会儿你给你妈打个电话，上午要是在家待着没事，就让她来我这儿喝茶，就说我想你妈了。"

甘霖马上说："好的李董，我立马就打。"

李达林刚要转身离开，突然又想起了什么，他问正在打电话的甘霖："听说你最近处了个对象？"

甘霖一听李达海问对象的事，脸"刷"地红了，她赶紧放下电话，腼腆地笑着回答说："我处对象的事李董也知道了。"

李达海装作很严肃地说："我把你当成自己的孩子一样看待，你的事，我怎么能不关心呢？"

甘霖有点儿不好意思地告诉李达海："是别人帮忙介绍的，一名警校刚毕业的小警察。"

李达海一本正经地说："好啊，不管是干什么的，只要人品好就行。什么时候时机成熟了，把他带过来让我看看。”

甘霖高兴地说：“谢谢李董这么关心我。”

这时顾凤杰的电话打了过来，她开口就骂：“死丫头，你晃我两下干啥？”

甘霖说：“是我们李董让我给你打的，李董说他想你了，嘻嘻嘻。”

顾凤杰听说李达海要见她，特意打扮了一番。她把甘霖给她新买的一件裙子穿上，在镜子前面左右转了两圈，又把朋友从巴黎寄来的名贵香水在前胸和腋下喷了几遍，自己觉得满意了，才出了家门。

李达海在会所的会客室接待了顾凤杰，两个人见了面，还像当年那么亲热。李达海问顾凤杰身体怎么样，顾凤杰说身体还行，白天和同学打麻将，晚间跳跳广场舞。李达海听完，笑着说：“当年打麻将，我可没少给你点炮啊。”

顾凤杰听完哈哈大笑，说：“我知道你那完全是故意点的。那时候我就看出来你能干大事，所以我也愿意和你在一起玩。”

李达海问顾凤杰：“退休了还想不想干点儿啥？”

顾凤杰不假思索地说：“没啥好干的，投资的事不能干，这么大岁数了，万一投资亏了，连返本的机会都没有。出力的事干不动了，现在最大的心愿就是养好自己的身体，等甘霖有孩子了，好帮她带孩子。”

李达海连连点头夸顾凤杰：“大姐这是活明白了。”

两个人唠着唠着就快中午了，李达海说：“大姐，我让厨房准备了便餐，中午，我请我当年的大恩人简单吃点儿饭，大姐不能外道吧。”

顾凤杰笑着说：“咱们还有啥外道的。再说了，李董把我说成恩人，我怎么敢当啊。要说恩人，你是我的大恩人才对呢。”

李达海个人专用的小餐厅就在会客室边上。厨师把午餐准备好了后，餐厅服务员过来请李达海入席，李达海让服务员到财务部把甘霖叫过来，让甘霖陪顾凤杰一起用餐。

李达海的小餐厅就像一个宫殿，富丽堂皇，雅而不俗。内墙边上摆放着一个造型优美的酒架，上面摆满了各种名酒。李达海为顾凤杰一一讲了每款酒的年份和来历，最后问顾凤杰喝什么酒。顾凤杰从来没见过这么多名酒，她笑着推辞着说：“李董随意，我喝酒不行。”李达海顺手从酒架上拿下一瓶法国红酒，对顾凤杰说：“大姐，中午咱们尝尝这个。”说完递给了服务员。服务员用开瓶器将红酒轻轻地打开，一股馥郁的香气顿时弥漫在小餐厅里。李达海先给顾凤杰斟了半杯，顾凤杰一边客气地说“哪能让李董给倒酒啊”，一边给甘霖使眼色，甘霖忙双手把李达海手中的酒接过来，给李达海也倒了半杯。李达海举起酒杯，动情地对顾凤杰说：“咱姐儿俩当年可是拜过把子的干姐弟，我还像当年那样叫您大姐，感谢大姐在我刚出道的迷茫之时给予的大力帮助，这杯酒我先干为敬！”说完，他把杯里的酒全干了。顾凤杰也很激动，一口把杯里的酒全干了。

李达海又给顾凤杰斟了第二杯，说这叫好事成双。

顾凤杰说：“好，祝愿李董好事成双！”

喝完两杯酒，李达海把话引入了正题。他对顾凤杰说：“大姐，我想请你出山，帮忙打理养殖场，借助大姐在丹江市场工商管理局上班时积攒下的人脉关系，咱们合力把养殖产业这块蛋糕做大。”

顾凤杰说：“养殖场不是李达林在管理吗？”

李达海说：“我准备把李达林从养殖场撤出来，让他去负责旧房子改造工程。养殖场这一块全权交由大姐管理，薪酬按净利润的50%分红。”

顾凤杰犹豫了一会儿，说：“给我一天时间考虑考虑吧，明天给李董答复行不行？”

李达海说：“行，大姐考虑好了，让甘霖转告我一声就行。”

经过一宿的深思熟虑，第二天，顾凤杰就到养殖场上班了。

23

寇长友的豪车在下午三点开进了李达海的私人会所。李达海在会所门前给寇长友一个结结实实的拥抱。寇长友见到李达海的第一句话是：“老大，你猜我给你带来什么了？”

李达海看寇长友两手空空的什么也没有，就问寇长友带什么了，寇长友让他猜，李达海想了半天，也没猜出寇长友葫芦里卖的什么药。寇长友看李达海真猜不来，就告诉李达海：“我给你带了五百万资金。”李达海问寇长友哪来的五百万，寇长友把杜壮威得到一笔五百万的分红，托他找第三方账户的事说了一遍。李达海说：“都这个时候了，他还敢把钱存到我的小额贷款公司里，他是咋想的？”

寇长友说：“我没告诉他是你的小额贷款公司，他也没问。

我当时就想，这笔钱到了你的小额贷款公司的账户上，以后你的事，他就得拼命办了。”

李达海笑着说：“真有你的，六弟。以后咱们这条船上，又多了一个大副。”两个人哈哈笑了起来。

李达海拉着寇长友的手，两个人一前一后进了会所，公司的几个部门的头头也跟着一起走了进来。李达海挥挥手，让他们都回到自己的办公室该干啥干啥，他要单独和寇长友聊聊怎么对付宁边来的专案组，特别是怎么对付带队的郑铁峰。

他已经通过不同的渠道对郑铁峰进行了全方位的了解，掌握了郑铁峰本人和家庭的一些情况。宁边官场上的一个朋友告诉李达海，郑铁峰是一个非常不讲情面、非常不好相处、非常讲究原则的一个人。在宁边，他除了单位里有几个要好的同事以外，一个社会上的朋友都没有。他休息的时候就是陪陪家人、看看书什么的，从来不参加外面的应酬。李达海又再三问宁边的朋友，郑铁峰有什么喜好和“软肋”，宁边的朋友想了半天，回答说：“喜好就是看书，至于有什么‘软肋’，不知道‘穷’和‘孝顺’算不算？”

李达海说：“当然算了。穷的对手是财富；孝顺的对手是听话。”

李达海把寇长友请到一张宽大的红木材质的六合同春沙发上，寇长友看着红木沙发问李达海：“这是什么时候添置的，上次来还没有呢。”

李达海说：“这是一个命理大师给推荐的六合同春。‘六合’是指天地和东南西北，六合同春便是天下皆春的意思。”他把茶杯放到寇长友的面前，接着说："坐在这样的沙发上谈事，可以凝聚气场，否极泰来。"

寇长友轻轻地抿了一口茶水，对李达海说："有些时候，大师的预言还是很灵的。"

李达海说："这阵子不顺的事太多了，我找大师来给调了调风水，大师顺便推荐了这款红木家具。至于灵不灵，那就是信则灵，不信则不灵。所以，我就让财务进了一套。"

寇长友说："红木镇宅辟邪，是个好东西。"

李达海叹了一口气，说："唉，好东西倒是好东西，但愿它能保佑我李达海渡过这次难关啊。"

听到李达海长叹了一口气，寇长友对李达海说："我还从来没听过大哥唉声叹气呢。"

李达海把上身往后仰了一下，看着寇长友的眼睛说："六弟啊，不瞒你说，你给我打完那个电话，我就没怎么睡觉，心太累了。"

寇长友说："我能猜出来，这两天你肯定是心烦意乱的。所以，我才到你这儿，陪你住两天。"接着，他又问李达海有没有其他渠道的消息。

李达海说："找了几个宁边当地官场上的朋友，了解了一下郑铁峰这个人，据说这个人油盐不进。"

寇长友说："我也找人打听了郑铁峰的家庭情况，据说他父亲得了中风，最近刚刚出院，现在由他妹妹和妹夫伺候着。"

李达海问寇长友："你找谁打听得这么详细？"

寇长友说："宁边市第二人民医院的院长张松，他刚提院长还不到一个月呢。”

李达海说：“他的消息应该准。”

寇长友说：“他能提院长，是我找省卫健委的领导给运作的。”

李达海试探着问寇长友：“六弟你的意思是，在郑铁峰父亲有病这件事上做点儿文章？”

寇长友说：“我也在考虑，行不行，试试再说，反正不能坐以待毙。”

李达海拍了一下寇长友的肩膀，说：“你一来，我这心里就有数了。”

寇长友当着李达海的面给宁边市第二人民医院的院长张松打了一个电话，张松接电话时非常客气，问寇长友有什么事可以帮忙。

寇长友说：“你不是说，宁边市公安局副局长郑铁峰的父亲从你们医院刚出院吗？”

张松说：“是的，是的。是我安排人送回家的。”

寇长友交代张松说：“你能不能安排一个嘴巴严实的人，买个果篮，在果篮里放十万块钱，给郑铁峰的妹妹家送去？”

张松有些为难地想了一会儿，说：“可以倒是可以，但是以什么借口啊？”

寇长友说：“借口嘛，就说是郑铁峰在丹江市的朋友送的。”

张松又问：“他家人要是不收怎么办？”

寇长友说：“放那就走，别管收不收。”

张松诺诺地说：“好，好，我马上安排人去办，完事了给你打电话。”

寇长友说：“这事只有你和办事的人知道就行了，不能让外人知道，一定要保密。”

张松笑着说：“这个我明白，寇总不能总拿我当三岁孩子啊。”

寇长友也笑了：“你不是老弟嘛，我就得多叮嘱两句。”

寇长友挂了电话，对李达海说：“这钱郑铁峰要是收下了，老大你就没什么大事，要是不收的话，可能就要有点儿麻烦。”

李达海说：“以郑铁峰的为人，他不可能收下。”

寇长友说：“他不收，不代表他妹妹不收，万一他妹妹见钱眼开，偷偷给密下了，这里面不就有文章可做了吗？”

李达海点了点头：“那就赌一把试试。”他又问寇长友：“钱怎么给张松转过去？”

寇长友呷了一口茶，说：“钱的事你不用管了，他提院长之前，我俩定好了，事成之后给我二十万，现在钱还没给我呢，等给钱的时候，我收十万不就得了。”说完，他对着李达海狡黠一笑。

两个人商量完毕，寇长友突然问李达海：“来了这么半天，怎么没看见霍燕呢？”

李达海说：“霍燕到鼎鑫国际酒店给你安排房间去了。”

寇长友听完会心一笑：“这个女人有味道。”

李达海抿嘴笑笑，没说什么。

霍燕确实在鼎鑫国际酒店，一来是等孙计划，二来是提前布置一下晚间寇长友住的房间内的水果和其他用品。

李达海在鼎鑫国际酒店常年包着两间总统套房，这两间总统套房是专门用来接待重要人物的。当然，重要人物不一定是外地的，本地的一些重要人物偶尔也能享用，但是要到前厅办理手续。孙计划算得上是重要人物，所以李达海怕孙计划生气，就让霍燕下午什么都不要干，就等孙计划。而这两间总统套房，只有李达海和霍燕不用经过前台直接就能使用。

孙计划约好王章耀到小天鹅西餐厅谈事，因为王章耀临时改变计划，和潘美玉用完午餐之后，他就回到了市里。

霍燕到了鼎鑫国际酒店就给孙计划打电话，孙计划或许正在开会，没接霍燕的电话。霍燕一直在等孙计划回电话，等得不耐烦了，又给孙计划打电话，这次孙计划不仅没接电话，还把电话挂了。霍燕以为孙计划真生自己的气了，一赌气索性给孙计划发了条微信，让孙计划永远不要再找她，就此断绝关系。

孙计划开完会马上给霍燕回电话，发现自己已被霍燕在手机通讯录上拉黑了，他又给霍燕发微信，微信提示他和霍燕已经不是好友。他气急败坏地把电话打给了李达海，让李达海好好管教管教这个不懂规矩的东西。李达海给霍燕打电话问怎么回事，霍燕就把事情的经过说了一遍，李达海让霍燕赶紧向孙计划赔礼道歉，以免因小失大，得不偿失。

霍燕说："就是道歉也不能现在道歉，这回就治治这个老家伙。"

李达海无奈地说："你太任性了。"

他又告诉霍燕，寇长友已经到公司了，晚上一起吃饭。

霍燕说："行。"

第 七 章

24

唐大勇和夏博洋跟常玉玲的表哥宋小宝分开后，又回到了常玉玲的住处。他俩试图让常玉玲配合做询问笔录，常玉玲的态度比第一次见面时还坚决，见不到郑铁峰，她什么都不说。没办法，唐大勇只好给郑铁峰打了电话，常玉玲听出电话里是郑铁峰的声音，把唐大勇的电话要过来，跟郑铁峰说：

“郑局长，我是那天晚上给你打电话的常玉玲……”刚说出自己的名字，常玉玲的眼泪止不住淌了下来。她把电话还给唐大勇，转身跑回了自己的房间。不一会儿，房间里传来了常玉玲的哭声。

唐大勇在电话里向郑铁峰汇报说：“常玉玲的情绪波动很大，非要见到你，才肯和我们说出实情。”

郑铁峰说：“那就不要难为她，你们先撤回来，咱们再研究一下。”

唐大勇和夏博洋回到专案组，没看到郑铁峰。在专案组留守的尹天池说郑铁峰去见市委书记吕光了。没过多长时间，郑铁峰回来了，他把唐大勇和夏博洋叫到案情研判室，听取了唐大勇和夏博洋见到常玉玲后的情况。

听完汇报，郑铁峰意识到常玉玲已经被人监视，他对唐大勇和夏博洋说："她的人身安全可能受到了威胁，咱们现在马上去常玉玲家，把她接到专案组来。"

夏博洋要开专案组的车，郑铁峰说："用丹江牌照的大吉普车吧，车大，地方宽，坐的人多，关键是不显眼。"他让司机把车开过来，夏博洋坐在副驾驶的位置上，为了掩护行动，他把遮阳板放了下来。

车开到常玉玲家胡同口还没停稳，夏博洋就看见常玉玲从胡同里正往外走，她的身后还跟着两个形迹猥琐的男人。

夏博洋请示郑铁峰怎么办，郑铁峰说："你下车喊常玉玲一声，看那两个男人有什么反应。"

夏博洋打开车门，向常玉玲的方向喊了一声："常姐，你去哪儿？"

常玉玲听到喊声，把头转向夏博洋，又快速把头转向身后跟着的两名男人。

夏博洋又喊了一声："常姐，你去学校接孩子吗？我有车，我送你去。"

说完，他就朝常玉玲跑过来。郑铁峰和唐大勇也下了车，跟在夏博洋身后。常玉玲看到夏博洋跑到了自己身边，就像见到了亲人一样，刚才走路还惶惶不安，这会儿突然来了勇气。

她拽住夏博洋的胳膊，回身指着离她十多米远的两个男人说：

“就是那两个男的天天跟着我，你们快把他俩抓起来。”

门牙断了半截的豁牙子指着常玉玲怒斥：“咋地呀，娘家人来了？”他又对夏博洋说：“你少管闲事，这是我们家里的事，别找不自在。”

夏博洋说：“家里事？你是她什么人？”

豁牙子说：“你管我是她什么人呢，赶紧上一边去。”

说完，他就过来拽常玉玲的胳膊，一边拽，一边恐吓常玉玲说：“快走你的道，少跟他们墨迹。”

这时，郑铁峰和唐大勇从后面拦住了两个男子。另一男子见势不妙，对郑铁峰摆着手说：“跟我没关系，跟我没关系。”

郑铁峰亮出警官证：“我们是警察，现在对你们进行依法传唤，请你们配合。”

豁牙子松开拽着常玉玲的手，对着郑铁峰大声叫喊：“你们凭什么传唤我们，我们犯了什么法？”

豁牙子把嗓音喊到极限，想引来过路的群众的围观拍照。

郑铁峰义正词严地再次重申：“请你们配合公安机关，马上跟我们走，否则我们将对你们采取强制措施。”

这时，有群众围观过来，有的群众开始质问夏博洋为什么抓人，有的群众有的开始用手机录像。两个男人见有人帮腔录像，气焰更嚣张了：“你们有执法证吗？你们凭什么抓我们？我们犯什么法了？警察无故抓人了！警察瞎乱抓人了！”

郑铁峰给唐大勇使了个眼色，唐大勇和夏博洋采用一对一单兵战术，两个男人还没反应过来，就被唐大勇和夏博洋摁在地上。郑铁峰和司机上前协助，给两个男人戴上了手铐，押上了专案组的汽车。

郑铁峰见围观的群众越聚越多，挡住了专案组的车，就站到车前举起警官证，大声对围观的群众喊道："我们是警察，正在秉公执法。我们的一切执法活动都是遵循人民警察法赋予的权力。请大家配合我们工作，不要误听、误判、误信，更不要上传刚才的视频。谁刚才录了视频，请立即删除，如果谁把刚才的视频传到网上，造成的一切法律后果，将由上传视频的人承担。"

站在车前的群众听了，马上给车让开了道路，几个刚用手机录完视频的群众悄悄地拿起手机，删除了刚刚录的视频。

常玉玲站在一边，看得目瞪口呆。唐大勇走到常玉玲身边小声对她说："快上车，他就是你要见的郑铁峰局长。"说完把目光看向郑铁峰。

常玉玲泪眼婆娑地看着郑铁峰，正要开口说什么，郑铁峰抢先说："有什么想说的话，咱们到地方再说，请马上上车。"

汽车就地掉头往回开，常玉玲一路上沉默不语。到了驻地，看到两名男子被分别押进了讯问室，常玉玲才长长地吐出了一口气。她跟着郑铁峰来到了办公室，给郑铁峰深深地鞠了一个躬，郑铁峰急忙拉起常玉玲，说：

"用不着这样，我们就是来为你主持公道的，有什么要说的，现在就说吧。"

常玉玲声泪俱下："郑局长，我爸和我老公死得不明不白，我就想让你帮我调查清楚，他俩到底是不是被害死的。"郑铁峰说：“任何人都掩盖不了真相，请你相信公安机关，一定会让你父亲和你丈夫的死真相大白。”

与此同时，唐大勇和夏博洋各带一组侦查员，对两名陌生男子开始了审讯。郑铁峰安排另外一组侦查员为常玉玲做询问笔录。

25

第二天上午八点，唐大勇来到郑铁峰的办公室。

他和夏博洋整整一宿没合眼，审查完两名嫌疑人，又和专案组分管法制的金海纳给两名嫌疑人办理拘留手续,办完手续，又把嫌疑人押送到看守所。

郑铁峰在办公室里间的休息室里听到开门声，披上衣服就过来了。

唐大勇知道郑铁峰一整夜都在关注着三组侦查员对两名犯罪嫌疑人的审讯和对常玉玲的讯问，略带歉意地对郑铁峰说：“是不是影响郑局休息了？”

郑铁峰打着哈欠说：“办专案就这样，谁都别想睡囫囵觉。”

唐大勇说：“已经把两名嫌疑人都押看守所去了。”

他把两名嫌疑人的审讯笔录交给郑铁峰,郑铁峰接过材料，一页一页地看。唐大勇从冷藏柜里拿出一瓶矿泉水，一边慢慢地喝着，一边向郑铁峰拉家常似的汇报：“两名嫌疑人，一个叫王三黑，另一个叫随义，随义的外号叫豁牙子。两个人是在监狱服刑期间认识的，出狱后由于都没有找到工作，就先后投弃了李达林。李达林因为抢了常福民的林地，导致常福民上访，李达海就安排他俩和另外几个人把常福民关在养殖场后建的特种经济作物的圈舍里,限制常福民的人身自由,常福民一有反抗，他们就对常福民进行殴打。常福民突然死亡之后，李达林又安排他俩跟踪常玉玲，名义是催要常福民欠李达林的钱，实际是利用恐吓和尾随的手段阻止常玉玲上访。”

郑铁峰一边听唐大勇汇报，一边低头看着审讯笔录。

唐大勇喝了口水，接着说：“王三黑还交代说，常福民死了之后，李达林安排他和豁牙子给常玉玲送去一千元钱，常玉玲不但没收，还把他俩和李达林痛骂了一顿。他回去把钱还给李达林的时候，他俩又被李达林臭骂了一顿。他和豁牙子觉得非常委屈，联想到出狱这几年在李达林手下干的一些偷鸡摸狗的事，二人都怕二次进宫，就打算不跟李达林干了，但李达林押了他俩每人半年多的工钱，他俩去要过两回，每次都被李达林拒绝了。李达林答应他俩年底的时候把欠下的钱一次性结清，他俩没办法，只好继续跟李达林混。”

郑铁峰的视线停留在材料上，嘴上应和着唐大勇的话：“看来这俩小子的人性还没有完全泯灭啊。”

唐大勇说：“这两个家伙不像是李达林团伙中的骨干人物。据王三黑交代，他和豁牙子的主要任务是在养殖场标段高速公路工人进场施工时充当打手，再就是看管常福民和跟踪常玉玲，其他的坏事，李达林没安排他和豁牙子参与。用王三黑自己的话说，是李达林对他俩不放心，怕他俩在关键时刻掉链子。”

“哦，看来这里面还有组织层级。”郑铁峰接着唐大勇的话说。

“是的。王三黑在材料中还提到了两个人，这两个人层级应该比他俩高。”唐大勇说。

“在第几页？”郑铁峰来了兴趣，快速翻动着材料。

“在第十八页。”郑铁峰把材料翻到了第十八页。

唐大勇说：“这两个人一个叫阮仲平，外号二老尿，另一个叫海东青，他俩也不知道海东青是不是这个人的真名。”

郑铁峰说：“海东青是一种鹰的名字，它有万鹰之神的美称，不像是一个人的真名。但是敢以海东青这种猛禽做绰号的人，绝对不会是个善茬子。对这个人要留心一点儿。”

唐大勇说：“这两个人应该是李达林的心腹。二老尿偶尔还来一趟养殖场，至于海东青，他俩只听过名字，没见过真人。”

郑铁峰说：“那就对了，真人不露相，露相不真人嘛。”

唐大勇说：“通过对王三黑的审查，他还提供了一些亟待核实的线索。”

“什么线索？”

“常福民死亡的第三天，按照习俗，常玉玲两口子对常福民进行了土葬。下葬三天后回村里圆坟，两口子无意间听到村里人说，常福民不是自己卡[①]倒摔死的，是被人打死的。常玉玲便和赵志学去那个村民家里打听是谁打死的常福民，那个村民支支吾吾地否认了说过的话，并借故家里有事，把常玉玲和赵志学支走了。但这反倒让常玉玲两口子更加怀疑，因为当初

① 卡：kǎ，东北方言，跌倒，摔倒。

她和赵志学就怀疑常福民的死是他杀，但因为没有证据，两口子就把常福民土葬了。

“他们当天回到市里，找到公安局出现场的法医。法医说你们已经在尸检报告上签了字，还回来找啥，常玉玲说村民都说我父亲是被人打死的。法医问被谁打死的，常玉玲说李达林。法医说你要信村民的传言，你就得拿出证据来。常玉玲说我要有证据就不来找你们了。法医说必须得有能证明你爹被李达林打死的证据，没有证据你们就是胡闹。从公安局回家后，常玉玲两口子就四处搜集常福民死亡的证据，后来搜集的证据都被公安局排除掉了。两口子不服，就多次到养殖场找李达林要转让林地的钱，李达林报警后，派出所对两口子提出了警告，他们才不再去养殖场要钱。后来，常玉玲的丈夫赵志学利用给市政府领导送水的机会，突然在办公室下跪请愿，引起了领导的重视，领导要求公安局重新调查常福民的死因，还社会一个的真相，给两口子一个交代。这一次，公安局的调查结果还是排除了他杀。但这份报告没有消除常玉玲两口子的疑虑，反倒增加了他们对李达海兄弟的仇恨，常玉玲的丈夫赵志学在一次酒后对外放话说，常福民就是李达海、李达林哥儿俩害死的，早晚有一天，他要干掉李达海、李达林兄弟俩。李达海听说后非常害怕，指使李达林干掉赵志学，李达林就花重金买通了给他家养殖场送饲料的大货车司机刘长明，制造了车祸，将常玉玲的丈夫赵志学撞死在送水的途中。由于刘长明在事故中负主要责任，又没有得到常玉玲的谅解，刘长明就被法院判处了三年有期徒刑，现在在水冰沟监狱服刑。”

郑铁峰问唐大勇："这些事情，王三黑是怎么知道的？"

唐大勇说："这也正是我感到奇怪的地方。我感觉这些话像是事先编排好的台词，就再三抠问王三黑，王三黑说养殖场内部的人都这么议论。"

郑铁峰点燃一支烟，说："无风不起浪啊，看来这里面一定有更大的隐情。"他把审讯笔录放到一边，对唐大勇说："我在看常玉玲的笔录的时候，也看到她提出了这些疑点。看来，常玉玲的怀疑不是没有来头的。"

他意犹未尽地又问唐大勇："有关常福民的死，他们还交代了什么？"

唐大勇说："除了我刚才说的这些以外，他们还交代了李达林在逼迫常福民转让林地时，对常福民实施了殴打。当时他俩都不在场，只有二老尿在场，当时现场什么情况，他俩都说不清楚。"

"实施了殴打，他俩是怎么知道的？"

"他们在看管常福民的时候，听常福民说的，常福民还给他俩看了被打后留下的疤痕。"

郑铁峰又问："李达林近期对他们有没有遥控指挥？"

唐大勇说："没有。两个人都说近期没见到李达林，也没有接到李达林的电话。"

郑铁峰疑惑地说："这就比较反常了。按理说，他们知道我们进驻了丹江，应该立即通知像王三黑、豁牙子这样的马仔该躲的躲，该藏的藏，他们为什么没安排他俩躲起来呢？"

唐大勇试探着分析："会不会已经安排掌握内幕比较多的

骨干成员提前跑了，留下王三黑和豁牙子这种不了解内情的人来麻痹我们？或者，留下他们是为了制造某种假象？”

郑铁峰吸了一口烟，说：“不排除这种可能。另外，刚才提到的二老尿和海东青，应该是这个团伙中的骨干成员，今天应该让他俩到位，今天抓不到，以后就很难抓了。”

郑铁峰紧接着又说：“这其中最关键的是抓捕二老尿，因为只有二老尿到案，才能揭开常福民林地转让之谜，搞清楚了林地转让的真相，才能保证‘丹宁’高速公路顺利开工。”

唐大勇点点头，补充说：“二老尿如果到位了，海东青这个谜团也就解开了。”

郑铁峰说：“这样的话，下一步我们就得兵分三路：一路要迅速查明二老尿的藏身之地，对二老尿进行抓捕；第二路要对王三黑和豁牙子供述的问题进行核实，特别要查明海东青的真实身份；第三路要到水冰沟监狱提审刘长明，争取让他开口。他要是不开口，就破除他的心理防线，让他知道这起案件的严重性，自己不主动坦白交代，别人也会揭发。”

唐大勇又问郑铁峰：“是不是对李达林也要采取强制措施？”

郑铁峰把烟头摁在烟灰缸里，说：“李达林已经脱离视线了。”

唐大勇下意识地应了一句：“看来是打草惊蛇了。”

郑铁峰说：“不是打草惊蛇，是惊弓之鸟飞了。”

原来，在唐大勇和夏博洋审讯王三黑和豁牙子的时候，郑铁峰派到丹江市移动公司秘密调查李达林外围的侦查员王国鹏和张如坚回来了。王国鹏一边把调出来的李达林的通话记录交给了郑铁峰，一边向郑铁峰汇报说："李达林失控了。"

王国鹏说："通过对李达林的手机数据分析，李达林已经四天没有消息了，他最后一次通话是四天前的晚上二十二点十分，通话地点是在长青市红玫瑰大酒店附近。经查，李达林通话的电话号码是西南省玉丽市的一部座机。我们通过拨打玉丽市的 114 查号台查询座机的机主信息，语音回答机主信息没有登记。我们又根据李达林的通话记录往前翻查，在李达林和西南省玉丽市座机通话前，有一个归属地是丹江市的手机号码和他通话十八分五十二秒，这个手机号码的位置在丹江市，经过调查，是李达海的手机号码。再往前的通话，多数都是丹江本地人和养殖场的员工，偶尔也有少量打往外省市的电话，但这些电话距离现在的时间都比较远，也不频繁。近十天里通话最频繁的是一个叫龚来福的手机号码。我们根据龚来福的通话记录，找到了几名与龚来福通话次数较多的人，这些人一部分是增益村的村民，一部分是养殖场的员工。我们从侧面了解了李达林和养殖场的一些情况，根据这些人反映，李达林已经快有一周没在养殖场露面。由此分析，李达林潜逃的可能性巨大。"

听完王国鹏的汇报，郑铁峰对李达林在此时销声匿迹，推断出三种设想：一是畏罪潜逃；二是给李达海调动各种社会资源阻挠办案创造时间和空间；三是达海实业有限公司可以利用这段时间从容地销毁犯罪证据。如果不能尽快抓到李达林，各种各样的办案阻力就会像潮水一样奔涌而来。

他当即安排王国鹏和张如坚动身去长青市，重点围绕红玫瑰大酒店、长青市火车站、高铁站、长青国际机场和长途公路客运站调取李达林的出行信息，想尽一切办法查找李达林的蛛丝马迹。

由于李达海是丹江市政协常委，同时也是出于稳住李达海的考量，郑铁峰暂时没有安排侦查员调查李达海，只是让知情人密切注意李达海的动向，发现异常情况，随时报告。

专案组这边，负责情报信息的李原明已经通过线索掌握了二老尿的基本情况，只待下一步郑铁峰发出命令。

郑铁峰让唐大勇休息一会儿，等吃完中午饭再召开案情分析会，研究抓捕二老尿的行动方案。

26

郑铁峰也是一夜没合眼，看完常玉玲的询问笔录，已经是凌晨一点多了。郑铁峰安排司机把常玉玲送回家，再三叮嘱一定要保密，一定要注意安全。他站在楼上看着，直到送常玉玲回家的车的红色尾灯消失不见，他才拉上窗帘，回到办公桌边。

郑铁峰拿起水杯喝了一小口水，他的肠胃开始“咕噜咕噜”地响，胃隐隐作痛，胃疼的老毛病又找上来了。每当半夜胃不舒服，他就会不自觉地想起刚结婚的时候。那时候，妻子还没患病，他每次加完班回到家中，妻子都会起来给他热一杯牛奶，喝完香气四溢的牛奶，不光胃舒服了，心里也热乎了。妻子自从患病后，刚开始还能披着衣服起来对他嘘寒问暖，后来病情加重了，她只能躺在床上轻声说：“饭在锅里热着呢。”再后来，不管多晚到家，家里都是冷冰冰的，没有了牛奶的香气，更没有了妻子的呵护和家的温馨。他想着想着,眼角不知不觉湿润了。他随手翻了一下桌子上的台历，突然想起昨天是妻子去世三周年的祭日，出发的时候，妹妹还提醒过他，他竟然给忘得干干净净，他的心里开始不停地自责。

办公室的门被轻轻地推开了，夏博洋把脑袋伸了进来，他因为晚间审查没吃上饭，刚刚泡了一碗方便面，看到郑铁峰办公室的灯还亮着,就多泡了一碗。郑铁峰看见夏博洋端着方便面，招手让夏博洋进来，夏博洋把方便面放在郑铁峰的面前，又从裤兜里掏出两根火腿肠，笑着说：“郑局，您也饿了吧？”

郑铁峰说：“是有点儿饿了。刚才脑子里还想着你嫂子给我热牛奶的事情呢，唉，人生啊，失去了才知道珍惜。”

夏博洋笑着说：“我没见过嫂子，但听唐队说，您家嫂子非常贤惠。郑局快趁热吃吧。”

他说完就要走，被郑铁峰叫住了：“审查还顺利吧？”

夏博洋嘿嘿地笑着回答说：“这两个小子撂得差不多了，一会儿再往深抠抠，看还能不能挤出点儿干货。”

郑铁峰点了点头，说：“尽量把这两个小子知道的都挤出来。”

夏博洋说：“我们也是这么想的。”

郑铁峰端起方便面，突然问夏博洋：“听说你快结婚了，日子定在什么时候了？”

夏博洋挠了挠后脑勺，说：“推迟了，等专案结束了再办。”

郑铁峰说：“是不是因为办专案，把婚期推迟了？”

夏博洋笑着说："是的，局长。我对象一开始不同意推迟婚期，但我不想因为结婚失去这次锻炼的机会，就和她商量，后来她同意了我的想法。就这样，我俩回去做各自父母的工作，双方家长都没什么意见，婚期就推迟到10月16日了。"

郑铁峰问："为什么选择10月16日这天？"

夏博洋说："那天是我对象的生日，以后结婚纪念日和她过生日一起办，能省下一桌饭钱。"

郑铁峰呵呵笑着说："这不会是你小子的主意吧？"

夏博洋赶紧解释说："不是，不是，这是我对象的主意，她是那种过日子很仔细的人。"

郑铁峰点头夸赞："现在过日子仔细的姑娘可不好找了，你小子有福了。"他又接着说："估计咱们最晚三个月就能办完专案，等你结婚那天，凡是咱们专案组的人都去喝你的喜酒。"

夏博洋高兴地说："那太好了，您和大伙要是都能去参加我们的婚礼，我爸妈还有我对象的父母不知道得有多高兴呢。"

27

由于马上要召开案情分析会，吃过午饭，大家谁都没有休息。郑铁峰安排夏博洋通知在家的所有侦查员到会议室，侦查员们刚落座，郑铁峰就接到了王国鹏从长青市打来的电话。王国鹏说，他和张如坚到长青国际机场调取了一周以来的航班出行信息，没有查到李达林的出行记录，又到长青市长途公路客运站、火车站和高铁站，也没有查到李达林的半点儿消息，甚至对红玫瑰大酒店的入住信息和附近路口的监控都查了，也没有发现李达林的身影，现在请示下一步该如何行动。

郑铁峰料到会有这样的结果，对王国鹏说：“看来李达林有一定的反侦察能力，我们不妨先观察他几天，看他自己什么时候冒出来。”

唐大勇说：“以往，多数涉黑、涉恶的犯罪人员，躲藏的目的是为了争取保护伞给自己消灾时间，这次李达林玩消失，会不会也抱有这种侥幸心理？”

郑铁峰说：“这些人，不在公平和正义面前撞得粉身碎骨，幻想是不会破灭的。”

唐大勇说：“这回咱们不仅要打碎他的幻想，还要让他知道，法律是不可亵渎的。”

郑铁峰说：“对！”接着，他要求王国鹏和张如坚返回专案组，对李达林欲擒故纵。

这边，会议已经开始了。室内的全部灯已经被关掉，只剩下投影仪的一道光束，打在前方的投影幕上。

会议室内只有投影仪发出的“沙沙”声，侦查员们的目光全都聚焦在银白色的幕布上。李原明首先把李达林和二老尿的照片，以及两个人的年龄、身高、体貌特征定格在投影幕上，然后将通过大数据核查和西南省瑞丽市警方协查到的李达林的通话信息，还有二老尿的所犯前科、行动轨迹以及藏身之处通报给了参加会议的侦查员。

李原明说：“从目前的大数据分析来看，李达林并没离开长青市。他在长青市红玫瑰大酒店附近打往西南省玉丽市的座机电话，经过当地公安机关协查，电话归属玉丽市一家珠宝公司，当晚接电话的是公司的老板娘尹伊丽。据尹伊丽反映，那天晚上李达林打来电话找公司经理肖猛，尹伊丽问李达林是哪位，李达林对尹伊丽说出了自己的名字。尹伊丽前年跟肖猛来过丹江，李达海接待肖猛和尹伊丽的时候，李达林也在场，所以尹伊丽认识李达林。尹伊丽告诉李达林，肖猛已经去世半年多了，现在公司由她经营。李达林有些意外，问尹伊丽，上个月李达海还给他看肖猛发的翡翠视频呢，怎么人说不在就不在了呢？尹伊丽告诉李达林，肖猛于半年前到缅甸采购玉料的时候突发心梗，没抢救过来，亡在境外。微信发的翡翠视频，是公司销售人员用肖猛的手机发的，因为肖猛的电话上有很多大客户的微信，所以手机号码暂时没有过户。

“根据尹伊丽提供的情况，李达林逃往玉丽市的可能性不大，再结合刚才王国鹏从长青市电话报告的情况分析，李达林目前应该还在长青市，但不排除下一步外逃或者潜回丹江的可能性。另外，通过监视李达海、龚来福和其他几部与李达林平常联系频繁的电话，目前没有发现有陌生号码呼入。”

接着，李原明又开始介绍二老尿。他先把通过知情人了解到的二老尿的个人信息向侦查员做了通报：

“二老尿原名叫阮仲平，北安省丹江市人，现年三十九岁，职高毕业，离异，独身，有驾驶技术。因为酒后有遗尿的毛病，所以外人给他起了个二老尿的绰号。该人狡诈善变，心胸狭窄，少言寡语，性格怪僻，心狠手毒，做事不计后果；早年因绺窃被判处有期徒刑三年。出狱后，又因赌博和嫖娼被公安机关打击处理，对公安民警怀恨在心。2012年因所开的麻将厅聚众赌博，麻将厅被公安机关取缔。此人长期对社会心存不满，存在对抗社会和报复社会的心理。2014年投靠李达林后，很快便成为李达林团伙中的骨干成员，也是李达林的忠实马仔。李达林除了定期给二老尿开工资外，逢年过节，还对二老尿进行一定数额的奖励。据李达林雇佣大巴车的司机反映，李达林带人围攻省交通厅那天，二老尿因为头天晚上喝多了，延误了发车时间，使李达林非常不满。二老尿也是围攻省交通厅的幕后组织者。专案组进驻到丹江市后，二老尿便在公众视野中消失了。”

李原明接着说：“从行踪轨迹上分析，二老尿很可能躲藏在丹江市靠近边境的大荒沟村，一个名字叫李淑萍的女人家中。李淑萍，五十岁左右，丧偶，大荒沟村村民，曾经在丹江市建筑工地做过饭，在商场当过保洁员，和二老尿是表姐弟关系，对大荒沟村周边的地形地貌十分熟悉。丹江市只有一条通往大荒沟村的县级公路，而且进村需要经过一个边防检查站。如果二老尿进入大荒沟村，必须得有当地人做向导，才能绕过边防检查站。大荒沟村是一个空心村，户与户之间居住分散，绝大多数村民都在国外务工，村里只剩下一些年长的老人和儿童。大荒沟村和境外仅一山之隔，翻过山就是境外。”

郑铁峰听完李原明的分析，开始和大家一起研究抓捕方案。唐大勇站起身，主动要求带队到大荒沟村抓捕二老尿，郑铁峰让唐大勇坐下，考虑了一会儿，说：

“你刚刚搞了一夜的审讯，体能还没有完全恢复过来，现在需要好好休息。我的意见是让特警支队的朴龙湖和尹天池，还有昨晚参加过审查的夏博洋，这三位同志去执行这次抓捕任务，你看怎么样？”

唐大勇说：“这是一个比较理想的组合，特警的两位同志懂查缉战术，夏博洋熟悉情况，挺好，我没意见。”说完，他冲着郑铁峰点了一下头。

“龙湖、天奎、博洋，你们三个有什么意见？”郑铁峰将目光转向三个人。

“我没意见。”

“我也没意见。”

“我坚决服从。”

会场上荡起了轻松的气氛。最后经过商议，大家一致同意由特警支队副支队长朴龙湖、特警支队侦查员尹天池和夏博洋组成抓捕小组，到大荒沟村对二老尿实施抓捕行动。

28

孙露突然给郑铁峰打来电话，问专案组现在在丹江什么地方，郑铁峰没有吱声，把电话递给了身边做记录的夏博洋。夏博洋起身到外面接电话，接完电话回到会议室跟郑铁峰说：“孙露到丹江了，我把咱们的驻地告诉她了，她现在打车往这儿来呢。”

郑铁峰说：“正好缺一个看家内勤，她来得正是时候。”

郑铁峰单独把朴龙湖、尹天池和夏博洋叫到一起开了个短会，除了叮嘱他们仨要绝对安全外，还对二老尿的性格特征进行了分析，警惕二老尿做出极端的事情。

给他们仨人开完短会，郑铁峰又把唐大勇和金海纳叫到自己的办公室，要求唐大勇和金海纳抓紧时间补觉，等二老尿到位了，由他俩连夜进行突审。他和李原明要去市局情报指挥中心对李达林的各种社会关系进行调查，希望能够尽快捕捉到李达林的信息，因为李达林是整个案件的关键点，李达林早一天到案，案情就会早一天明朗。

郑铁峰刚走出办公楼，就看见孙露从出租车上下来。郑铁峰小声安排李原明先带孙露上楼，楼上已经给孙露安排好了房间。

孙露来到郑铁峰面前，突然双脚靠拢，挺胸收腹，向郑铁峰敬了一个标准的军礼："报告郑铁峰副局长，宁边市公安局宣传处民警孙露前来报到。"

郑铁峰没想到孙露会向自己敬礼，刚才满脑子的案子一下子被抛到脑外，他马上抻了抻衣角，庄重地说："欢迎归队！"

李原明走过去帮孙露提行李箱，孙露凑到郑铁峰面前笑嘻嘻地问："郑局，安排我干什么呀？"

郑铁峰没有把安排内勤的想法直接告诉孙露，只是模棱两可地说："你今天先熟悉一下环境，具体干什么，等你把环境熟悉透了，再做安排。"

"是！"孙露又给郑铁峰敬了一个礼，转身轻盈地跟着李原明上楼去了。

在楼下等李原明的时候，朴龙湖、尹天池和夏博洋陆续走了出来。

郑铁峰问朴龙湖："介绍信和抓捕手续都带齐了吧？"

朴龙湖说："都带齐了。"

"枪在谁那儿呢？"郑铁峰又问。

朴龙湖一指夏博洋，说："枪在夏博洋那里。"

夏博洋拍了一下腋下，示意手枪在他那儿。

郑铁峰看着夏博洋说："一定要注意安全。"

夏博洋说："放心吧郑局，压着保险呢。"

郑铁峰再次叮嘱三个人："抓捕行动前，一定要先到当地派出所请求配合，摸清二老尿的居住环境后再采取行动。"

三个人同声回答："明白。"

郑铁峰跟三个人依次告别，目送他们坐的越野车驶出了专案组驻地。

送走了朴龙湖、尹天池和夏博洋他们三个人，郑铁峰突然想起刚才妹妹打来的电话。刚才在和朴龙湖几个人说话时，放在兜里手机震动了一下，他扫了一眼来电号码，见是妹妹的电话号，就挂断了没接。他拿出手机给妹妹拨了回去。

"喂，哥，你不忙了？"妹妹接起电话后小心翼翼地问。

"刚才部署任务呢，不便接电话。咱爸怎么样？"郑铁峰问妹妹。

"自从你走了之后，咱爸就不爱吃东西，唉，这些天都是骗他说你要回来了，他才吃点儿东西。"妹妹的话里满是无奈。

"我这边实在脱不开身，就得让你和妹夫受累了。等我在丹江的任务完成了，我就把咱爸接我家去伺候，你和妹夫也轻松轻松。"郑铁峰的话里带着自责。

“看你说的，好像咱爸不是我爸似的。你就安心在丹江执行任务吧，把自己的身体照顾好了，别总熬夜就行了。”妹妹半是埋怨半是叮嘱地说。

“小雪还好吧？”郑铁峰想起了马上要高考的外甥女。

“挺好的，前两次模拟考试，都在学年前十名以内，上重点应该没问题。对了哥，我打电话是有一件事要和你说。”

“什么事啊？”

“前两天超市来了一个人，带着一个果篮，说是你在丹江的朋友，听说咱爸病了来看咱爸。我问他叫什么名字，他只说你们是好朋友。我看他没告诉我他叫什么名字，就没让他上楼看咱爸。他在超市待了不到两分钟，看我没让他看咱爸，他把果篮放下就要走，我不让他放，他死乞白咧地放下就走了。刚才我打扫卫生，看到果篮里的水果快要烂了，就把果篮拆开了，谁知道果篮底下还放着一个小包，我打开一看，里边装着十万块钱。哥，咋办呢？”

“钱呢？”

“还在果篮里放着呢。”

“还记得送果篮的人长什么样吗？”

“是个三十五六岁左右的年轻男人，身上有一股医院的气味。”

“他是开车来的吗？”

“没看见他开车，好像是打车来的。”

“好的。你不要动那个果篮了，我现在打电话安排人把果篮和钱取走。”

“行，哥，你让他们快点儿拿走，超市里人来人往的别弄丢了。”

挂了妹妹的电话，郑铁峰给林政打了一个电话，把收到陌生人送来的果篮和十万元钱的事情向林政做了汇报，请求林政安排局纪检工作人员到他妹妹的超市把果篮和钱取走，然后调查一下是谁送的。

听完郑铁峰的汇报，林政语气凝重地说：“这不是一起孤立的事件，很有可能和你正在侦办的李达海案件有关，我马上安排局纪检部门展开调查，有了结果，第一时间通报给你。看来丹江已经有人打你的主意了，铁峰同志，你要时刻保持警惕啊！”

郑铁峰说：“放心吧局长，等专案组的人齐了，我再给大家开个会。在糖衣炮弹面前，我们专案组的每个人都要做‘铁甲’战士。”

向林政汇报完，他又给妹妹打了个电话，叮嘱妹妹说：“以后不管是哪儿的人打着我的旗号往超市送东西，你就让他当面给我打电话，要是不敢给我打电话，就是我不认识的，或者是不怀好意的，你就想办法把他们的电话留下来，再让他们走人。”

29

大荒沟村距离丹江市区一百二十多公里，是丹江市松山镇下辖的一个自然村。朴龙湖三个人并没有直接去大荒沟村，而是先来到了松山镇派出所。

三个人走进派出所,向值班民警出示过介绍信和警官证后，值班民警把三个人领到了所长办公室。所长是一名四十多岁的朝鲜族汉子，浓眉大眼五官周正。他接过朴龙湖递过来的介绍信看了一眼，让他们稍等一会儿，便拿起手机拨给了大荒沟村的管片民警，问他在什么位置，管片民警说正在一个叫新河村的村里开展入户核对。所长把朴龙湖三人准备去大荒沟村抓捕二老尿的情况跟管片民警介绍了一遍，要求他马上回到所里与朴龙湖三人汇合，协助朴龙湖三人完成抓捕任务。管片民警对所长说，他从新河村可以直接去大荒沟村，到大荒沟村和朴龙湖三人汇合，这样不走冤枉道。如果朴龙湖三人比自己先到大荒沟村，可以先去村治保主任那里了解一下情况，治保主任是一名朝鲜族女性，家就住在村口，开有一家小超市。

所长放下电话，把情况向朴龙湖三人介绍了一遍，其实三个人已经把所长和管片民警的通话听得一清二楚，朴龙湖看了一眼尹天池和夏博洋，说：“就按管片民警说的办。”

所长问朴龙湖：“还需不需要其他警力配合？”

朴龙湖说：“如果还有警力配合，那当然好了。”

所长翻开桌上的台历,台历上记的是当日全所民警的动向。所长看了一会儿，摇摇头说：“值班的值班，开会的开会，学习的学习，下片儿的下片儿，就剩一个副班的辅警可以跟你们去。”

朴龙湖说：“辅警也行。”

所长说：“我喊他过来。”说完他就放开嗓子大喊了两声：“老刘，老刘……”

“到，所长。我在值班室，马上过去。”

话音还没落，一个和所长年龄相仿的中年人气喘吁吁地跑进了所长办公室。

所长等老刘呼吸平稳了，才指着朴龙湖他们三个人介绍说：“这三位是宁边市公安局的同志，你配合他们到大荒沟村执行一起抓捕任务。”

老刘上前和朴龙湖三人一边握手，一边自我介绍说：“我叫刘春，叫我老刘就行。”

所长对老刘说：“一会儿去大荒沟村别开所里的警车，容易惊动抓捕对象。开我个人的车去吧，抓捕完成后，宁边的同志就不用绕道送你回来了。”

老刘说：“明白了，所长。”

朴龙湖三人起身和所长告别，所长特意嘱咐老刘：“要保证宁边的同志安全啊！”

老刘边走边说：“知道了，所长。”

出了松山镇，老刘的车打头，夏博洋开着专案组的车紧随其后，翻过一道山岭，大荒沟村若隐若现地出现在了侦查员们的眼前。

老刘的车停在了村口一家小超市前。超市里走出来一个五十多岁的朝鲜族妇女，她和老刘寒暄了几句后，便朝专案组的车走来，朴龙湖见状马上从车上下来，用朝鲜语问：“您是治保主任吧？”

朝鲜族妇女回答说：“是的，我是。刚才管区民警来电话了，让我在这里等你们。”

朴龙湖说："谢谢了。我们准备抓捕一个人，有几个情况想跟您了解一下。"

治保主任说："进屋说吧，外边人多。"

在超市里，朴龙湖向治保主任询问李淑萍家的情况，治保主任说，半个小时前，李淑萍来超市买了一瓶白酒、两根红肠和一些蔬菜。治保主任看李淑萍买酒，就和她开玩笑说，家里就她一个女人，买酒给谁喝啊，李淑萍说她表弟来了，说完话拎着菜就回家了。为了到李淑萍家探个究竟，治保主任假装刚才卖东西时找错了钱，跟到了李淑萍家。进屋后，她发现李淑萍家不只是她和表弟两个人，屋里还有一个男人。说到这里，朴龙湖立即从手机里调出二老尿的照片让治保主任辨认，治保主任指着二老尿的照片说："屋里有这个人。"

朴龙湖又把李达林的照片调出来让治保主任辨认，治保主任看了一会儿，摇摇头说："屋里那个男的不是这个人。"

治保主任说，李淑萍家里那个男人年龄三十多岁，身体精瘦，胳膊上文着一条龙；留着板寸发型，刀条脸，短眉毛，眼睛不大。因为坐在炕上，估计身高在一米七五左右。那个男人见到她后神色很紧张，两只手不知该放在哪儿，非常不自然。治保主任怕打草惊蛇，就没对这个陌生男人进行盘问，只和李淑萍核对了一下钱数，就回来了。

朴龙湖把治保主任反映的情况对夏博洋、尹天池交代了一遍，三个人从年龄和身高上分析，觉得这个陌生男人应该是二老尿的朋友。但为了查明真相，朴龙湖决定由夏博洋化装成维修有线电视的工作人员进入室内进行侦查，看清室内房屋的结构和三个人在室内的动态。

这时，老刘走过来跟朴龙湖说，新河村两户村民因土地问题产生了纠纷，管区民警正在调解，调解完了才能赶过来。朴龙湖听完，对尹天池和夏博洋说："我觉得以二老尿狡诈善变的习性，对治保主任到李淑萍家肯定有所警觉，现在抓捕现场已经到了瞬息万变的时候，等管区民警赶过来再行动，恐怕来不及了。"

他让夏博洋按刚才的计划进屋侦查，这边，他要把新发现的情况马上向郑铁峰报告。

李淑萍家是一座典型的农家小院，院门是用方形钢管焊铸的双拉铁艺门，两扇门被门闩紧紧地扣着。院内靠近墙边的地方码放着一摞烧柴，空地上停放着一辆电动摩托车。

夏博洋来到门前，大声向室内喊话："屋里有人吗？"李淑萍听到喊声后，掀开门帘向外看了一眼，放下门帘回到屋内和屋里的人说了几句话，然后又掀开门帘问夏博洋："你是干啥的，有事吗？"

夏博洋说："我是镇里广电传媒的，来咱村检查有线电视线路，看看你家的电视信号好不好。"

李淑萍打开铁门的门闩说："信号总断，你来给看看吧。"

夏博洋跟着李淑萍走进了室内。进屋是一个南北走廊，走廊穿过厨房直抵后门，打开后门便是一条胡同；走廊两侧各有一个房间，右边的房间是卧室，整个卧室盘着一张大炕，炕中间用一道拉门把卧室隔成了两个单间，靠外边这一间炕上放着一张圆桌，圆桌上摆着一瓶白酒和两盘小菜。左边的房间里堆着一些农具和杂物。

“你家有线电视机顶盒安在哪屋了？”夏博洋以找机顶盒为由，把走廊两侧的房门都打开看了一遍。

李淑萍说：“在这屋呢。”

夏博洋跟着李淑萍脱鞋上了右边卧室的火炕。坐在炕上的二老尿和陌生男人忽然从炕上站了起来，二人死死地盯着夏博洋的一举一动，室内的空气骤然降到了冰点。夏博洋神情自若地蹲下身子，佯装查看机顶盒上的插孔，实际是在用眼角的余光观察二人的神色。二人见夏博洋非常专业地检查机顶盒，紧张的情绪慢慢地缓解了下来。

夏博洋问李淑萍：“你家有没有螺丝刀？我的螺丝刀放车上了，没带。”

李淑萍说：“有是有，不知道放哪儿了，我去找找。”

夏博洋放下机顶盒，把身体转了过来，面朝着二老尿和陌生男人。

“哥儿俩这是准备喝点儿啊？”夏博洋看着摆在圆桌上的白酒和小菜故意找话。

陌生男人给二老尿使了个眼色，二老尿一边说着：“咋地，老弟也想来点儿？”一边走到夏博洋身边用手来搂夏博洋的腰，试探夏博洋腰间有没有带枪。进屋侦查之前，夏博洋已经把枪给了朴龙湖。他故意让二老尿碰了一下身体，以便让二人放松对自己的警惕。“我不能喝，我还有工作呢。”夏博洋说完，就用目光寻找李淑萍。

二老尿没有摸到夏博洋腰间的手枪，神情顿时轻松很多，他对李淑萍喊道："找没找着螺丝刀啊？桌上的菜都凉了。"

夏博洋借故对李淑萍说："没找到就别找了，我回车上取去。"说完，他就下地穿鞋。

二老尿对李淑萍说："别找了，让他取自己的吧，你快扒拉两个菜，吃完我俩好走。"

李淑萍从对面屋走出来，一边扑拉手上的灰，一边对二老尿说："忙啥啊，刚来这么一会儿，天还没黑呢。再说那边的人还没过来呢。"

二老尿说："夜长梦多，吃完快走，等走到山下，那边的人也就过来了。"

正在穿鞋的夏博洋听二老尿说"那边的人"，马上分析出说的是境外的人。他假装热情打岔说："你要回市里，我这有车，可以捎你一路。"

二老尿有些不耐烦地说："不用你捎，没你的事。"

夏博洋穿好鞋走出了李淑萍家，回到车上，把侦查到的二老尿要越境逃跑的信息和李淑萍家里的情况向朴龙湖、尹天池做了详细的汇报。

朴龙湖立即觉出事态的严重性，他对夏博洋说："我刚把这边的情况向郑局汇报完，他让我们盯住他们，等增援警力赶到后再行动。没想到形势变化得这么快，如果现在不行动，等他们吃完饭就要越境潜逃了。"朴龙湖马上又给郑铁峰打电话，把夏博洋侦查到的情况补充汇报了一遍。

郑铁峰听完汇报后，指示说："你们争取把他们稳住，实在稳不住就见机行事。我已经在去往大荒沟村的路上了，估计再有四十多分钟就到了。”

撂下电话，三个人经过进一步商量，决定让夏博洋返回李淑萍家，佯装维修机顶盒。朴龙湖和尹天池从前门进入室内，对二老尿和陌生男人进行盘查，见机实施抓捕。老刘开车堵住李淑萍家后门的胡同，防止二老尿和陌生男人从后门逃跑。

夏博洋重新返回李淑萍家中的时候，三个人已经吃得差不多了。二老尿借着酒劲问夏博洋：“取个螺丝刀咋这么长时间啊？”

夏博洋说：“顺路到另一户村民家检查了一下。”

二老尿继续说：“放屁，我看你上了村口一辆黑色的越野车，根本就没去其他人家。”

夏博洋淡定地说：“那辆车就是我的，我在车上找工具了。”

二老尿眯缝着眼睛看着夏博洋：“你不会是警察吧？”

夏博洋回答说：“你看我像吗？”

这时，李淑萍接了一个电话，说那边的人已经到边境线了，让他们马上过去。

二老尿听完，马上和陌生男人起身准备下地穿鞋，夏博洋突然跳到地上张开双臂挡住了他们。

“你说对了，我就是警察。请你们立即双手抱头蹲下。”夏博洋的话让二老尿和陌生男人惊恐万分。

这时，朴龙湖和尹天池冲进了屋内。朴龙湖拿出警官证对二老尿和陌生男人说：“我们是宁边市公安局的警察，请你们配合公安机关接受检查。”

朴龙湖的话音刚落，二老尿突然一脚踢翻了炕上的圆桌。

中年男子趁乱迅速从背后掏出一把改制成手枪的双筒猎枪对准了朴龙湖。

夏博洋见状双手猛地托起陌生男人持枪的手臂，和陌生男人短兵相接的一刹那，陌生男人扣动了猎枪的扳机，子弹击中了夏博洋的左胸。夏博洋顾不上自己已经中弹，紧紧地抱住了陌生男人的身体，把枪压在了身下。朴龙湖冲上前夺下陌生男人手中的猎枪，迅速给陌生男人戴上了手铐。尹天池和老刘已经把拼力挣扎的二老尿压在了身下，朴龙湖转过身帮着尹天池给二老尿戴上了手铐。等他再回身去扶夏博洋的时候，夏博洋身体一歪，躺在被踢翻的圆桌旁，衣服被鲜血染红了一大片。朴龙湖抱起夏博洋就往屋外冲，他不忘回头叮嘱尹天池和老刘看好二老尿和陌生男人，别让他们跑了。夏博洋在朴龙湖的怀里，用微弱的声音说："朴哥，我侦查得不够仔细，没发现这个人身上有枪……"

朴龙湖一边喊着让夏博洋挺住，一边像疯了一样跑到车前，把夏博洋轻轻地放在副驾驶的位置上，并给他系上安全带。他回头看见尹天池和老刘正押着二老尿和中年男子往车边走，对尹天池大喊："把他俩押上老刘的车，我先去医院！"这时，管区民警也赶了过来，帮着尹天池把二老尿和陌生男子押进了车里，两辆车一前一后向丹江市区驶去。

30

在路上，朴龙湖把夏博洋受伤的情况向郑铁峰做了报告，郑铁峰顿时感觉一阵眩晕，他克制住自己的情绪，让朴龙湖把电话给夏博洋，他要确认夏博洋的情况。朴龙湖说夏博洋已经昏过去了，接不了电话，郑铁峰只好一再叮嘱朴龙湖路上注意安全，直接把夏博洋送到医院。放下电话，他狠狠地捶了自己胸膛一拳，无论如何都不敢相信，几个小时前还在跟他一起研究案情的夏博洋，现在竟然身负重伤。他和唐大勇就地掉头赶往医院，同时，他打通了医院的电话，要求马上开辟绿色通道，请医院安排最好的专家抢救夏博洋的生命。

在医院等待朴龙湖的时候，郑铁峰想起夏博洋和他说过，等专案结束了就结婚，他的眼泪唰地流了下来。愤怒与悲痛一拥而起堵在胸口，他狠狠地抹了把脸，强迫自己冷静，在心里不住地为夏博洋祈祷。直到内心稍微恢复平静，他才拿出手机给林政打去电话。

林政正在主持召开全市扫黑除恶专项斗争推进会。他看见秘书拿着他的电话急三火四的样子，放下讲话稿，宣布休会十分钟，跟着秘书走出了会场。

“林局长，是铁峰局长的电话。”秘书语气急切地边说边把电话递给了林政。

“喂，铁峰吗？”

“局长，我是铁峰。有个不好的消息需要向您报告。”

“出了什么事？你慢慢说。”

“夏博洋负伤了。”

“啊！伤得重不重？有没有生命危险？”

“我现在还没有见到他，还不清楚他的伤情重不重。医院已经开通了绿色通道，我和抢救室的医生正在医院门前等着他呢。”

林政闻言，稳住了心神，对郑铁峰说：“我马上安排何主任带人去增援你们，你那里不管发生了什么事都要稳住，有消息立即告诉我。”

林政马上返回会场，把政治部何心成主任叫到办公室，简单叮嘱了几句之后，何主任马上出发了。

朴龙湖驱车一到医院，医护人员迅速把夏博洋抬到担架车上，飞速向抢救室冲去。郑铁峰跟上前想看一眼夏博洋，却被医护人员挡在了身后,他随着担架车跑了几步,再次被护士拦住。尹天池和老刘紧随其后赶到了医院，尹天池从车上跳下来抓住朴龙湖问夏博洋怎么样了，朴龙湖因为高度紧张已经说不出话来,两个人相视片刻,突然蹲到地上痛哭起来。郑铁峰来到车后,看到坐在后排的二老尿和中年男人正被管区民警和老刘夹在中间，他来到朴龙湖和尹天池身边，把两个人扶起来：“先把人送回去吧。”

朴龙湖和尹天池擦了一把眼泪，朝抢救室的方向看了看，忧心忡忡地跟着唐大勇押着两名嫌疑人先行离开了。

之后，郑铁峰向丹江市局王章耀简要通报了案情，又给林政打了电话，把看到夏博洋的情况对林政说了。林政从郑铁峰的描述中预感到夏博洋的情况不妙，他放下电话，把指挥中心指挥长叫到了办公室，命令指挥中心立即起草一份信息简报，把夏博洋负伤的信息专报市委、市政府主要领导和省公安厅政治部。还没等起草完简报，林政再次接到了郑铁峰打来的电话：

“经丹江市人民医院专家组全力抢救，夏博洋终因失血过多，抢救无效，壮烈牺牲！”

“哎呀！”

作为一个地方的治安首长，林政一向性格沉稳，然而在得知夏博洋牺牲的这一刻，林政深感痛心惋惜，狠狠地擂了一下桌子。

如此优秀的干警牺牲了，这对警方而言是很大的损失，也必定会在精神和心理等方面影响到其他干警。在此重要关头，林政十分清楚，接下来他们不能就此沉浸在悲痛里，而是要将这份悲痛转化为与黑恶势力战斗的力量，不能让夏博洋白白牺牲！

林政回到会场，重新组织开会。针对下一步工作，他按照已经制定好的方案简明扼要地做了动员部署，一个半小时的会议被压缩到了二十分钟。会后，他把在家的班子成员和政工、警保、指挥中心的领导留了下来，向大家宣布了夏博洋牺牲的消息,决定向省厅政治部请示为夏博洋追记个人一等功等事宜，并安排夏博洋追悼会的事。

夏博洋牺牲这件事，让孙露的心灵受到了强烈的震撼，这是她第一次距离一线警察流血牺牲如此之近。在整理夏博洋的遗物时，孙露留意到一个夏博洋经常用来喝水的保温杯，杯面上的漆已经斑驳不堪，但一行金色的小字却清晰可见：士不可以不弘毅，任重而道远。她知道这句话出自孔子的《论语》，但对其中的含义却模模糊糊，她原本还想着等夏博洋不忙的时候找他聊聊天，听听他理解的“士”的精神。她拿着保温杯看了很久，眼前浮现出夏博洋不卑不亢的模样：不受困于眼前的蝇营狗苟，意志坚定，不随波逐流，不贪图名利和享受。她猛然从迷茫的状态中觉醒，士志于道，这应当就是夏博洋心目中的“士”吧!

北安省公安厅在收到夏博洋牺牲的简报后，马上给宁边市公安局发来了唁电：

唁　电

省厅专案组并宁边市公安局：

惊悉你局夏博洋同志在抓捕犯罪嫌疑人中壮烈牺牲，深感悲痛！夏博洋同志从警以来，爱岗敬业、忠诚履职、甘于奉献、勇于担当，先后多次立功受奖，为人民公安事业献出了宝贵的生命，以实际行动践行了“对党忠诚、服务人民、执法公正、纪律严明”的总要求。谨对夏博洋同志表示沉痛的哀悼，并向其家属致以亲切的慰问！

北安省公安厅政治部

丁雪松在得知夏博洋牺牲消息的第一时间，从省公安厅给郑铁峰打来电话，对夏博洋的牺牲表示沉痛哀悼，同时也对专案组的先期工作给予了充分肯定。他委托郑铁峰转达对专案组全体侦查员的问候，并要求全体侦查员尽快从夏博洋牺牲的巨大悲痛中解脱出来，化悲痛为力量，以顽强的意志，完成省公安厅党委制定的工作目标。

当天，夏博洋的遗体被运回宁边市。除了看家的孙露和正在返回丹江的路上的王国鹏、张如坚以外，其他专案组成员都放下了手上的工作，坐在夏博洋遗体的两侧，护送战友回家。

唐大勇一直在默默地流泪。他和夏博洋情同手足。夏博洋警校一毕业，他就把夏博洋要到了自己分管的打击新型犯罪大队。夏博洋不负他所望，在侦办一起系列电信诈骗案的分析会上，大胆地提出了对案件的独到见解，最终，刑警支队将系列电诈案件按照他的思路串并侦查,一举破获了历史积案十五起、现案三起，搬掉了压在宁边公安心头上的一块羞辱的石头。夏博洋就此一战成名，那阵子，唐大勇为发现了一个刑侦好苗子而高兴。从那以后，每有重特大或疑难案件发生，唐大勇都让夏博洋参与侦办，让他多积累经验，为日后宁边公安刑侦工作担当重任。在唐大勇的心里，夏博洋就是自己刑事侦查领域唯一的传承人，他要把自己的全部刑侦经验都传授给夏博洋，把夏博洋培养成全国公安战线首屈一指的刑侦专家。没承想天妒英才，一个前程似锦的青年才俊的生命，就此定格在刚满三十周岁的夏天，真是晴天霹雳。

郑铁峰同样心如刀绞，一路上沉默不语，泪流不止。他不断地自责和检讨，把夏博洋牺牲的原因全都归结到自己身上，是自己没制定好抓捕方案，是自己没亲自冲在最前线，是自己考虑不周全，是自己……他恨不得此刻躺在灵车上的不是夏博洋而是自己。假如生命真能替换，他宁可用自己的生命替夏博洋赴死。

灵车缓缓驶出高速公路出口，进入宁边市区，早已有得知扫黑除恶的公安干警夏博洋同志牺牲的宁边市民众等在路边，接他们的英雄回家。站在迎接队伍最前面的两位花白头发的老人，正是夏博洋的父母；身穿一袭黑衣，搀扶着老人的，是夏博洋的未婚妻。白发人送黑发人，这得是怎样的悲痛欲绝，郑铁峰不知道该如何面对夏博洋的家人们，人家把儿子、未来的丈夫交给了他，他却给人家带回来一具冰冷的尸体……

灵车慢慢地停了下来，夏博洋的父母哭喊着夏博洋的乳名上了灵车。郑铁峰带着负罪的心情紧紧地拉着夏博洋父母的手，夏博洋的父母哭着对郑铁峰说："不怨你们，我们不怨你们……让我们看看孩子，让我们老两口再陪陪他吧……"夏博洋的未婚妻是个知书达理的女性，强忍着悲痛安慰着两位老人。

灵车来到殡仪馆，宁边市市长佟柏青、政法委书记李京京和公安局局长林政，还有市公安局其他几个班子成员，一起将夏博洋的遗体从灵车上抬了下来。

安顿好夏博洋的遗体，郑铁峰又当面向几位领导汇报了夏博洋的牺牲过程。佟柏青安慰郑铁峰说不要过于悲痛和自责，林政向郑铁峰转达了副省长丁雪松的电话指示，随着案件侦办的不断深入，专案组每个人的生命都存在着极大的风险，他要求专案组在下一步的工作中，一定要把个人安危放在第一位。

夏博洋的牺牲，使专案组警力紧张的问题更加突出。林政已从其他警种抽调了五名骨干充实到专案组，以保证专案组能够顺利完成省厅交办的扫黑除恶任务。

郑铁峰领会了领导们的用意，他原来准备安排唐大勇留在宁边市，参加完夏博洋的追悼会，再返回丹江市，但从目前案件的紧迫性来看，唐大勇应该随专案组一同返回。他向唐大勇征求意见，唐大勇说："从感情上讲，我应该留下来送夏博洋最后一程，但如果工作需要，个人坚决服从组织。"

临上车前，郑铁峰和唐大勇来向夏博洋的家人们告别。夏博洋的父母对郑铁峰和唐大勇十分理解，一再叮嘱两个人一定要注意安全。老两口还让郑铁峰和唐大勇放心，夏博洋虽然牺牲了，但他们与人民警察因夏博洋而结下的友情还在，还会像以往一样，支持和理解人民警察。

召开追悼会的方案已经制定完毕，经报请市委主要领导同意，全市政法机关的干部、公安民警以及各行各业的群众代表参加夏博洋的追悼会。

夏博洋同志追悼会在宁边市人民体育场举行，由林政主持，市委常委、政法委书记李京京致悼词。按照市委、市政府的要求，夏博洋同志的追悼会庄严、肃穆、隆重，既是对英雄的追悼会，同时更是扫黑除恶专项斗争的誓师会！

第 八 章

31

杀害夏博洋的陌生男人叫邱水平，丹江市本地人，在李先军的武馆当拳击教练。

邱水平还在娘胎里的时候，父母就离了婚，母亲大着肚子改嫁到了邱家。邱水平虽然姓了邱家的姓，但没有受到邱家人半点儿待见。长期的冷眼和歧视，使邱水平养成了孤僻、暴躁的性格。他初中没念完，便辍学在社会上流荡。由于受影视剧中武打明星的影响，他立志要成为一名武林高手，于是四处拜师学艺，经过漫长的研习和苦练，终于凭借过硬的功夫在江湖上闯出了一些名气，得到了李达海父子的赏识，并帮着李达海除掉过几个生意上的竞争对手。

2016 年，丹江市举办了第一届全市青少年武术散打搏击比赛，邱水平报名参加了青年组的比赛，经过几番激烈的角逐，邱水平过关斩将闯入了决赛。在决赛阶段，邱水平遭遇了裁判的不公正判罚，失去了冠军的头衔，同时也失去了到某部当格斗教官的机会。邱水平找到大赛组委会申诉，组委会未经调查便做出了维持比赛结果的决定。邱水平怒火中烧，当场就把组委会的临时办公室砸了个稀巴烂，并萌生了对裁判伺机报复的想法。2018 年夏天，邱水平在一个酒局上偶遇裁判，便提起当年比赛的不公正判罚，遭到裁判的怒斥和羞辱。酒局结束后，邱水平对裁判进行尾随，在一个偏僻的胡同内，对裁判进行突袭，致裁判当场死亡。行凶后，邱水平找到了李先军，得到了李先军的资助，并被安排在二老尿的住处躲藏。2018 年，他被丹江市公安局列为网上逃犯。

此次他和二老尿到大荒沟村，计划和二老尿一起越境潜逃。鉴于邱水平所犯罪行的严重性、复杂性和给社会造成的极端恶劣影响，省公安厅决定，把邱水平押往宁边市公安局审理。

同时，省公安厅要求专案组加快阻拦“丹宁”高速公路建设案件的侦办进度，在最短的时间内，为“丹宁”高速公路增益段复工扫清一切障碍。

从宁边市回来的当晚，郑铁峰和唐大勇对二老尿展开全面审查，力争在二老尿身上打开全案的突破口。

二老尿坐在审讯椅上，双手被牢牢地固定在胸前的桌板上，双脚戴着脚镣，他低垂着头颅，一副惊恐猥琐的神态。他知道自己犯了什么罪，但就是死不交代，除了承认包庇逃犯邱水平以外，其他问题一概不知道。唐大勇忍着悲痛，双拳握得“咔咔”直响。郑铁峰控制着审讯的节奏，一步步分析着二老尿的心理动态。审讯进入到了僵持不下的关键时刻，郑铁峰突然佯装接到了医院打来的电话，兴奋地对唐大勇说："夏博洋醒了，生命保住了。"唐大勇配合着郑铁峰，振奋地笑着说："我就说这小子命大，子弹是打不死他的。"讯问室凝重的气氛瞬间变得轻松不少，郑铁峰观察着二老尿的神色，当二老尿听到夏博洋苏醒的消息，整个人一下子瘫了下来，嘴里不自觉地吐出一口长气。郑铁峰抓住时机，示意唐大勇点根烟递给二老尿，让二老尿紧绷着的神经松弛一会儿，然后对二老尿发出了连珠炮式的追问。二老尿狠狠地吸了一口烟，浓浓的白烟像两条蛇信子，从二老尿的鼻孔钻入肺里，又通过口腔被喷吐出来。"我说，你们问吧。"

二老尿终于开口了，但他只是交代了包庇窝藏邱水平的犯罪事实，把其他罪责一概推到了李达林身上，说都是李达林指使他干的。郑铁峰找准时机抓住二老尿谎言中的漏洞，问得二老尿张口结舌，最后，他不得不交代参与非法拘禁常福民，和到常福民家恐吓威逼常福民，最后和李达林一起按着常福民的手，在伪造的林地转让合同上签字画押的犯罪事实。同时，在郑铁峰的感召下，他还主动提供了李达林和李先军一起诬陷殴打增益村老村主任罗世杰，强迫罗世杰写下辞职书的犯罪线索。郑铁峰趁热打铁，追问李先军目前的下落，二老尿说在他们被抓捕的当天上午，李先军用增益村一个不知姓名的村民的电话给李淑萍打来电话，让他接听。李先军问二老尿什么时候过境，二老尿回答说吃过晚饭，李先军让他赶快过境躲起来，千万别让警察抓着。李先军还说，他在增益村暂时躲两天，把村里的事处理处理，这事要是摆不平，他也出境和二老尿他们会合。

李先军说的“这事”，就是专案组进驻丹江调查他家的事。

对二老尿的审讯一直持续到天亮。郑铁峰和唐大勇简单商量后，决定必须马上到增益村抓捕李先军，因为李先军一旦得到二老尿被抓和夏博洋牺牲的消息，一定会伏案潜逃。到那个时候再抓李先军，其难度可想而知。他安排金海纳和尹天池把二老尿押入看守所，自己和唐大勇带着另外两名侦查员急赴增益村。

32

李先军按照李达海的吩咐，这些天一直住在村里。他让“特殊人物”龚来福挨家挨户串通口气：专案组如果找到他们，问啥都说不知道。“特殊人物”还编了一套谎话，让全村统一了口径，专门对付专案组。

增益村村委会坐落在一条国道的边上，是一座二层平顶小楼，楼前是停车场，一楼开着一家超市、一个农家乐饭店，还有一家药店，二楼是村委会。李先军的办公室兼卧室在二楼靠国道这一侧，每次回村，他的车都停在他办公室的下方。

东北的夏天，天亮得特别早，郑铁峰带领唐大勇和两名侦查员赶到增益村村委会，还不到早晨五点钟。此时，忙于农活儿的村民们已经开始发动农用车准备下地劳作了。楼下的超市里也是七吵乱嚷，购买食品和农资的村民进进出出。

李先军早早地就醒了，他不是被村部前的吵闹声惊醒的，是多日来的心烦意乱让他始终难以入睡。这些天，他不敢用自己的电话与外界联系，每次要对外联系，都是看到谁就借用谁的电话往外打，且又不敢直接打给要找的通话人，而是打给通话人的熟人，两个人要是在一起，他就让把电话递给要找的通话人，不在一起，他就让熟人给传个话。他有一种非常不好的预感，因为这些天他一直没有得到父亲李达海的消息，要是搁在以前，以他父亲的能量，这点儿事早就摆平了。而这次，二叔李达林先窜了个无影无踪，一些平日里鞍前马后的弟兄闻风也都躲藏了起来。事情到了现在，连个慌信儿都没有。他决定趁早上人少回趟市里，和父亲商量一下对策，实在扛不住，就得圈拢父亲找海东青出面。至于海东青是谁？干什么的？李先军的印象中也是模模糊糊的，他猜测海东青一定是个大人物，每到事情“啃劲儿”的时候，他都会听到李达海自言自语地说：“实在没辙了，就去找海东青！”结果还没等找海东青，事情就圆满解决了。这一次，可能非得海东青出面不可了。

郑铁峰和唐大勇赶到村委会的小楼前，李原明把通过交通指挥平台和人口信息平台查到的李先军的车辆信息以及人口信息发了过来。经过比对，证实村委会楼前停车场上停着的车就是李先军的，而人口信息上的李先军的照片则加深了郑铁峰一行四人对李先军的印象。郑铁峰安排两名侦查员中的一名在车旁守株待兔，另一名守在二楼的进出口前。他和唐大勇先来到一楼的超市，找到超市老板，说明来意之后，老板告诉郑铁峰，二楼一共住着两个人：村支书兼村主任李先军和市里派到村里扶贫攻坚的第一书记。李先军的办公室兼卧室在二楼靠路边的第二个房间，门上挂着村委会的门牌；对门是市里派来的扶贫书记的办公室兼卧室，门上挂着第一书记的门牌。了解完情况后，郑铁峰和唐大勇快步上到二楼。在李先军办公室门前，他们碰上了正要出门的第一书记，郑铁峰迅速亮出警官证，把第一书记推回了屋内。唐大勇站在走廊里观察着李先军办公室的动静，不一会儿，郑铁峰和第一书记从屋里走了出来，第一书记站在李先军的办公室门前喊：

“李主任起来了吗？”

郑铁峰和唐大勇躲在办公室门的两侧，防止李先军从门镜里窥视。见李先军没有回答，第一书记就一边敲李先军的房门，一边喊：

“李主任起来了吗？”

“起来了，我在厕所呢。”

过了大概五六分钟，听见李先军屋里传出一阵哗啦哗啦的冲水声，郑铁峰给唐大勇使了个眼色，唐大勇点了一下头，从别在后腰的枪套里拔出了手枪。

“一大早的，连敲带喊的。”

一阵拨动门锁的声音过后，李先军打开了房门。

“别动，警察！”

唐大勇把枪口对准了只穿着一条裤衩的李先军的脑袋。李先军傻愣愣地蒙了几秒钟，突然转身奔向窗台，郑铁峰冲到李先军背后，抓住李先军的胳膊猛地一下把李先军拽倒在地上，李先军像一条跳到了沙滩上的泥鳅，拼命反抗，被郑铁峰和唐大勇三下两下制服，并戴上了手铐。

李先军趴在地上喘着粗气，愤愤不平地问压在他身上的郑铁峰："你们是哪儿来的？凭什么抓我？"

郑铁峰掏出早已准备好的传唤证，在李先军脸前抖了一下："看清楚了，我们是宁边市公安局的警察，现在依法对你进行传唤。"

李先军一听是宁边市公安局的警察，脖子向上挺了一下，把到了嘴边想说的话又咽了回去，然后半边脸贴在了地上。他知道大势已去，做任何抵抗都是徒劳的了。他微闭着眼睛，呼吸渐渐平缓，过了大约半分钟的时间，他沮丧地对郑铁峰说："这回我算是栽了。你们能不能让我穿上衣服再跟你们走？"

郑铁峰示意从楼下跑上来的两名侦查员把李先军从地上架起来，看着李先军光着身子狼狈不堪的样子，郑铁峰对其中一名侦查员说："把手铐给他打开。"

侦查员给李先军打开了手铐。四个人把李先军围在中间，看着他穿完了衣服，把他的两只手铐在背后，押着他走出了村委会。第一书记跟在他们的身后也来到了停车场上。

停车场上有几个正准备下地干活儿的村民看到李先军戴着手铐被押上了汽车，连忙凑到一起低声嘀咕起来："村主任这是犯啥事了？咋还给铐上了呢？"

"哎呀，这伙人挺厉害，说打就捞哈，村主任这回算是歪歪腚了。"

"不一定吧，你知道村主任家有啥靠山？用不了几天，人家还会回来给你当村主任的，别不信。"

"要搁以前我信，这回我才不信呢。你没看新闻联播天天播扫黑除恶啊？这是动真格的了！"

几个人见郑铁峰向他们走来，相互使了个眼色，分头下地去了。

郑铁峰问第一书记："这几个人是什么人？"

第一书记说："都是咱村的村民，喜欢凑热闹。"

郑铁峰说："这几天，你注意收集一下村民对传唤李先军的舆论，我们非常想知道到村民们的真实想法。"

第一书记说："放心吧领导，这个我懂。我是咱们省警校的毕业生，刚参加工作时就在派出所，离开公安还不到十年。"

郑铁峰有些惊喜："原来咱们以前是同行啊。您贵姓？现在在什么单位？"

第一书记说："我姓孟，叫孟凡文。我在市司法局政治部工作，刚被市委组织部派到增益村任第一书记，还不到三个月呢。以后你叫我小孟就行。"

说完，孟凡文主动把自己的电话号码告诉给郑铁峰："以后村里有什么事需要我和村民配合的，可以随时给我打电话。"

听完孟凡文的自我介绍，郑铁峰把自己的名字、职务、电话号码也告诉了他。

两个人交换完联系方式，郑铁峰对孟凡文说："李先军的办公室，暂时不要让任何人进去，下一步我们要进行搜查。另外，还要请书记替我们做好对村民的发动工作，揭发检举李达林、李先军的犯罪线索，为我们尽快打掉这伙黑恶势力提供帮助。"

孟凡文说："我来到增益村后，确实听到过关于李先军和李达林养殖场的一些传闻，这些传闻如果是真的，那他们就是不折不扣黑恶势力。这些年，农村的基层组织让一些人给搞得乌烟瘴气，辜负了农村群众对组织的期待，这是人心向背的原则性问题啊。”

郑铁峰听完孟凡文的话，沉思了片刻，把手搭在孟凡文的肩膀上，表情凝重地说：“让我们一起努力吧！”

说完，他转身上了车。孟凡文站在车旁跟郑铁峰挥手告别，他的眼里闪现出久违的泪光。

车在国道上向市区方向行驶出大约一公里，驶上了一座斜拉铁索大桥。来的时候，由于国道两侧弥漫着晨雾，郑铁峰没有注意到这座大桥，更别说桥下面湍流的河水。此时，太阳已经跳出了山峦，光芒普照在山川河流之上，旖旎绚丽的风光尽收在眼底。他让司机把车停在桥上，车停稳后，他从副驾驶的座位上跳下来。唐大勇小声叮嘱两名侦查员把李先军看好，也打开车门来到桥上。

郑铁峰看着桥下的河水，对唐大勇说：“这条河应该是布尔本山河。走，咱俩到桥头看看这座桥叫什么名。”

唐大勇跟着郑铁峰来到桥头的一块汉白玉石碑前，唐大勇折了几根路边的柳毛子树枝，将石碑上的浮灰掸掉，石碑上露出来几个清晰的大字：布尔本山河大桥。石碑的背面刻着大桥建成通车的时间。郑铁峰右手扶着石碑，眼睛随着奔腾的河水向远方眺望，远方的半山腰上有一条崭新的公路，黑色的柏油路像一段笔直的线条，在一片建筑群前戛然而止。郑铁峰指着公路对唐大勇说：“看到那条公路了吧？”

“看到了。”

“那条公路应该是‘丹宁’高速公路，挡住公路的那片建筑群，应该是达海实业公司的养殖场。”

为了证实自己的猜测是否正确，郑铁峰向司机喊道：“小陈，把车倒过来。”

司机听到郑铁峰的喊声后，把车倒到了郑铁峰和唐大勇身边。郑铁峰拉开车门，对看押李先军的侦查员说：“把他带下来。”

两名侦查员押着李先军从车里钻出来，郑铁峰问李先军：“阻断高速公路的那片建筑群，是不是达海实业公司的养殖场？”

李先军抬头看了看，回答说：“是。”

郑铁峰沉默了片刻，心情沉重地对唐大勇说：“走吧，我们上车。”

唐大勇完全理解郑铁峰此刻的触景生情：一条早就应该通车的高速公路，因为一个家族的不正当利益诉求，被阻挠中断施工三年，这该给国家造成多么巨大的经济损失啊！

李先军被带进了专案组讯问室。郑铁峰和唐大勇开始研究对李先军审讯的方案。由于李先军已经负有包庇窝藏邱水平的犯罪事实，根据《刑事诉讼法》的有关规定，应对李先军先行采取刑事拘留措施，再对李先军进行审讯。审讯由唐大勇主审，朴龙湖、尹天池配合。因为要听李原明从市局了解到的情况汇报，郑铁峰把审讯时间定在了下午三点，一来可以利用时间和空间恐惧给李先军造成心理压力；二来，听完李原明的汇报后，他们可以掌握更多李达海黑社会性质团伙的犯罪线索，为审讯工作找到更开阔的突破口。

下午三点，审讯正式开始。唐大勇把讯问前的有关法律规定告知给李先军，他无异议，审讯进入实质性阶段。

唐大勇:“说一下你的姓名、年龄、家庭住址和工作单位?”

李先军:“我叫李先军,1979年3月12日生,今年四十周岁。家庭住址是丹江市北山区进学街7组16委,工作单位是增益村村委会,职务是村支书兼村主任。”

唐大勇:“你父亲叫什么名字?”

李先军:“我父亲叫李达海。”

唐大勇:“你叔叔叫什么名字?”

李先军:“我叔叔叫李达林。你问他俩干啥?他俩的事我什么都不知道。”

李先军显然产生了强大的心理压力,他越说不知道,越说明他心里“有鬼”。唐大勇把握着审讯节奏,似问非问地循序渐进。

唐大勇:“我们还没问你他俩的事,你怎么就急了?再说了,他俩的事,你知道不知道,我们会不清楚吗?我劝你还是聪明点儿好,如果我们不掌握你的情况,我们就不会大清早的去打扰你的美梦!”

李先军沉默了一会儿,做出一副无所谓的样子。

李先军:“那你们想问啥就问吧,我知道的我全说,不知道的,你们问了也是白问。”

唐大勇:“那你就把你知道的事情说出来吧。”

李先军:“我……我说啥呀?”

唐大勇:“说你的违法事实。”

李先军:“我没违法,哪来的违法事实?”

唐大勇和朴龙湖相视一笑,突然绷起脸大声说出了二老尿的大名阮仲平,李先军像触了电一样,身体急促痉挛了一下。

唐大勇："这个人，你不会不知道吧？"

李先军犹豫了一下，他在想，二老尿是不是落到了警察的手里？

李先军："我……我……我不认识。"

唐大勇："我问你知道不知道，不是问你认不认识。"

李先军："呃，知道，但不认识。"

唐大勇："那就痛快点儿，把知道的二老尿的情况说出来吧。"

李先军掉进了唐大勇为他设计的语言陷阱里。经过几分钟的沉默，李先军开始交代是如何知道二老尿的，结果越说逻辑越混乱，最后在唐大勇的穷追不舍下，他不得不承认他和二老尿从认识到知道，最后发展成共同犯罪的过程。虽然撬开了二老尿的嘴，但审讯依然不顺畅，对于实质性问题，李先军还是避而不答。

唐大勇从讯问室出来，来到郑铁峰的办公室，把审讯的情况和郑铁峰做了沟通，请求暂时停止对李先军的审讯，以便对李先军的心理进行二次施压。郑铁峰同意审讯暂停，并指示在宣布审讯暂停后，把二老尿和邱水平的审讯画面"无意间"让李先军看到。

唐大勇回到讯问室，对冥顽不化的李先军语重心长地说："属于你争取宽大处理的时间不多了，一旦我们把你的犯罪证据全部掌握了，到时候，你就是想坦白交代也没人听了。现在，我宣布暂时停止对你的审讯。给你一段自我反思、自我斗争的时间。你是选择合作，还是选择对抗，我想你是一个聪明的人，不需要让我告诉你怎么选择吧？”

李先军耷拉着脑袋，认真分析着唐大勇说出的每一个字，他心里比谁都明白，自己已经处在了罪与罚、生与死的十字路口，说与不说，孰轻孰重，就在一念之间。他意味深长地发出一声叹息：“唉……”唐大勇瞄准时机给朴龙湖递了个眼色，朴龙湖打开手机，调出邱水平的审讯画面，手机似乎不经意地掉在了李先军脚边，李先军收脚躲避的一刹那，邱水平的画面映入了他的眼里。

33

首轮对李先军的审讯没有达到想要的结果，这是郑铁峰预料到的。无论是王三黑还是豁牙子，或是二老尿，他们都不会痛痛快快地交代自己的罪行。他们和所有的违法犯罪嫌疑人怀有一个同样的心理：“死扛”，如果“扛”不过去，便缴械投降。而李先军不会像他们那样，因为在很多案件中，他都是犯罪的主谋，他心里比谁都清楚，一旦交代了，等待他的将是漫漫无际的刑期，说不好还要以命还命。所以，他要么负隅顽抗，要么推卸罪责，要么一问三不知，要么避重就轻。

唐大勇把审讯李先军的笔录交给了郑铁峰，郑铁峰看过之后，给增益村的孟凡文书记打了个电话。他问孟书记：“增益村的老村主任罗世杰还住不住在村里？”

孟书记说：“他住在村里，前些天我到增益村报到后，特地到他家看望过他。”

郑铁峰说："我们今天看到了罗世杰写给丹江市局的控诉材料，想找他核实一些情况。"

孟书记回答说："那我现在就去罗世杰家看看，他要是在家的话，我陪他到你们那儿去。"

郑铁峰客气地说："那就辛苦你了。"

罗世杰是整个案件的主要证人，省公安厅刑侦局转给专案组的线索里，就有罗世杰对达海实业有限公司的举报信。李原明向郑铁峰汇报从市局了解到的情况时，又把从市局带回的一批罗世杰对达海实业有限公司的控告信转交给了郑铁峰，这些材料是丹江市公安局副局长程光伟特意让他带给郑铁峰的。这些控告信中反映的一些情况虽然被市局查否了，但罗世杰并没有就此善罢甘休。他认为市局在核查的过程中，没有严格按照法定程序进行核实，存在着人为干扰和伪造事实的嫌疑。罗世杰在材料中控诉了李达林和李先军沆瀣一气，利用非法手段霸占常福民的林地；李达林杀害常福民，制造假现场；还有为了让李先军当上增益村的党支部书记和村委会主任，李达林伙同他人对他进行殴打、恐吓、诬告等的行为。

郑铁峰收到这些控告信后，和唐大勇进行了认真分析，二人一致认为，罗世杰对市局的调查结果不予采信，一定有他的缘由，因此决定在接下来对李先军的审讯中，重点挖掘已被丹江市局查否的罗世杰提供的线索。

孟书记带着罗世杰来到专案组，已经是晚间九点多了。原本他已经和郑铁峰说好，因为天马上就黑了，开车走一百多公里的山路不太安全，出于对罗世杰的身体状况的考虑，他决定明天天亮后再带罗世杰去专案组。郑铁峰同意了孟书记的想法。可罗世杰听说专案组要找他核实情况，激动得非要当晚赶到专案组不可。

罗世杰一进入郑铁峰的办公室，“扑通”一声给郑铁峰跪下了，郑铁峰连忙扶起罗世杰。罗世杰声泪俱下地说：“郑局长啊，我这个老头子总算把你们盼来了。听说你们把李先军那个兔崽子给抓起来了，真是大快人心啊，要不我死都闭不上眼睛啊。”

郑铁峰搀起罗世杰的胳膊，说：“老主任，你先冷静一下，咱们有话坐下慢慢说。”

孙露走过来扶着罗世杰坐到了沙发上，又忙不迭地给孟书记和罗世杰倒水。

郑铁峰说：“先别倒水了，一会儿咱们到案件研判室去说话，那个屋比这屋凉快些。”

孙露明白了郑铁峰的意思，她放下水杯，跑到案情研判室把门打开，又跑回来扶罗世杰来到案情研判室。郑铁峰让孙露在案情研判室先陪孟书记和罗世杰坐一会儿，自己则来到了一楼讯问室。

唐大勇带领朴龙湖和尹天池，已经对李先军开始了第二轮审讯，李先军还在做着无言的抵抗。郑铁峰在讯问室门口向唐大勇招了招手，唐大勇跟着郑铁峰来到了讯问室外。郑铁峰小声告诉唐大勇，孟书记和罗世杰到了，二人短暂商量了一会儿，郑铁峰又回到了二楼的案情研判室。唐大勇回到讯问室后，对李先军继续审讯。

李先军说："该说的我都说了，能不能让我迷糊一会儿？"

唐大勇看了一眼李先军，没接他的话，继而对朴龙湖和尹天池说："你俩带他到情报资料室，把他的指纹和DNA采集了，顺道让他清醒清醒。"

李先军被带出讯问室，他做了一个深呼吸，头脑顿时清醒了不少。

情报资料室在二楼走廊的尽头，需要经过案情研判室。朴龙湖和尹天池带着李先军路过案情研判室门前的时候，案情研判室的门正开着，走廊里的人用眼睛的余光就能看清室内的情况。案情研判室内，郑铁峰正在和罗世杰核实控诉信上的内容，李先军路过案情研判室的时候，罗世杰正在讲述李先军和李达林的违法事实。李先军眼睛的余光瞄到了罗世杰的背影，不自觉地止住了脚步，他嘴角翕动着，身子刚要转过来，被尹天池在他后背轻推了一把。

"怎么愣住了？快走啊，别愣着。"

唐大勇跟在他们的后面，观察着李先军的行为和情绪的变化。他发现李先军停在门前的那一刻，身体不由自主地激灵了一下，再往前走的时候，步伐明显比之前拖沓了不少。这个微小的变化虽然短促，但足以说明李先军见到罗世杰后心理发生了强烈的震颤——他一定还有没有交代的犯罪事实，或者说交代过的问题存在着不真实性。

采集完信息回到讯问室后，李先军的情绪变得反复无常，他一会儿要水喝，一会儿要上厕所，折腾了半个多钟头，才慢慢地平复下来。从心理学上分析，李先军这是畏罪的表现。讯问室里的气氛变得异常平静，唐大勇和朴龙湖、尹天池的目光都聚焦在李先军的身上。又过了大约一刻钟的时间，李先军抬起低垂的头，长吁了一口气，对唐大勇说："能不能给我一支烟抽？"

唐大勇说："你想好了？"

李先军点了点头。

唐大勇从烟盒里取出两支烟并排叼在嘴上，从兜里拿出打火机，"啪"的一声打着火，蓝色的火苗"滋滋"地窜出足有两厘米高。唐大勇把两支烟一起点着后，让尹天池递给李先军一支，李先军却突然放声大哭起来，他摇着头，没有伸手接烟。唐大勇抽着自己这支烟，看着哭泣中的李先军，一言没发，他知道，李先军的心理防线彻底崩溃了。李先军哭过几声之后，开始抽噎，又过了十多分钟，李先军不再哭了，唐大勇又给他点了一支烟，这回李先军接了。接过烟后，他狠狠地连续抽了几大口。唐大勇看着卷烟上的火头像点着了的导火索直往前烧，马上就要烧到过滤嘴了，李先军才把烟头用手捻灭火头，扔在地上，他振作了一下精神，对唐大勇说："开始吧。"

这一次，李先军配合得很好，交代了其父李达海在事先得到高速公路穿过常福民的承包林地后，如何指使李达林等人采用欺诈、殴打、强迫的手段霸占了常福民的承包林地。为了获取国家的巨额征地补偿，李达海和李达林在霸占的常福民的承包林地上建了大型特种经济作物种植基地。高速公路开工建设后，达海实业有限公司向丹江市政府开出一亿元的征地补偿，被政府驳回后，李达林便组织社会闲散人员阻挠高速公路人员进场施工，期间打伤施工人员三名，砸坏工程设备一台；丹江市政府与达海实业有限公司多次协商无果后，施工单位请省交通厅对施工线路进行了重新设计，绕开了达海实业有限公司特种经济作物种植基地。

李达林见征地补偿即将落空，便组织雇佣社会闲散人员和不明真相的村民，以高速公路施工污染水源地为由，到省交通厅非法上访，殴打维持秩序的保安人员，砸坏公共设施。在此之前，李达海、李达林为了能够顺利地将常福民的承包林地据为己有,事先谋划让李先军当增益村党支部书记兼村委会主任，并有预谋地对原增益村党支部书记兼村委会主任罗世杰进行诬陷迫害,逼迫罗世杰辞去了村党支部书记和村委会主任的职务。李先军当上村委会主任后，起草了一份增益村村民常福民林地转让合同，并在常福民本人不知情的情况下，盖上了村委会的印章。同时，李先军还交代了包庇、窝藏、资助邱水平杀人后潜逃的犯罪事实。

根据李先军的交代和罗世杰控诉信中提供的线索，郑铁峰组织侦查员开展了大规模的调查取证和抓捕行动，先后传唤证人二十一名、采取刑事强制措施七名、行政拘留三名。同时，还通过省公安厅指定第三方司法鉴定机构对转让合同上的常福民签名做了痕迹鉴定，鉴定结果证明，合同上的签名为本人受外力挟持所为，非自愿签名。至此，常福民林地转让的真相水落石出。

在查清了常福民承包林地转让的真相之后，郑铁峰让孙露起草了一份《关于增益村村民常福民承包林地转让真相的情况报告》，他带着报告专程来到省公安厅，向丁雪松副省长做了汇报。丁雪松听过汇报之后面色凝重，欲言又止。他沉默了许久，拿起电话，让刑侦局局长马乘风到自己的办公室来一趟。没过多久，马乘风就来到了丁雪松的办公室。丁雪松心情沉重地对马乘风说：

“丹江市李达林阻挠‘丹宁’高速公路施工案件，铁峰同志带领专案组经过近一个月的奋战，已经查明了真相，这本应该是一件值得庆贺的事情，但我却丝毫高兴不起来啊。”

马乘风以为丁雪松看到郑铁峰，想起了牺牲的夏博洋，就迎合着说：“是啊，省长，这一个来月，铁峰同志带领弟兄们顶着巨大的压力异地办案，一定吃了很多苦头！”

丁雪松听完马乘风的话，沉默了片刻，他知道马乘风没听明白他话中的意思，就接着说：“公安机关为老百姓办案，主持公道，别说吃苦受累，就是流血牺牲也是理所应当的。”说到这儿，丁雪松加重了语气，用手指敲了两下桌子，“我的意思是，为什么铁峰他们能在短短的一个月内查明真相，而丹江市局在这三年多的时间里却一筹莫展？你不觉得这里面有疑问吗？”

马乘风顿时感觉出了现场气氛的凝重：“我第一次把群众的举报线索转交给丹江市局核查时，看到他们反馈回来的核查报告，我就产生过疑问，我还和王章耀局长就这事儿通过电话，王局长说他们也收到了举报材料，他们安排底下人查了几次，都是处理完的案子，举报人不服，才三番五次地投诉举报，如果对他们的结论有异议，可以提请省厅来重新核查。”

丁雪松气愤地说：“我看这个王章耀就是个糊涂蛋，群众三番五次的举报，不就说明案子存在疑点和不公正的问题吗？现在铁峰同志代表省厅已经查明了真相，下一步，厅党委要派纪检督查部门对丹江市局的办案单位进行倒查，无论涉及谁，一律追责到底。到时候，看这个王章耀怎么收场。”

马乘风听完丁雪松的一席话，额头上沁出了一层微细的汗珠。对于丹江市局出现的这些问题，从内心来讲，如果刑侦局提前干预，或许就不会出现今天这个局面。

丁雪松让马乘风回去把这几年丹江市局报上来的核查报告准备出来，厅里马上成立联合调查组，对丹江市局发生的问题展开责任倒查。

马乘风离开丁雪松的办公室后，丁雪松又和郑铁峰就专案组下一步的侦查方向进行了深入的探讨。郑铁峰认为，虽然李达海是霸占常福民承包林地的幕后推手，但由于他有丹江市政协常委这一“护身符”，拘捕李达海需要向市政协通报情况，同时还有一个因素就是，李达海是丹江市的民营企业家，属于知名人士，得在征求市里意见后，才能对他采取刑事强制措施。另外，站在攻破全案的角度考虑，目前拘捕李达海的时机还不成熟，把李达海暂时“放”在外面，更有利于稳住其他的犯罪嫌疑人。对于李达林潜逃这一事实，郑铁峰建议由省公安厅向全省各地发出通缉令，形成人人喊打的威慑局面，使李达林投案自首。与此同时，专案组把调查常福民翁婿之死作为主攻方向，根据罗世杰提供的线索，广泛进行调查取证，力争在最短的时间内实现实质性突破。丁雪松对郑铁峰的下一步工作打算完全同意。他拿起一份放在办公桌上的内参，对郑铁峰说：“你看看，这是这次全国开展扫黑除恶专项斗争的最近部署，我们不仅要打掉黑恶势力，还要深挖黑恶势力幕后的‘保护伞’，要‘打伞断血’，彻底清除社会上的残渣余孽，给人民群众创造一个公平、正义的社会环境。”

郑铁峰快速浏览完丁雪松指给他看的那篇文章，说：“可不可以把这篇文章复印下来，我带回专案组组织大家学习。”

丁雪松说：“这篇文章不涉密，可以带回去，只有学透了相关的要求、部署，工作起来才能不走弯路。”

丁雪松把秘书叫到办公室，让秘书去复印文章。他语重心长地对郑铁峰说：“专案组虽然取得了阶段性成果，但接下来的任务将更加艰巨危险，特别是要防范黑恶势力及其‘保护伞’的反扑，一定要保证每一名参战民警的人身安全。”

郑铁峰口上答应着明白，心里却想起了牺牲的夏博洋，他转过身，抹了一把眼泪。秘书拿着复印好的文章回来，郑铁峰接过文章，向丁雪松告辞，丁雪松说：“回到专案组替我向同志们问好！等你们完成了任务，我再为你们庆功。”郑铁峰和秘书都笑了，丁雪松让秘书送郑铁峰离开了省公安厅。

郑铁峰走后，丁雪松又把指挥中心的指挥长叫到了办公室。他让指挥长马上把郑铁峰报上来的报告整理好，报给省政府维汉省长，事前他已经同维汉省长的秘书通过电话，维汉省长正等着看报告呢。维汉省长看过省公安厅的报告后，亲自主持召开了由丹江市政府、省交通厅和省公安厅主要领导参加的碰头会议。维汉省长指示丹江市政府和省交通厅，立即根据省公安厅专案组查明的常福民承包林地转让的事实真相，启动司法程序，将林地物归原主，并将征地补偿金一次性发放到位，确保“丹宁”高速公路增益段立即复工；省公安厅要继续加大对丹江市李达海黑社会性质组织犯罪团伙案件的侦办力度，深挖犯罪组织成员和背后的“保护伞”，确保丹江市的扫黑除恶斗争取得更大的战果。

会后，丁雪松将维汉省长的指示转达给了郑铁峰，一场与黑恶势力正面交锋的战斗全线拉开。

第 九 章

34

根据省里的指示，丹江市政府对常福民林地承包权归属问题启动了司法程序。常玉玲作为原告，对达海实业有限公司养殖场和特种经济作物种植基地法人李达林进行了起诉，请求法院撤销常福民（已死亡）与达海实业有限公司养殖场签订的林地转让合同。丹江市人民法院经审理认为，丹江市达海实业有限公司养殖场和特种经济作物种植基地法人李达林，在未经原告父亲常福民（已死亡）同意的前提下，强迫常福民在事先拟定好的林地转让合同上签字，属于胁迫交易行为，根据《中华人民共和国合同法》第五十四条第二款“一方以欺诈、胁迫的手段或者乘人之危，使对方在违背真实意思的情况下订立的合同，受损害方有权请求人民法院或者仲裁机构变更或者撤销”之规定，对达海实业有限公司养殖场与常福民（已死亡）签订的林地转让合同予以撤销；责令丹江市达海实业有限公司养殖场和特种经济作物种植基地法人李达林，限期拆除常福民（已死亡）承包林地上的违法建筑，并赔偿原告经济损失三十五万元。法院判决生效后，丹江市政府和省交通厅经过对原“丹宁”高速公路增益标段设计方案和新“丹宁”高速公路增益标段设计方案科学评估，决定继续执行原“丹宁”高速公路增益标段设计方案，启动原“丹宁”高速公路增益村标段施工作业。

“丹宁”高速公路增益标段很快进入了施工阶段，李达林建在常福民林地上的违法建筑在大型挖掘机的轰鸣声中变成了一堆堆瓦砾。郑铁峰带领唐大勇和孙露在去往增益村罗世杰家中的路上看到眼前的这一幕，禁不住感慨万千。郑铁峰问唐大勇，看到李达林的违法建筑被拆除，有什么感想，唐大勇思忖了一会儿，说：“是非自有曲直，公道自在人心。”

郑铁峰接过唐大勇的话说：“从古到今，公平、公道都是维系社会平衡的标准，一旦这个标准失衡了，社会就会发生动荡。所以说，公平就像清新的空气，每个人都有呼吸的权利。”

唐大勇说：“如果社会失去了正义，公平、公道就变成了老百姓的一种奢望。”

郑铁峰说：“所以，我们就是要维护正义，让公平之光洒在每个人的身上。”

两个人你一句我一句抒发着对公平正义的见解，郑铁峰的手机响了，电话是常玉玲打来的。常玉玲问郑铁峰在什么地方，什么时候有时间，她想和郑铁峰见一面。郑铁峰说他和唐大勇支队在去往增益村的路上，问常玉玲见他有什么事，常玉玲说她在增益村父亲的家里，一会儿见到面了再说。郑铁峰说：“那你在家稍等一会儿吧，我们先到村委会接上孟书记。”

车子直接开到了村委会楼下，孟书记正在楼下等着郑铁峰一行。郑铁峰、唐大勇和孙露先后下车，和孟书记握了一下手，对孟书记说先去常福民家见常玉玲。孟书记说：“我刚才看见常玉玲在超市买了一兜水果和矿泉水，这个时间，她可能还没走到家呢。”

郑铁峰说：“那咱们就把车停在村委会门口，徒步去她家，顺便看看村容村貌。”

孟书记说：“好，我在前边给大家引路。”

几个人把车停好后，向常福民家走去。路上，几个人边走边看，郑铁峰听着孟书记介绍村里的情况，不时问几句村里脱贫攻坚的情况，不大会儿工夫，几个人就来到了常福民家门前。常玉玲在院子里听到外面有人说话，猜到是郑铁峰他们到了，便打开了院门。

常福民家的小院和大多数村民家的院子一样，院门对着三间正房，左侧是一排仓房，右侧是一个菜园，院子中间摆放着一张八仙桌，桌子虽然陈旧，却被常玉玲擦得很干净。桌子上摆着两盘还带着水珠的水果，四边摆着几瓶矿泉水。桌子周围摆着一圈椅子，其中一把椅子上坐着一位年纪六十多岁的老太太。老太太见郑铁峰几个人来到了院中，就站起身来。常玉玲走过来，搀起老太太的胳膊，伏在老太太耳边大声说：“妈，他就是我经常和您念叨的郑局长，他们个顶个都是好人。”

郑铁峰面带微笑对老太太点了点头。老太太一口浓郁的山东口音：“郑局长啊，你们好啊！俺们……咱们……”

老太太指指自己的心口窝，又指指站在郑铁峰身边的唐大勇和孙露。郑铁峰请老太太坐下，接着老太太的话说：“俺们是一家人，他俩是我的同事，他是咱村的孟书记，那位是咱们的司机师傅。”郑铁峰把他们几个人挨个跟老太太介绍了一遍，说到“咱们”时特意加重了语气。

老太太说：“嗯嗯，都是咱自己人，我就不害怕了。”

常玉玲小声对郑铁峰说：“我妈耳朵不好使，特别是我爸去世以后，上了一把大火，好了之后，耳朵更背了。她现在就怕见生人，所以我才把她带过来的。”

老太太看着常玉玲，似乎察觉到常玉玲正在和郑铁峰说自己，就打断常玉玲的话说：“小玲你别光顾着说话，快让郑局长他们坐下，坐下多吃点儿水果。”

郑铁峰跟老太太摆了摆手说：“您老人家别管我们啦，您先坐着，我和小常说点儿事。”

郑铁峰把常玉玲叫到一边，问常玉玲：“你找我有什么事？”

常玉玲说：“是这样，我父亲的征地补偿款都到账了，一共是三百九十八万，全在这张银行卡里。”

说完，她从兜里掏出来一张银行卡递给郑铁峰。

郑铁峰说：“这是国家给你父亲承包林地的征地补偿，属于你们的个人财产，有什么问题吗？”

常玉玲说：“郑局长，我和我妈商量过了，我们要把这笔钱全都捐给夏博洋的父母，他是独生子，为了我们家，把命都搭上了，我要把这笔钱捐给他父母养老。”

老太太也站了起来，倔强地说：“你拿着吧，你要是不拿着，我就和小玲就把钱送到夏博洋家去。”

郑铁峰连忙说：“老人家，小常，你们的心情我理解，但这不是我同意就能捐赠的事。捐赠要经过一套严格的法律程序才能生效，而且前提是夏博洋的父母得接受你们的捐赠。”

孙露站在一边接过话说：“常姐，郑局长说得对，这事不像咱们想的那么简单，捐赠是要走法律程序的。”

常玉玲着急得直跺脚：“那咋办呢？”

孙露安抚常玉玲说：“常姐，你看这样行不行，等我们办完专案回到宁边以后，我到宁边市民政局帮你打听打听，看看都需要哪些手续，到时候我主动联系你，你看这样可以不？”

唐大勇在一旁对郑铁峰说：“这事就交给孙露办吧，女孩子心细。回去先到夏博洋父母家征求一下两位老人的意见，听听老人的想法，然后再到民政局把流程问清楚。”

听完唐大勇的话，孙露再次追问常玉玲：“这样行不行，常姐？你要是对我放心的话，咱俩现在就加上微信，我回去第一时间去给你办。”

常玉玲略显无奈地说：“也只能这样了。”

两个人互相加了微信，又留了手机号码。常玉玲有点儿不放心地说：“你可别给我忘了啊。”孙露笑着说：“忘不了啊，常姐。”

郑铁峰问常玉玲：“还有没有别的事了？”

常玉玲寻思了一会儿，说：“不知道调查我爸和我丈夫的案子是不是还需要我留在丹江？要是不需要的话，我想暂时离开丹江一阵子。”

郑铁峰问："你准备去什么地方？"

常玉玲说："想去外地，看看我舅姥爷，他一直惦记着我妈的身体，让我领我妈到他那儿散散心。顺便，我也想在那边找个合适的活儿。"

郑铁峰想了一会儿，说："目前，你可以离开丹江一段时间，但需要你的时候，你得能回来啊。"

常玉玲看郑铁峰同意自己出门，就说："放心吧郑局长，你们需要我回来的时候，我马上就回来，不会耽误你们办案的。"

郑铁峰说："那这段时间你就陪老母亲去散散心吧。你也需要到一个新环境去体验一下，在丹江睹物思人，总能勾起过去的回忆，出去看一看，转一转，去寻找新的工作机会，你还年轻，未来还有很长的路要走呢。"

常玉玲感激地说："要不是你们来办我父亲这个案子，我父亲的林地就永远要不回来了。"

郑铁峰说："不能这么说，你父亲的案子，就是我们不来办，终究会有人来查办的。不是有这么一句话吗：正义有的时候会迟到，但不会缺席。"

35

离开常福民家的时候，郑铁峰回头看见常玉玲搀着母亲站在院门前远远地跟自己挥手的一幕，心头突然一酸，眼泪差点儿当着唐大勇和孙露的面掉下来。他想喊一声"回去吧"，但怎么也张不开口，他明白自己的背影对她们母女意味着什么，他顿时感觉自己被赋予了一种强大的力量。当他再次转回头看向她们母女的时候，他看见常玉玲好像在擦眼泪，老太太的手依然在挥动着。

唐大勇说："没想到她们娘儿俩的境界这么高尚。"

孟书记说："多好的群众啊，这么朴实。"

孙露说："看到常玉玲的母亲，我就想起我妈了。"

郑铁峰说："这就是善良的老百姓，有情有义，懂得感恩。"

车继续往前开，郑铁峰随口问："孟书记知不知道常福民出事的地方？"

孟书记说："常福民出事的时候，我还没到增益村当第一书记，所以不知道在什么地方。"

郑铁峰说："咱们现在去罗世杰家，他知道那个地方。"

前些天，孟书记陪罗世杰来专案组的时候，对罗世杰反映的问题，郑铁峰安排侦查员全都做了笔录，他这次来增益村找罗世杰，就是要到常福民出事的地方勘察一下，一来是寻找新的证据，二来是寻找破案的灵感。有的时候，破案像写作一样，也需要灵感。

罗世杰的家住在村子的大东头，距离常福民家一公里左右，走路需要十多分钟的时间。孟书记说，增益村因为离市区比较远，不在火化范围之内，所以常福民死后尸体没有火化，而是土葬在南山坡上，他边说边用手向南方指了一下。郑铁峰抬头往南边看了一眼，在胡同的尽头，他看到一个熟悉的身影，他问唐大勇："你看前边的那个人是不是前两天被我们传唤过的龚来福？"

龚来福因为帮助李达林雇佣不明真相的村民到省交通厅非法上访,被专案组传唤过一次,后来被采取了监视居住强制措施,郑铁峰对龚来福有印象。

唐大勇顺着郑铁峰的目光看去,一下子站在了原地:“是他,就是他。”

孟书记也跟着停住了脚步:“他跑坟圈子干啥去了?”

龚来福也看见了郑铁峰他们,他想换条道避开,但显然是来不及了。唐大勇向龚来福喊了一声:“站住,龚来福。”龚来福听到唐大勇的喊声便停住了脚步。

“谁批准你离开居所的?”

“啊,唐警官,我刚才给我爷爷上坟去了,他昨晚给我托梦说他住的房子漏雨,我去看看。”

“你这是故意违反监视居住的规定,知道是什么后果吗?”

“知道,知道,我再也不出来了,马上回去,就这一次。”

“你先回家,听候我们对你的处理结果。”

“好,好。”

龚来福往家的方向一路小跑去了。龚来福是村子里有名的“街溜子”,外号叫“特殊人物”,因为他从来不按常理办事,村民们看不惯但又不敢得罪他,就给他起了个“特殊人物”的外号。后来这个外号在村里叫开了,他的大名就被村民淡忘了。

来到了罗世杰家,郑铁峰把看见龚来福的事情和罗世杰说了,罗世杰说:“‘特殊人物’在我这里磨蹭了半个多小时,被我骂了一顿才走的。”

郑铁峰问罗世杰:“他来你这里干什么?”

罗世杰气愤地说：“还能干什么，让我闭嘴来了。都这个节骨眼了，这小子还跟李先军穿一条开裆裤呢，真是执迷不悟啊。”

郑铁峰和唐大勇互看了一眼，说：“看来得给‘特殊人物’点儿‘特殊’待遇了。”

唐大勇用力点了点头。

郑铁峰把来罗世杰家的目的说给了罗世杰，罗世杰说：“我先给你们看看我上次说过的两个证据，完了再去常福民出事的地方。”

说完，他带着郑铁峰来到院内，打开仓房门，搬出一块足有五十多斤重的石头,唐大勇想过去搭把手,罗世杰说他搬得动。

罗世杰把石头放在了院内矮墙上，找来一块抹布，掸了掸石头上的浮灰，对郑铁峰说：“听派出所的民警说，常福民的脑袋就是撞在了这块石头上。”

孙露面带怯色地问：“这么大一块石头，你是咋把它搬回来的呀？把它放家里，你不害怕吗？”

罗世杰说：“对付李达林、李先军这两个败类，我有的是力气，要是害怕，就不告这帮王八蛋了。”

郑铁峰和唐大勇围着石头看了一会儿，问罗世杰：“还有没有其他物证？”

罗世杰又从仓房里拿出一件血渍斑斑的已被撕烂的衬衫，在郑铁峰面前抖开，说：“这就是李达林和李先军打我的铁证。”

“这两件东西你都保管好，等我们向检察院移交起诉的时候，这两件东西都得移交过去。”

罗世杰说："这个我知道，所以我都留着呢。"

郑铁峰又问罗世杰："李达林杀常福民的动机是什么？"

罗世杰叹了一口气："唉，李达林抢占了常福民的林地，管政府要一个亿补偿，常福民要是活着，李达林能痛痛快快地把这一个亿吃到肚子里吗？以李家人的性格，能不把常福民做掉吗？"

唐大勇问罗世杰："这是你分析的，还是听谁说的？"

罗世杰说："我分析的。"

他接着又反问唐大勇："你想想，是不是这个理？"

唐大勇没有马上回答，他在分析罗世杰话中的逻辑关系。

郑铁峰："老主任，常福民出事的地点离您这儿有多远？"

罗世杰说："没多远，就在前山。"

司机在一边问："车能开过去不？"

"能。"

郑铁峰让司机回村委会取车，然后安排唐大勇给金海纳打电话，把龚来福的监视居住表现告诉他，让他马上办理龚来福的申请逮捕手续。"特殊人物"就得享受"特殊"待遇。

不大工夫，司机把车开到了罗世杰家门前，罗世杰有些激动地说："出发吧，郑局长！嗨，一说去那个地方，我心里就不好受，不好受也得去，要不老常头就白死了！"

常福民出事的地方在通向达海实业有限公司养殖场的路旁。这条路原来是一条沿着山根自然形成的山路，李达海在山上建了养殖场后，这条路才被拓宽。前几年政府修"村村通"时，把这条路修成了水泥路，路面也变成了双向两车道。常福民出事的地点在距离养殖场三百多米远的路基下边的一小块平坦的草地上，草地上长着半米高的柳蒿和零星的小叶章。从山根到山上是一簇簇茂密的灌木丛。路的另一侧是一片碗口粗的落叶松林。路在前方二十多米处开始拐弯，随着弯路向前延伸，路面逐渐退出了视线。路的拐弯处竖着一块交通标志牌。

车开到交通标志牌处，罗世杰让司机停车。他从副驾驶的位置上慢慢地下来，走到常福民出事的地点后，来到路基下的草地上，用镰刀扫了几下长起来的野草，对跟在身后的郑铁峰说："就是这儿。"

他又用镰刀在草地上划拉[①]了一阵儿，草地上露出一个小土坑的痕迹。罗世杰说："那块石头就埋在这个草窠子里，石头的一个角朝上支棱着。"

说到这，他在现场附近找了一块相似的石头，按照原样摆放好，指着石头说："听说常福民的脑袋撞在这个石头角上，导致流血过多死亡的。"

唐大勇从车上拿下勘察箱，孙露配合着拿着卷尺、分规和指南针，对现场进行了测量，测量完，在现场勘察笔录本上绘制出一幅现场图。

郑铁峰和孟书记围着现场走了一大圈，对周围的地形地貌以及林相进行了踏查，回来后，他问罗世杰："这条路往上，还通往什么地方？"

罗世杰说："到李达林的养殖场，这条路就到头了。"

---

① 划拉：东北方言，清理，清扫。

“也就是说，这条路上来往的车辆，都是和李达林养殖场有关联的车？”

“可以这么说吧。”

“这条路安没安装监控探头？”

“没安装。”

郑铁峰沉默了一会儿,孙露把绘制好的现场图交给郑铁峰,郑铁峰接过来看了一会儿，称赞说：“不错。”

郑铁峰问唐大勇有没有新发现，唐大勇摇摇头说：“时间太久了，已经无法判断这里是第一现场还是第二现场，只能做一个现场图。”

郑铁峰说：“我刚才在现场附近踏查了一遍，这里山高林密，人迹罕至，如果是谋杀，这里是最理想的作案现场。”

罗世杰气呼呼地说：“我就不信，咋就那么寸[①]，摔倒了脑袋就能卡到石头上？”

郑铁峰安慰罗世杰说：“您不要太激动，我们办案的原则是重证据，一切无妄的猜测和臆断都无助于案件的侦破。”

罗世杰说,他在增益村生活了大半辈子,和常福民是发小。那天，常福民找李达林之前，他从常福民家门前路过，常福民主动和他打招呼,让他进院坐会儿。他一想也没什么着急的事,就进了常福民家的小院。两个人聊起了常福民承包林地的事,常福民非常气愤。常福民对他说，如果自己哪天突然死了，就是李达林给害死的。他让常福民防备着点儿，李达林什么事都

---

① 寸：东北方言指碰巧，巧合。

干得出来。

他在常福民家坐了不到十分钟，家里来电话让他回去，他就回家了。第二天，他就听说常福民摔倒后脑袋卡石头上死了。当时他就有种不祥的预感：常福民可能是被李达林害死的。后来，村子里传常福民是被人从后面推倒后，脑袋卡石头上死的，也有人传是人被打死后，凶手做的假现场。他不相信卡石头上能死人，就自己到现场看了两遍，发现现场真就有一块石头。他想，假如常福民真要是卡石头上死的，石头上就得有头发和血迹，他搬着石头看了半天，也没看到头发和血迹，后来他想，可能是公安人员勘查现场时把石头上的头发和血迹都提取走了，他就把石头搬回了家。

唐大勇用录像机和照相机把现场情况完整地记录了下来，以便回到专案组后对现场进行复原。郑铁峰对现场实地踏查后，脑海中浮现出了四点疑问：

一是现场距离养殖场仅有三百米，如果是谋杀，被害人必定会发出呼救的声音，这么近的距离，怎么会没人听到？

二是常福民患有心脑血管疾病，假如他真的突然患病摔倒，摔倒的地方为什么不是路上，而是路基下的草窠子里？

三是如果真是卡在石头上致死，那么作为主要物证的石头为什么会遗留在现场？

四是常福民的死会不会有目击者，那么谁是目击者？

36

郑铁峰把孟书记和罗世杰送回到村里后，带着满腹疑问回到了专案组。金海纳根据唐大勇描述的龚来福监视居住表现，已经制作完成了对龚来福的《提请批准逮捕书》，郑铁峰在批准书上签完字后，安排金海纳去了检察院。郑铁峰让孙露通知余下的侦查员到案情研判室开会。

“丹宁”高速公路增益段已经复工，专案组下一步的侦查方向已经明确。郑铁峰经过和唐大勇研究，决定把全部侦查员分成三个组，从三个方向分头作战，最后连成一线，兜底收网。

第一组，线索核查组：由唐大勇、王国鹏、张如坚三人组成，唐大勇为负责人，负责案件线索的外围核查，重点调查李达林的下落和潜逃方向。

第二组，案件审查组：由金海纳、朴龙湖、尹天池组成，金海纳为负责人，负责对李先军、二老尿等犯罪嫌疑人深挖余罪，重点调查赵志学交通事故死亡真相。

第三组，综合研判组：由郑铁峰、李原明、岳之辉、孙露组成，郑铁峰为负责人，负责线索分类、大数据核查和网上追逃，以及同丹江市局协调沟通，重点调查常福民死亡的真相。

三个组分工不分家，有重大抓捕行动的时候，统一服从郑铁峰的指挥。

宣布完各组人员组成和工作分工后，郑铁峰又把近期的工作向各组进行了通报：李达林的逃犯信息已经上网，通缉令已经通过省厅情报指挥中心发到了全省各地；常福民的死因虽然迷雾重重，但疑点已经显现，下一步侦查措施也已经明确；对赵志学死亡案件的调查，也在有序推进，虽然有一定的阻力，但已微见曙光。下一步要到水冰沟监狱继续提审刘长明，同时加强和监狱方的合作，尽快查明真相；对已经批捕的李先军、二老尿、王三黑、随义（豁牙子）、邱水平、龚来福六人的审查要不断加大力度和频次，对共诉的违法事实要进行互证和指认，同时深挖余罪。

唐大勇举手示意有话要说，郑铁峰点头，唐大勇问："我想问问省交通厅提供的线索和丹江市局移交的举报材料有没有重叠的部分？"

郑铁峰回答说："交通厅提供的主要是针对李达林阻挠高速公路施工方面的线索，丹江市局移交的举报材料主要是罗世杰、常玉玲控告李达林、李先军强迫罗世杰辞职和杀害常福民、赵志学等方面的材料，这里面有一部分线索是重叠的，还有一部分涉及职务犯罪。"

唐大勇说："重叠的部分调查起来可能会复杂麻烦一些，把这部分难啃的'骨头'分给我吧，我的经验比年轻同志多一些，年龄在咱们专案组也是最大的，我多干点儿，心里踏实。"

郑铁峰说："我正是考虑到你的年龄，才没把这些线索给你，因为有些事情还得咱俩研究决定。既然你主动提出来了，一会儿分线索的时候，就把重叠的部分分给你。"

听完郑铁峰的话，唐大勇嘿嘿地笑了。接着，郑铁峰对李原明说："涉及职务犯罪方面的线索，要马上移交给纪检监察部门；已被丹江市局查处过，经我们核查属实的，要形成报告报丁雪松副省长。”

李原明回答说：“明白！”

郑铁峰接着又对大家说：“这几起案子看似各自独立，但又相互关联，调查取证的难度不小，尤其在李达林还没有到案的情况下，想要快侦快办，难度还是很大的。”

唐大勇提醒大家说：“这些案子都是丹江市局得出结论的案子，我们是根据控诉人的举报展开核查和取证，压力不是一般的压力，大家要有思想准备。”

郑铁峰听完唐大勇的话，把手中的笔轻轻地放到桌子上，接着说：“我感觉这三起案件的背后，有一股神秘的力量，无时不在干扰着我们的工作。” 郑铁峰又征询了其他几位没有发言的侦查员还有没有其他建议，大家说没有了，郑铁峰随后宣布散会。

出了案情研判室，金海纳从检察院带着批准逮捕龚来福的决定回来了，郑铁峰把刚才的会议内容向金海纳作了传达，金海纳听后表示没有意见，他叫上本组的朴龙湖和尹天池一同出发，到增益村拘捕“特殊人物”龚来福。

37

因为下一步有很多工作需要和丹江市局协作，郑铁峰拨通了丹江市公安局分管刑侦工作的副局长姜东升的电话。这是郑铁峰到丹江后，第一次给姜东升打电话。

“你好，姜局长！我是宁边市公安局的郑铁峰。”

“你好，铁峰！早知道你在丹江，怕打扰你工作，就没给你打电话。怎么样，还都顺利吧？”姜东升对郑铁峰的来电并不意外。

“姜局长，我想和您见个面，您看什么时候方便？”

“什么时候都可以，看你的时间。”

郑铁峰看了一眼手表：“那就今晚五点吧，我去接您，请您到我们专案组指导指导工作。”

姜东升笑着说：“郑局长还是这么喜欢开玩笑。”

下午四点多的时候，郑铁峰一个人开车，来到了丹江市公安局办公楼前。他想找个地方把车停下，转了一圈，发现公安局附近的银行和机关单位的停车场都在出入口处设置了电动栏杆，没办法，他把车开到了公安局对面的广场上。他看见广场东北角有个收费停车场，就把车开了过去。在停车场负责收费的是一个年纪五十多岁男子，一眼就辨认出郑铁峰的车牌是宁边地区的车牌号，就主动和郑铁峰搭讪。

“你是宁边来的吧？”

郑铁峰笑着说：“认出我的车是宁边号牌了。”

收费的男人说：“一看车牌号就知道你是宁边的。宁边公安局有个叫郑铁峰，你听说过这个人吗？”

郑铁峰一听问的是自己，就反问道：“你认识郑铁峰？”

收费的男人说：“我不认识他，我也是听在我这儿存车的人说过他的名字。”

郑铁峰警觉地问：“说他名字干什么？”

收费的男人说：“说他带队来丹江市打黑，可能要打李达海。”

郑铁峰故意装作不知情地问：“李达海是干什么的？”

收费的男人笑着说：“你连李达海都不知道，还敢在丹江市里开车瞎转悠？”

郑铁峰装作糊涂地问收费的男人：“咋地，李达海是交警队的呀？就是交警队的，我不违章，他还能抓我啊？”

收费的男人说：“他可比交警队牛多了，交警队也就维持个交通秩序、罚点儿款什么的，李达海说让你在丹江消失，你就得在丹江消失。”

郑铁峰故作惊讶地说：“那可不是一般人物，至少应该是大哥级的。”

收费的男人把嘴往公安局的方向一努，说：“人家那里边有人，根子老硬了。”

郑铁峰看了一眼手表，还有点儿时间，就又跟收费的男人聊了几句。

郑铁峰问：“你咋对李达海这么熟呢？”

收费的男人说：“我这停车场就是租他儿子的，每个月光份子钱就八千。”

郑铁峰问：“他儿子是干啥的？”

收费的男人说：“他儿子在丹江有一家武馆、一家小额贷款公司，还有一家桑拿浴。”

郑铁峰接话说：“这么大摊子，他能忙活过来吗？”

收费的男人呵呵笑了：“一看你就是个老外，他手下还有一帮兄弟呢。”

郑铁峰掏出一盒烟，抽出一根递给收费的男人，收费的男人拿出打火机先给郑铁峰点上，自己再点上，吸了一口烟，问郑铁峰："来丹江办啥事？"

郑铁峰笑着说："这个年龄还能干啥，除了会战友，就是会同学。"

这时候，停车场又进来一辆车，看车的男人笑着对郑铁峰说："不跟你扯了，那边来车了。"

郑铁峰见看车人跑到另一边去了,就围着停车场走了两圈，一边走一边回味着看车人说的话，李达海在丹江市有如此大的能量，会是谁给提供的保护呢?

快到五点了，郑铁峰把电话打给了姜东升。姜东升说自己刚从王章耀局长的办公室出来，有个事要马上安排一下，他让郑铁峰回丹江森林公安局等他，他把这边的事安排完了再开车过去。

郑铁峰说："好！那就一会儿见。"

郑铁峰回到停车场取车，见收费的人换成了一个五十多岁的妇女，郑铁峰问看车的妇女："刚才那个大哥呢？"看车的妇女没好气地说："跟战友喝大酒去了，天天喝。"

郑铁峰笑着把看车费付完，问看车的妇女："你和大哥是一家的吧？"

看车的妇女说："是一家的，都没啥能耐，只能承包这么个停车场。"

"大哥叫什么名啊？"郑铁峰问看车的妇女。

"叫付成仁。你问他叫啥干啥啊？"看车的妇女反问郑铁峰。

郑铁峰说：“刚才停车的时候，听大哥说话挺有意思，有机会想和付大哥交个朋友。”

看车的妇女说：“他呀，一天就瞎咧咧。”说完，看到有车进了停车场，她连忙跑着忙活去了。

郑铁峰回到专案组不到半个小时的工夫，姜东升就到了丹江森林公安局楼下。因为刚刚分完工，各组都查自己手上的线索去了，郑铁峰就叫上李原明和孙露一起下楼去接姜东升。

姜东升见到郑铁峰，左手抱右手行了个抱拳礼，然后跨上一步握住郑铁峰的手，连连说：“失礼了，郑局长，失礼了，郑局长。”

郑铁峰笑着说：“姜局长，您客气了。”

孙露跑到电梯口摁开了电梯门，郑铁峰对孙露说：“咱们先陪姜局长到一楼办案区参观参观。”孙露微笑着松开了电梯按钮。郑铁峰和姜东升并肩往前走，一边走，郑铁峰一边介绍办案区的功能用房。在一间询问室前，郑铁峰停住了脚步，里面唐大勇和王国鹏正在询问证人。

郑铁峰对姜东升说：“这里正在搞询问。”

姜东升说：“那就别打扰了，咱们上楼吧。”

孙露还要去开电梯，姜东升对郑铁峰说：“爬两步楼梯吧，开了一天会，腰都快坐折了。”

几个人顺着楼梯往上走，姜东升故意把脚步放慢，让李原明和孙露超过了郑铁峰，郑铁峰明白了姜东升的意思。姜东升见和李原明、孙露拉开了距离，就小声对郑铁峰说：“刚才快要下班的时候，王章耀局长把我叫到了办公室，问了一些专案组在丹江开展工作的情况。王章耀局长对‘丹宁’高速公路增益村标段顺利复工感到很意外。那个标段因为征地补偿款的问题,李达海和李达林哥儿俩跟市政府还有省交通厅谈了两年多,因为市政府给出的补偿额度和李达海哥儿俩提出的补偿额度相差悬殊,所以工地迟迟开不了工。后来交通厅又修改了设计图纸,准备绕过李达林的养殖场,李达林又组织增益村村民到交通厅上访。”

他停了一会儿,又接着说:“至于增益村村民常福民,因为林地归属问题到市里相关部门上访,最后经过公安机关调查,常福民声称高速公路穿过的林地是他的承包林地一说根本站不住脚,因为李达林的转让协议上清清楚楚按着常福民的手印,也不存在采用暴力手段,强迫常福民转让林地的违法事实。常福民和李达林之间的借贷关系,最后演变成经济纠纷,是他们之间的事情。你们来了之后,也没有听取当地公安机关的意见,只抓了几个李达林身边的人,靠他们几个人的口供,就把丹江市公安机关的认定给推翻了,给丹江市公安局造成极大的被动。王章耀对此相当不满。李达海因为这件事,正在找律师准备和你们打官司,同时还要到省市上访。”

郑铁峰对姜东升的这一番话并没有感到陌生,在他二十多年和形形色色的犯罪嫌疑人打交道的经验中,他早就摸清了对手们惯用的伎俩。他对姜东升善意的提醒表示了感谢。

几个人来到了专案组临时设在二楼的小餐厅,森林公安局警保部准备的晚餐还挺丰盛。郑铁峰笑着对姜东升说:“我们到丹江办专案是有工作纪律的,所以今天就请姜局长委屈一下,和我们一起吃点儿工作餐吧。”

姜东升笑着回答说：“你们是丹江的贵客，理应我给郑局长一行设宴接风，等案子都查完了，说啥也得给我一个机会。”两人客套了一番后，并肩坐了下来。

姜东升对郑铁峰说：“我听说雪松副省长给你们规定，非办案需要不得接触市局的人，有这个说法吗？”

郑铁峰说：“因为这次我们是异地办案，为防止行动泄密和人情办案、人情执法，厅里是做了这个规定。”

姜东升用手指点着郑铁峰笑着说：“那你可是违反规定了。”

郑铁峰听姜东升这么说，就故作认真地说：“今天姜局长能给老弟这么大的面子，违反规定也值得啊。”说完，他摆手示意孙露：“快，孙露，给姜局上茶。”

姜东升说：“我哪有多大的面子，咱们都是干刑侦的，不有句话吗，天下刑侦是一家，更何况咱们还是一个省的哩。”

两个人说笑间把话引入了正题。

郑铁峰计划明天安排李原明和孙露，到丹江市局调取常福民死亡现场勘察卷宗，请姜东升出面协调。姜东升一听说要调常福民的卷宗，放下了手里的筷子，喝了一口茶，问郑铁峰：“常福民的案子已经结案了，怎么，还要重新核查吗？”

郑铁峰点了点头：“我们接到了群众举报材料，省里要求重新核查。”

姜东升说：“那些举报材料我们也接到过，也组织核查过，没发现有什么问题，省里为什么还要重新核查？”

郑铁峰说："我们也知道你们已经核查过了，但是当事人一直在上访，所以省里要求我们重新进行核查。"

姜东升双眉拧到一起思索了一会儿，像是想起了什么，对郑铁峰说："对了，这起案子发生的时候，我正在省里出差，等我回来的时候，一切都已经结束了。"

郑铁峰说："目前这起案子在社会上各种传闻很多，我们来核查，能帮你们洗清嫌疑。"

姜东升知道拧不过郑铁峰，就对郑铁峰说："等我明天上班后，先和王章耀局长汇报一下吧。"

郑铁峰说："那我们就等姜局长的电话了。"

姜东升说："王章耀局长应该同意，但我必须得提前和他汇报一声。"

第　十　章

38

听到李先军被专案组刑拘了之后，李达海就预感到大事不妙了。他一个人开车来到市政协孙计划的办公室，孙计划的秘书对他说：“孙主席办公室有客人，您稍等一会儿。”李达海就在孙计划办公室对面的秘书室等着，过了大概有半个多钟头，一个女人从孙计划的办公室里走了出来。李达海让秘书到孙计划的办公室看看还有没有其他客人，秘书看完回来说：“孙主席请您过去。”

李达海迈进办公室，随手就把门关上了。孙计划知道李达海是为了增益村那段高速公路复工的事来的，也就省去了客套。他对李达海说：“市委书记吕光刚给开完会，要求按照维汉省长指示，‘丹宁’高速公路必须马上复工。”他叹了一口气，又接着说：“会上，吕光书记要求市纪委监委要对常福民被非法拘禁案件中，国家工作人员的渎职行为展开纪律检查监委调查，纪委监委马上就要启动检查程序了。”

李达海听后一言不发。他走到孙计划办公桌对面的座位上坐下，双手支着下颚，目光盯着孙计划：“咱们不能就这么坐以待毙，我要请最好的律师来打这场官司，看谁笑到最后。”孙计划若有所思地说：“只靠我俩看来是不行了，还得找更硬的关系来给这些人施压。”李达海疑惑地看着孙计划：“谁能摆平他们？”孙计划神秘地说：“得是省里的领导。”

这时，孙计划办公室的座机响了，他看了一眼来电显示的号码，是王章耀打过来的。孙计划拿起电话，王章耀问孙计划说话方不方便，孙计划说：“方便。”

王章耀在电话里说：“郑铁峰把我们认定的事实全给推翻了，还对常福民手里的转让合同做了字迹鉴定，纪委监委要对参与办案的民警开展纪律检查,现在这个事成了烫手的山芋了，你看该怎么办？”

孙计划说：“现在达海就坐在我对面，我俩也正在琢磨该怎么弄呢。”

王章耀问孙计划：“你有时间，咱们见个面，想想办法啊，得把事先稳住。”

孙计划对王章耀说：“那咱们现在就找个地方聊聊，看看咋整？”

王章耀想了一会儿，说：“那就到郊外的农家山庄吧，都别带司机。”孙计划看了一眼李达海，李达海点了点头。

王章耀说的郊外的农家山庄，在一座水库的边上，离市区大概有半个小时的车程，周一到周五很少有客人来这里消费，非常静谧。李达海和孙计划一前一后赶到了山庄。李达海放下车窗问孙计划进不进山庄，孙计划从自己的车上下来，钻进了李达海的车里，说等王章耀来了再说。过了不到一根烟的工夫，王章耀也到了。他开的是他司机的私家车。他看孙计划在李达海的车里，也钻进了李达海的越野车内。

这回李达海没再问孙计划和王章耀进不进山庄，他给车挂上挡，开上了公路，围着水库边上的盘山公路一直把车开到了山顶，找了一块平坦的地方把车停住。他从车上跳下来，弯腰捡了一块石子，漫无目标地甩了出去。孙计划和王章耀随后也从车上下来，把手臂举过头顶，使劲伸了个懒腰，仿佛要把心里的憋屈事抻直拉平。放下胳膊，三个人站在山顶，眺望着远方城市的楼群，附近的灌木丛中不时传来乌鸦和山鸡的叫声。

还是孙计划率先打破了沉默："这两天，达林有没有消息？"

李达海从冥望中转过神来："没有。自从那天打完电话之后，就一直没有联系上。"

孙计划疑惑地问："他会不会真去了玉丽？"

李达海说："玉丽的肖猛确实死了。没有肖猛接应，他到了玉丽，也得被抓回来。"

王章耀走到李达海身边，用肯定的口气说："我看找不着他正好，他不到案，郑铁峰他们就没法往前推进。"

李达海说："问题是我得知道他在哪儿，因为有些事情我俩得统一口径。"

王章耀说："找他不是当务之急，当务之急是我们怎么才能让郑铁峰他们立即收兵。"

孙计划想了一会儿，说："想让郑铁峰收兵，只有两个办法。"

李达海焦急地问："两个什么办法？"

孙计划说："一个是让郑铁峰离开专案组。另一个是……"

李达海有些急不可耐："另一个是什么？"

孙计划说："找个高层发话，让这个案子就此打住。"

王章耀听后点着头说："我也是这么想的，让郑铁峰离开专案组，换一个和我们熟悉的人，也是一个办法。"

孙计划说："我今天见了一个人，这个人是省纪委副书记的妹妹。"

王章耀将信将疑地问："什么时候认识的，我怎么没听你说过？"

孙计划说："就是约你去小天鹅西餐厅会面，你突然改变主意去见郑铁峰的那天。"

王章耀让孙计划把两个人认识的经过讲一讲，孙计划就把认识潘美玉的前前后后讲了一遍。王章耀听完还是将信将疑，又问了孙计划一句："这个人不能是骗子吧？"孙计划胸有成竹地说："不可能是骗子，她跟我说的信息，都已经证实了，包括咱们市里吕光书记什么时间去哪儿开会，去哪儿学习，她都说得丝毫不差。"

王章耀说："不管是不是骗子，对这种来历不明的人还是多加防备为好。"

李达海也觉得这个人不一定靠谱，但又不能直接说出来，就对王章耀说："省公安厅杜壮威副厅长的力度怎么样？"

王章耀略加思索地说：“要是杜厅长过问，郑铁峰怎么也得给点儿面子。”

李达海说：“我是这么考虑的，孙主席这边能不能找宁边市长佟柏青出面给郑铁峰施加点儿压力，让郑铁峰就此打住，别再往下查了，毕竟佟市长是可以左右郑铁峰仕途的市里领导。省纪委那面，我看先不要打招呼了，以后看情况再说。”他又对王章耀说：“我有个结拜兄弟和杜厅长是至交，我打算让他帮忙，找找杜厅长。另外，我还要找律师提前介入，让律师找出他们在法律上的漏洞，为打官司做准备。你们看怎么样？”

王章耀和孙计划互相看了一眼，王章耀说：“如果你的朋友确实能和杜厅长说上话，找杜厅长也不是不可以。”孙计划接着王章耀的话，对李达海说：“你倒是提醒我了，我可以找佟柏青试试，他在丹江当组织部长的时候，我俩私交不错，我还帮他办过不少事呢。再说，他和咱们也不是外人。至于我新认识的这个朋友，你俩也不要戒心太重，我也是见过大世面的人，看人很少有走眼的时候。”孙计划又用商量的口气对王章耀说：“市里这边也不能眼瞅着，你出面找找市纪委杨忠庆书记，纪委监委这一块也不能有什么闪失。”王章耀说：“纪委这边，我有打算。”

三个人商量完后，李达海又拉着孙计划和王章耀回到了山庄，三个人为了避开外人的眼目，决定各自开着车从不同的路径返回市区。

39

从孙计划办公室出来的女人，正是海兰湖高尔夫球场小天鹅西餐厅的女老板，海归女博士潘美玉。孙计划自从认识了潘美玉后，就逐渐冷落了霍燕。李达海看出了这其中的猫腻，因为孙计划不像以前那样总找借口去他的会所了。

今天潘美玉是来给孙计划报喜讯的，潘美玉的哥哥答应孙计划，有机会到长青开会或者办事的时候，两个人认识认识。孙计划为了能搭上潘美玉的哥哥，从认识潘美玉那天起，就在潘美玉身上下足了工夫，在金钱和名牌的“轰炸”下，潘美玉很快就倒在了孙计划的怀里。而潘美玉也不白给，她每次和孙计划约会，不仅能让孙计划尝到肉体的欢愉，还能给孙计划带来精准的“内部”消息，这让孙计划对潘美玉更加爱不释手，深信不疑。为了能尽快见到潘美玉的哥哥，孙计划不惜血本哄着潘美玉，他设想，如果潘美玉的哥哥在关键的时候帮着说一句话，一切难题都可以迎刃而解。

潘美玉出了市政府大楼，掏出手机打了一个电话，少顷，一辆豪车从停车场开过来，停在了潘美玉的身边。司机过来打开车门，潘美玉先扭身坐在车座上，两条腿长腿像一股旋风似的旋进了车里，司机顺手把车门关上。车离开了市政府停车场，司机才把车窗的窗帘打开，侧脸看了一眼潘美玉，问：“情况怎么样？”

潘美玉低声说：“已经入戏了。”

司机听后把车窗放下来一道缝隙，随手点了一支烟，无不惬意地对潘美玉说："等这一票做完，咱们就远走高飞。"

潘美玉把身子靠在车座上，眼睛看着车窗外的景色，神色忧郁地说："太无聊了，我实在不想再演下去了。"

司机把烟头扔到窗外，转过头对潘美玉说："这么好的陪演，如果不演下去，岂不浪费了你的表演才华。"

潘美玉苦笑着说："我在大学学了一回表演，没在影视舞台上展现才艺，却在生活的舞台上找到了用武之地。说出来真是蛮讽刺的。"

其实潘美玉根本不是瑞典斯德哥尔摩大学商学院的海归博士，也没有哥哥在省纪委当副书记，她只是一个因诈骗罪被判处三年有期徒刑的刑满释放人员。她诈骗的手法并不高明，靠在小天鹅西餐厅偷听打高尔夫球的客人闲谈，掌握省内一些官员的信息，然后再利用自己的美貌，接近那些梦想攀龙附凤的官员。孙计划不过是她捕获的一个猎物，在孙计划之前，她已经成功捕获了一些官员。她抓住了这些官员的心理，即便发现自己被骗了，也不敢报案，因为他们的钱都不是名正言顺的合法所得。

潘美玉之所以把小天鹅西餐厅盘下来，因为她知道，能玩得起高尔夫球的，不是商贾大佬，就是社会精英，他们掌握着大量的信息资源，只要这些人聚在一起，就会互相传递信息。潘美玉在西餐厅的每间包房里都安装了窃听装置，等客人们离开西餐厅后，她就开始回放客人们的谈话录音，从中筛选对她有用的信息。她从客人的交谈中得知丹江市委书记吕光即将作为省部级后备干部到上级党校学习的消息后，在一次和孙计划的约会中，有意无意地放出了这个信息，孙计划听到后根本没信，后来得到了吕光的亲口证实，才确信潘美玉是个大有来头的神秘之人。接下来，潘美玉又向孙计划放了几条重磅消息，也都间接得到了证实，这才让孙计划深信，潘美玉确实在省纪委有一个手眼通天的哥哥。

孙计划把潘美玉叫到自己的办公室，就是为了李达海的事情。他和李达海这些年风来雨往，为他摆平了多少事，拿了他多少回报，别人不知道，他自己心知肚明。此时他只有一个念头，李达海不能倒，达海实业有限公司不能倒，如果李达海倒了，自己不仅自身难保不说，就连王章耀都得跟着“吃不了兜着走”。所以，他把潘美玉找来，想托潘美玉跟她哥哥打声招呼，这两天他准备找机会去长青拜访这位副书记哥哥。

孙计划明白这其中的游戏规则，他从抽屉里拿出一张存有五十万存款的银行卡，推到潘美玉胸前，潘美玉笑着把卡放在了自己的精致的小坤包中。

孙计划在等着潘美玉的回话，他已经做好了启程去长青市的所有准备。潘美玉在离开孙计划办公室的当天晚间，给孙计划打来了电话，告诉孙计划，他哥哥最近要随同国家一个考察团去新加坡考察，估计得二十天左右能回长青，让他耐心等待。二十天对孙计划来说简直太漫长了，郑铁峰的专案组不会等，李达海也不会等。他让潘美玉再跟她哥哥说说，能不能挤时间见他一面，潘美玉装作为难地说：“见面肯定是没时间了，要是实在着急，可以找我嫂子，看我嫂子能不能打上招呼。”其实这是潘美玉使的另一个计谋，潘美玉在长青有个同伙，是她在监狱认识的狱友，如果孙计划同意让她嫂子出面打招呼，她就可以让她这个狱友在长青冒充高官的夫人，出面接待孙计划，到时候再猛敲孙计划一笔。孙计划不想让更多的人掺和到这件事中来，他听潘美玉说哥哥实在挤不出时间，说那就等哥哥从新加坡回来再说吧。

40

李达海和孙计划、王章耀分开后，回到会所的第一件事，就是找寇长友。其实寇长友早就打算回长青了，可令他没想到的是，李达海这几天像坐上了“过山车”一样，一会儿被抛上云端，一会儿又跌入深渊。先是宁边市第二人民医院的院长张松给郑铁峰妹妹家的超市送的十万元钱，被宁边市公安局纪检委取走，宁边市公安局纪检委还对此事展开了调查，多亏张松左右逢源，说是办事的人给送错了地方，才将此事成功化解。接着又是李先军被刑拘，到手的常福民的林地又回到了常玉玲的手里，“丹宁”高速公路增益标段复工，这一切来得那么突然，让李达海着实措手不及。他自认在李达海落难的时候提出回长青，无论从情理上还是从江湖的规矩上都说不过去。

李达海把寇长友叫到身边，把刚刚和孙计划、王章耀商量的对策说给了寇长友。寇长友听后眉头紧锁。随着郑铁峰对李达海的步步紧逼，必须要快速果断地给郑铁峰“踩刹车”，寇长友也想到了杜壮威，假如杜壮威没有能力压住郑铁峰，凭着杜壮威在北安省深耕细作了几十年，也一定能找到比他自己能量更大的人来压制郑铁峰，甚至连丁雪松也一起施压。

想到这，寇长友起身和李达海告辞。临行前，李达海让寇长友转告杜壮威，原野沐歌娱乐城已经把五百万分红贷给了一家专门做出口石油生意的公司,年底会有一笔相当可观的分红。寇长友听完李达海的话，狡黠一笑，蛮有把握地对李达海说：“老大你就放宽心吧。”说完，他坐着他的豪车驶出了李达海的会所。

霍燕远远地看着寇长友的轿车消失在视线里，心里不知不觉升起了一丝惆怅。这些天，她一直陪着寇长友，寇长友走到哪里她就跟到哪里，她渐渐地对寇长友萌生了一种不可名状的情感。她从寇长友的言谈举止里意识到这个人不是一个简单的人物，也体会到这个人有一种侠肝义胆的豪气。她陪着寇长友这些天，从寇长友身上得到了她所需要的东西。她也知道李达海摊上大事了，搞不好会连累到自己，因为自己参与过李达海的一些事情，而且还知道他的一些不为人知的秘密。所以她小心谨慎地为自己涂上了一层迷彩,既要完成李达海交办的事情，又要使自己尽量不卷进李达海的是非当中。她要另寻靠山，她暗暗地把寇长友作为心目中的下一座靠山，只有通过寇长友的人脉关系，她才能攀上更有价值的大人物。她也隐隐地感觉到孙计划已经对她失去了兴趣,她觉得无所谓了,和寇长友比起来，孙计划在她心里已经到了可以忽略不计的程度。

这时,霍燕的手机响了,她拿出手机一看,是李达海打来的,李达海问霍燕在哪里，霍燕说就在会所。李达海让霍燕到自己的办公室来一趟，有个事要霍燕去办一下。

霍燕来到李达海的办公室，李达海问霍燕多长时间没见到孙计划了，霍燕说，自从上次和孙计划在会所吃过饭之后，再没见到孙计划。

李达海说："总这样不行啊，你是晚辈，要主动向孙主席赔个不是。"

霍燕满脸无奈地说："我不是不想和他好，是孙主席先不理我呀。"

李达海说："好了，别说了，今晚我把孙主席请过来，你陪他喝一杯，恩恩怨怨就算过去了。"

霍燕低着头走出了李达海的办公室。

李达海的目的很简单，在这个山雨欲来的特殊时刻，谁都不能脱离干系，要完蛋大家一起完蛋。再说了，要想继续让孙计划为达海实业有限公司当挡箭牌，就得让霍燕牢牢地拴住他。

41

王章耀的确坐不住了。他把高万斌和李艺涵叫到办公室，问上次从专案组回来后安排的两件事落实得怎么样了，高万斌看了看李艺涵，李艺涵又看了看高万斌，四目相对，各有一肚子苦水。

高万斌先开口说："给李原明打了两次电话，他第一次接了，客气了一番，说工作太忙没时间，以后再说。第二次打，他就不接了。后来我让省厅的同学给他打电话，他接了，结果说郑铁峰刚给他们开完会，不论谁离开专案组驻地都得经过批准。

现在看，约李原明出来是够呛了。”

李艺涵接着高万斌的话说：“我把购物卡准备完给高支队了，人家不见高支队，卡又给我送回来了。”李艺涵说完双手一摊，无奈地摇了摇头。

王章耀站在窗前听完他俩的话，半晌才转过身来，他对李艺涵说：“我听说专案组有一个叫孙露的，是佟柏青的外甥女，你看有没有办法接触上？”

李艺涵说：“我也听说有这么个人，我试试吧。”

王章耀说：“行，但要尽快。”

李艺涵走了之后，王章耀让高万斌坐下，他对高万斌说：“万斌啊，关于提你当支队长的事，我已经找过市委组织部了。考虑到你还不是后备干部，我准备在党委会上先提名你为副处级后备干部人选，然后参加下半年组织部办的后备干部培训班。现在支队长的这个位子，惦记的人很多，市里总有人向我推荐这个那个的，确定了你的后备干部身份，就不会有人惦记这个岗位了。不过这期间要是有能量通天的人给我施压，我就没办法了。”

高万斌听完，笑脸相迎着说：“只要局长给我努力了，我就知足了。至于能不能当上，就看我命了。”

王章耀说：“不过这事要保密，如果漏了出去，就很难说了。”

高万斌说：“这个我懂，我跟谁都不会说的，包括我家人。”

王章耀说：“你的事我全包了，我的事你也得扛住啊。”

高万斌说：“你的事，就是我的事，扛不住也得死扛。”

第十一章

42

说好了姜东升和王章耀汇报完后，给郑铁峰打电话，结果郑铁峰一直也没接到姜东升的电话。他安排李原明和岳之辉去丹江市局直接找姜东升，结果姜东升不在，接待他俩的市局办公室的民警说，姜东升昨晚突发疾病，现在正在医院抢救呢。

李原明把这一情况报告给了郑铁峰，郑铁峰说稍等一会儿，他给姜东升打电话。电话是姜东升的女儿姜小娟接的。姜小娟告诉郑铁峰，姜东升早晨起来去卫生间的时候突然摔倒，家人立即拨打了120，把姜东升送到了医院，人现在正在医院抢救，医生初步诊断是脑溢血。郑铁峰放下电话，让李原明和岳之辉先回专案组，他估计，这时候丹江市局的领导肯定都在医院，他们先不去调取卷宗了。

李原明和岳之辉回到专案组，正巧遇到孙露出门，李原明问孙露干什么去，孙露说：“佟柏青市长和林政局长在省里参加完会议，特意绕道来丹江看望专案组，郑局让我先到高速公路收费站迎接。”

李原明问孙露：“郑局呢？”

孙露说：“郑局刚才接到市委吕书记秘书的电话，去见吕书记了。”

李原明回到办公室还没坐下,就接到了郑铁峰打来的电话，让他带着李先军和二老尿的讯问笔录马上到市委吕光书记的办公室。李原明不知道出了什么事，拿着卷宗和岳之辉一起来到丹江市政府。

43

郑铁峰正在政府办公楼前等着李原明，见李原明从车上下来，就招手让李原明快跑几步。李原明跑到郑铁峰面前把卷宗递给郑铁峰，郑铁峰说：“咱俩一起去见吕书记。”

两个人在秘书的引领下来到了吕光的办公室。吕光正在批阅文件，见郑铁峰和李原明进来，放下手中的笔，走过来和郑铁峰、李原明握手。

吕光对郑铁峰说：“你们来了这么长时间，说好了去慰问你们，可一直也没腾出时间，先向你们道歉了。”

郑铁峰说:“吕书记每天公务繁忙,我们来您这里听候指示,就代表您去慰问了。”

吕光笑着说：“去你们专案组慰问也是我公务的一部分，和让你们到市里来不是一回事。”听吕光这么说，郑铁峰和李原明也跟着笑了。

吕光把郑铁峰和李原明让到隔壁的会客室，告诉秘书给冲咖啡，郑铁峰说不必了，有矿泉水就行，吕光执意让秘书给冲了两杯咖啡。郑铁峰慢慢地喝着咖啡，吕光收敛了脸上的笑容。

“铁峰同志啊，最近你们办的李达海黑社会性质组织犯罪案件进展得怎么样了？”吕光话中有话。

郑铁峰放下手中的咖啡杯，严肃认真地回答吕光的问话：“根据省交通厅提供的线索，以及丹江市公安局控申处移交的举报材料，我们查明了李达林的一些犯罪事实，现在已经对李达林的五名同案采取了刑事强制措施，对李达林本人正在网上进行通缉。同时，我们还查清了常福民承包林地转让的真相，恢复了‘丹宁’高速公路增益标段的施工建设。目前，正在对李达海黑社会性质组织犯罪的其他线索进行核查。”

吕光听后，沉思了片刻，说：“最近，市里面有一些杂音，对你们来丹江开展扫黑除恶专项斗争说三道四。我听了之后，心情很沉重，当场对一些同志不负责任的言论进行了批评和驳斥。同时，我在市委常委会上，也表明了市委、市政府和我本人的态度，我们坚决拥护省委、省政府派专案组进驻丹江开展扫黑除恶斗争的决定。在这次斗争中，无论涉及什么人，涉及哪一级别的领导干部，市委、市政府都会对专案组的工作坚决支持，全力配合，绝不干扰专案组的工作，更不搞当面一套，背后一套的鬼把戏。”

吕光停顿了一下，压低了说话的音调：“不过，我还是要特别提醒你们两位同志，不管是查李达海，还是查某某人，我都坚决拥护，但有一点，你们一定要重证据，重调查研究，不能轻信口供；不要仅凭几条线索和几封举报信，就把一个民营企业搞得人心惶惶。”吕光见郑铁峰没有表态，又换了一种和蔼的口气对郑铁峰和李原明说：“你们可能对我这番话不能马上理解，但我相信有一天，你们会明白的。我们培育出一个成功的民营企业，是要付出几十年的汗水呀，非常不容易。现在民营企业已经成为丹江市的纳税主力，支撑着全市一半以上的就业率，特别是一些龙头企业。但话又说回来，对那些以不法手段搞市场垄断、欺行霸市和严重扰乱市场经济的黑社会性质犯罪组织也坚决不能手软，必须按照要求，铲草除根，严惩不贷；同时，也要保护好那些合法经营的民营企业，通过这次扫黑除恶专项斗争，为守法经营的民营企业创造一个公平、公正、和谐、有序的营销环境。这就是我今天把你们找来，想说的心里话。”

吕光的一席话，让郑铁峰感到既温暖又感动，他对吕光表态说：“书记刚才这一番话，使我们在丹江开展扫黑除恶工作的思路更清晰了。请书记放心，我们的侦查工作，会严格按照法律的规定进行，绝对不会发生书记担忧的事情。”

吕光说：“那就好。希望你们在丹江办的案件，都能够办成铁案，办成精品案件。”

郑铁峰说：“只要是犯罪事实存在，不管多硬的‘保护伞’，我们都会一查到底，绝不会半途而废。”

吕光站起身对郑铁峰说：“说得好！我要的就是你们的决心！你们在丹江办案期间，无论遇到什么困难，需要我们市委、市政府出面解决的，我们一定会尽最大努力帮助解决，在扫黑除恶这个战场上，我们是并肩作战的战友。这也算是我对你们专案组的一个态度。”

郑铁峰和李原明站起身来，不约而同地说：“谢谢吕书记！”

告别了吕光，郑铁峰和李原明直奔高速公路收费站。在车上，李原明想把去市局调取常福民死亡案件卷宗的经过和郑铁峰做个汇报，郑铁峰说先不着急，等接到佟柏青市长后，他们一起去医院看望姜东升。

44

佟柏青是突然决定来丹江的。

他在参加全省经济发展论坛会议中途休息时，接到了孙计划的电话。孙计划问佟柏青什么时候回宁边看看老朋友，如果实在太忙，他就等佟柏青从长青回到宁边后过去一趟。佟柏青当即就明白了孙计划要去宁边的目的，他在电话里对孙计划说：“你不用来宁边了，我这边论坛一结束，就和宁边市公安局局长林政去丹江。”放下孙计划的电话，佟柏青就给林政打电话，问林政有没有时间一起到丹江看望专案组，林政说听从市长的安排。佟柏青让林政到长青和他会合，等他这边的会议结束后，两人一起去丹江。

车一驶出高速公路收费站，佟柏青看到郑铁峰几个人正在路旁等候，就让司机把车直接开到了郑铁峰面前。佟柏青下了车，握着郑铁峰的手说："临时决定来看望同志们，没干扰你们的工作吧？"

郑铁峰笑着说："感谢市长和林局长的关心。"

几个人寒暄了几句，佟柏青说："都上车吧，铁峰，你们的车做前导，我的车跟着你们。"

郑铁峰问佟柏青是不是直接去丹江森林公安局专案组的驻地，佟柏青说："对，走江滨大道，路过威尼斯花园，再到你们办案的地方。"

佟柏青在丹江担任了五年市委常委、组织部部长，对丹江的市容市貌非常熟悉，他让郑铁峰的前导车走江滨大道，是想顺路看看他当年住过的威尼斯花园小区。

郑铁峰问佟柏青在威尼斯花园站一会儿不，佟柏青寻思了一会儿，说："不站了，看见熟人还得打招呼，耽误时间。"

郑铁峰忽然想起李达林潜逃的那天晚上，有一个电话就是从威尼斯花园打给李达林的。虽然这个电话最后查清了机主，但是这个小区却在郑铁峰的脑海中留下了深深的烙印。

佟柏青跟着郑铁峰很快就到了专案组驻地。一下车，佟柏青就问专案组在几楼办公，郑铁峰说在二楼。孙露已经跑到电梯口打开了电梯。佟柏青看见孙露，就问孙露在专案组怎么样，学到业务没有，孙露咯咯地笑着说："刚来专案组报到，正在跟班学习呢。"

佟柏青转身对林政说："像孙露这样的女民警，参加过扫黑除恶重大专案的侦破工作，以后要重点培养啊。"

林政回答说："放心吧市长，局里已经把孙露列为后备干部啦。”

电梯到了二楼，佟柏青挨个房间看了一遍，最后来到了案情研判室。郑铁峰已通知专案组在家的侦查员都到案情研判室集合，佟柏青一进来，侦查员全都站立起来欢迎佟柏青。林政向大家摆摆手，示意坐下，郑铁峰开始向佟柏青汇报专案组的工作情况。

佟柏青听过汇报后，在点评的时候，要求专案组要多和丹江市委、市政府沟通汇报，还要和丹江市公安局保持好工作上的配合与互动。郑铁峰一边记录，一边用眼睛的余光看着林政。林政非常认真地记着笔记，不时把脸转向佟柏青。佟柏青讲了大约有半个小时，重点讲的是专案组在丹江市开展扫黑除恶期间，如何和丹江的各级领导保持好工作关系，为将来宁边和丹江两个城市间的发展架好友谊的桥梁。

最后，林政对汇报会做了总结。林政的总结比较折中，他说：“丹江是柏青市长工作过的地方，对丹江这片热土有感情，有寄托，专案组不仅要按照省厅的要求把丹江的黑恶势力彻底铲除，而且还要把柏青市长在丹江工作时的友情维系好、发展好，在促进宁边和丹江两地的发展中，发挥出独特的作用。”并且要求专案组今后的工作要多向宁边市委、市政府请示汇报，争取早日凯旋。郑铁峰领会了两位领导的讲话意图。林政最后问郑铁峰：“专案组有没有什么困难？”郑铁峰说：“感谢柏青市长和林政副市长的关心，待专案组把省厅交办的线索核查完毕之后，我们立即返回宁边。”

用餐的时间到了，郑铁峰让森林公安局准备了工作餐。佟柏青对郑铁峰说："好，尝尝你们的工作餐。"

午餐进行到一半的时候，林政把郑铁峰叫到一边，小声对郑铁峰说："佟市长在丹江工作时，有几个关系不错的老领导，他们知道柏青市长来丹江了，要以个人的名义请他叙叙旧。市长的意思是让你一起参加，你安排一下，一会儿一起走。"

郑铁峰心里想着去看姜东升，就对林政说："今天早晨丹江市局主管刑侦的副局长姜东升突发脑溢血，我已经说好下午去看姜东升，市长那边我就不去了吧？"

林政说："让唐大勇他们代表你去看望不也一样吗？"

郑铁峰说："姜东升是一位资历很深的老刑侦，让唐大勇去看望不合适呀。"

林政有些急了："那就参加完柏青市长的活动再去。"

郑铁峰的犟劲上来了："我实在不想参加柏青市长的这个活动。"他紧接着反问了林政一句："局长，你难道看不出来这是一个'局'吗？"

林政被郑铁峰的话噎得一时说不出话来，过了半晌，才悻悻地对郑铁峰说："我没看出来这是一个'局'。"

郑铁峰对林政说："我要是参加了这个活动，见了那些不该见的人，我们还怎么在丹江开展工作？"

林政无奈地叹了口气，说："唉，你什么时候能不这么犟呢？参不参加你自己看着办吧。"

佟柏青和林政走了之后，郑铁峰回到办公室就把门反锁上了，李原明过来问他什么时候去看望姜东升，他都没开门。

李原明听到了郑铁峰和林政"呛呛"的声音，看郑铁峰回来饭也没吃就回办公室了，就让孙露把饭从餐厅端到了郑铁峰的办公室，郑铁峰看着饭菜，挥手把餐盘扣在了地上，吓得孙露身子一颤。李原明听到声响马上跑了过来，看到郑铁峰面向墙壁默默地坐着，他来到郑铁峰的身后，用一句郑铁峰常说给专案组的话缓解气氛："不管前进的路上有多少艰难险阻，我们都要微笑着面对。"郑铁峰慢慢转过身看着李原明，心想不管有多大的困难，都不能把不好的情绪传导给其他人。他又想起了牺牲的夏博洋，想起了常玉玲可怜的目光，想起了丁雪松副省长……

孙露找来拖布把地上的残羹收拾干净后，回到了自己的办公室。

45

从专案组出来后，佟柏青因为林政没把郑铁峰约出来，多少有些不开心。林政解释说，郑铁峰已经说好了去医院看望丹江市局的姜东升,因为有个案件的卷宗需要找姜局长协调调阅，他还擅自加了一句："郑铁峰说了，市长在丹江有需要关照的人和事，可以告诉他。"佟柏青听了林政加给郑铁峰身上的这句话，心里释然了不少。

他对林政说："像郑铁峰这种不畏权势，敢于坚持自己主见的人，已经是官场上的稀有动物了。"

林政略带惋惜地说："他就是因为这种秉性，才耽误了自己的仕途。"

佟柏青听林政这么说，颇有些不以为然，他说："只有丁雪松这样的'空投'官员，才会选择郑铁峰来担当这样的重任，要是本地的领导干部，根本不会选这样的'一根筋'。"

林政说："不过，要想干成大事，还是得用铁峰这样靠得住的领导干部，这样的人身上，都有一股子执着劲。"两个人边走边聊，不一会儿就来到了孙计划为佟柏青接风的鼎鑫国际酒店。

孙计划早已在酒店大厅等候佟柏青了。佟柏青的车在酒店门廊刚刚停稳，孙计划就跑过去帮着打开车门。孙计划的后面跟着王章耀，王章耀直奔林政走过来。几个人在门廊处简单问候了几句就迅速进入了电梯。在电梯里，孙计划问佟柏青："郑铁峰怎么没来？"林政替佟柏青回答说："郑局长下午有个着急的事情，中午不方便出来。"

孙计划像挑事儿似的说："市长亲自来慰问，再着急的事也得往后推呀。"

佟柏青自嘲着说："我这个市长还不如他手里的案子重要呢。"

林政忙打圆场说："那是不会的，啥事都没人重要，何况您还是市长哩。"

市局警保部主任李艺涵被王章耀特意安排过来给几位领导助兴，佟柏青一行人一出电梯，李艺涵就笑吟吟地走过来接过佟柏青手里公文包。佟柏青认识李艺涵，他在丹江工作的时候到公安局调研，见过李艺涵几面，印象深刻的是，李艺涵提市公安局警保部主任的时候，到过他的办公室。

佟柏青坐下后，李艺涵告诉服务员上菜。孙计划坐在佟柏青的左手边的位置上，低声对佟柏青说 ：“佟市长，您要是不来丹江，我就得去宁边找您了。”

佟柏青故作镇静地问孙计划：“到底怎么回事？”

孙计划用手指了一下王章耀，说：“具体事情，章耀副市长说得清楚。”

王章耀把手里的半截烟头摁灭在烟灰缸里，用汇报的口吻对佟柏青说：“佟市长，是这么回事，咱们丹江有个达海实业有限公司。”

佟柏青打断王章耀的话：“这个公司我知道，法人叫李达海。”

王章耀接着说：“既然佟市长知道这个公司，那我就长话短说。”王章耀把林地转让、常福民上访、常福民死亡等事说给了佟柏青，最后，王章耀向佟柏青告状说：“我们丹江的侦查员，费尽千难万苦办的案子，郑铁峰他们仅凭几个人的口供就给推翻了。这让我们丹江公安以后还怎么办案？特别是省厅为此还成立了倒查组来倒查，搞得那些办案的民警都人心惶惶。”

佟柏青听完王章耀的这番话，脸上的笑容顿时消失了。他对林政说：“让郑铁峰马上写一份情况反映，把这段时间在丹江办的案子如实报到市里，明天上午一上班，我就找市委张书记汇报。”

林政对王章耀说的话不以为然，他刚刚听完郑铁峰的汇报，王章耀说的和郑铁峰说的正好是两个极端。他对王章耀说：“王市长，你敢对你刚才说的话负责吗？”

王章耀拍着胸脯说:“走到哪,我都对我刚才说的话负责。”

林政说:“那就好,我相信我们郑铁峰局长,他虽然现在没在场,但我也可以完全替他在丹江办的案件负责。”

林政这一番掷地有声的话,让在场的所有人都十分尴尬。孙计划马上过来打圆场,让林政不要生气,事实胜于雄辩,什么事都不怕查,一查就明。王章耀也走到林政身边对林政说,他刚才说的话有些过激,请林政原谅。

林政也觉得自己刚才有些冲动,就对王章耀说:“刚才我们柏青市长已经说了,明天上午向我们张书记汇报专案组的工作情况,到时候咱们再说。”

餐桌上的菜已经上齐了,李艺涵张罗各位领导动筷吃菜,孙计划看没上酒水,就喊服务员把自己存在酒店的法国干红拿上来,佟柏青说中午就不必上酒了,以茶代酒吧。

几个人聊了一些丹江的往事,临告别的时候,佟柏青把林政的手机号码告诉了孙计划,让孙计划有事就直接和林政联系,林政也留了孙计划的电话号码。几个小时的接触,消融了彼此间的陌生感,几个人像好兄弟似的握手道别,李艺涵还给佟柏青和林政每人一个拥抱。

第十二章

46

郑铁峰扒拉了一口午饭就和李原明来到了丹江市人民医院，通过电话找到了姜东升的女儿姜小娟。姜小娟正和母亲坐在重症监护室等候区的长椅上，等着护士出来告知姜东升的病情。她见到郑铁峰，把姜东升得病的情况向郑铁峰描述了一遍，说着说着，眼泪就流了下来。

姜小娟说，昨天晚上父亲很晚才到家，到家后不知道给什么人打了很长时间的电话，放下电话就进卧室了。今天早晨她还没起床，就听到母亲惊叫了一声，她出来一看，父亲穿着睡衣躺在卫生间门前，已经不省人事了，她马上打了120救护车。在等救护车的时候，她问母亲父亲是怎么晕倒的，母亲说父亲一夜翻来覆去没睡觉，早晨去卫生间方便的时候，可能是用力太大导致脑血管破裂摔倒的。姜小娟的母亲一直在流泪，郑铁峰劝她们母女别太难过，安抚说医生会将姜局长抢救回来的。

他来到医生值班室，想找医生打听姜东升的确切病情，护士告诉他医生去心内科会诊了，没在值班室。他又回到重症监护室门前。郑铁峰看到姜小娟和母亲沉浸在恐惧和茫然之中，觉得自己和李原明待在医院不仅帮不上忙而且还可能给她们带来麻烦，就把姜小娟叫到一边说：“我和你父亲是多年的老朋友，昨天我们还在一起研究工作，今天他就病倒了，太意外了。等你父亲病情有了好转，我们再来看望他。请你和你母亲多多保重。”

从医院出来不久，郑铁峰接到了林政发来的信息。林政把佟柏青市长的话复述了一遍，让郑铁峰把到丹江之后开展工作的情况形成一份报告,明天上班之前通过加密传真电报发给他。郑铁峰给林政回复了两个字：收到!

姜东升病倒了，常福民的死亡案件卷宗还得接着调阅。他和李原明商量了一下，决定先回到专案组，安排孙露结合给佟柏青市长的汇报提纲，把专案组到丹江后的工作情况整理成报告，报林政局长。

孙露接了任务刚离开郑铁峰的办公室，去水冰沟提审刘长明的金海纳小组就回来了。那天开完分组会议后，金海纳便带领朴龙湖和尹天池到增益村拘捕龚来福。金海纳三人一进增益村，龚来福就得到了消息，他一开始打算逃跑，可又一想，跑到啥时候是个头啊，思来想去，还是老老实实在家等着吧。不过这回龚来福真害怕了。他原以为自己被放回来了就没啥事了，没想到还能“二进宫”。跟李达林厮混了这么多年，被公安机关传唤的事不说经常有，但也有过三两回，每次都是应付应付搞个笔录就没事了，从来没像这回这样被抓住不放。当金海纳向他出示逮捕证的那一瞬间，他的大脑急速转了个弯，他突然明白了，抓他不是因为他的事有多大，而是李达海保不了他们了，这个时候如果还不识时务，那就是拿着鸡蛋撞石头。所以当侦查员给他戴手铐的时候，他出奇地冷静，所有规定动作都配合得十分到位。当侦查员把他往车上带的时候，他正在外面打麻将的媳妇听说“特殊人物”被戴上手铐了，推翻麻将就冲到家门口，哭闹着阻拦侦查员，龚来福停住脚步，怒斥他媳妇说：“你别胡闹行不行？我自己有多大的事我比谁都清楚，麻溜跟人家走，到地方把事情说清楚不就回来了吗。”

他媳妇听他这么说，真就不哭不闹了，问他：“那你啥时能回来啊？家里这一大摊子可全都指望着你呢。”

他回头看着他媳妇，风轻云淡地说：“快，我戴罪立功。”

不得不说，龚来福见风使舵的功夫真不是一般人能比得了的。

到了专案组，金海纳问龚来福：“‘特殊人物’，你不是说戴罪立功吗？现在到你立功的时候了。”

龚来福蛮有把握地说：“揭发检举算不算戴罪立功？”

金海纳说：“当然算了。不过揭发检举要有真凭实据，没有真凭实据，信口胡说八道不但立不了功，还得罪加一等。”

龚来福说：“真凭实据我是没抓着，不过这个事应该差不离儿。”

金海纳说：“那你说吧，我听听看够不够立功的。”

龚来福咽了一口唾沫，说：“那我就说了。”

原来，龚来福和因交通肇事罪被判刑的刘长明是两姨兄弟。据龚来福口述，刘长明能给李达林的养殖场送上饲料，全靠龚来福从中牵线，而且李达林看在龚来福的面子上，从来没克扣过刘长明的饲料款，刘长明对此非常感激龚来福。刘长明比龚来福小一岁，每次到养殖场送完饲料，都会到表哥龚来福家看看。龚来福和父母住在一起，刘长明每次来，都要给龚来福的父母带点儿小礼品。两家本来就是亲戚关系，再加上刘长明不断走动，使两家的关系更是亲上加亲，刘长明和龚来福也就成了无话不说的好兄弟。有一次，刘长明送完饲料，又来到龚来福家，龚来福在家里正闲得无聊，就留刘长明住下陪他喝酒，刘长明给家里打了个电话，就住在了龚来福家。两个人在喝酒的时候，刘长明跟龚来福说："表哥，我有一件挺闹心的事在肚子里憋了好几天了，你帮我参谋参谋。"

龚来福问："啥事？"

刘长明放下酒杯，让龚来福把屋里的门关上，凑到龚来福的耳边说："李达林找我，让我帮他灭掉一个人。"

龚来福瞪大了眼睛问："灭掉谁啊？"

刘长明长叹一口气，说："嗨，还能有谁，赵志学呗。"

龚来福听完，没有马上说话，而是端起酒杯喝了一口。刘长明想听听龚来福是怎么想的，就问龚来福："你说咋办？"

龚来福想了一会儿，说："你们之间的事，别问我，我就当没听你说过。"

刘长明听龚来福这么说，就没再往下问，两个人喝了两瓶白酒后又喝了几瓶啤酒，就躺在桌子边睡着了。第二天，等龚来福醒来的时候，刘长明已经开车走了。

刘长明从那天离开后，再也没来过龚来福家。过了大概两个多月的时间，龚来福就听说刘长明开车出了交通事故，把常玉玲的丈夫赵志学撞死了。由于刘长明的车买了大额保险，保险公司对家属常玉玲做了全额理赔。但是常玉玲和刘长明两个人并没有达成谅解，所以刘长明被判处了三年有期徒刑。刘长明被判刑的第二年，刘长明的儿子大学毕业了，孩子平常学习成绩一般，但毕业没多久就去美国留学了。当时几个亲戚还在一起议论过，说到美国留学一年的费用就得几十万，没看出来刘长明家这么有钱啊。

龚来福说完，又追加了一句："所以我怀疑赵志学是李达林和刘长明合谋害死的。"

金海纳听完龚来福的叙述，觉得这条线索非同小可，他让朴龙湖和尹天池先把龚来福押送到看守所，自己马上向郑铁峰做了详细的汇报。郑铁峰听后神情一振，这是条非常有价值的线索，他当即安排金海纳他们组马不停蹄地赶赴水冰沟监狱提审刘长明。

金海纳组回来了，郑铁峰感觉眼前一亮，赶紧让金海纳他们坐下说说提审刘长明的情况。金海纳先从警用提包里拿出刘长明的讯问笔录交给郑铁峰，然后坐在郑铁峰对面的位置上，苦笑着说："去水冰沟之前，我们仨到交警队把刘长明的交通肇事卷宗复印了一份，把事故的前后经过全都了解了一遍。到监狱后，我们按照龚来福提供的线索对刘长明进行了讯问。"

郑铁峰急切地问："怎么样？"

金海纳摇摇头说：“刘长明这家伙态度很顽固，死活都不承认他是受雇于李达林谋害赵志学的，就说是自己当时没看到赵志学，等看到人后，刹车已经来不及了，所以才把赵志学撞死的。”

郑铁峰站起来给金海纳和朴龙湖接水，唐大勇在走廊听到金海纳说话的声音，拿着一叠材料也来到了郑铁峰的办公室。金海纳和唐大勇打个招呼，唐大勇微笑着摆摆手，坐在了郑铁峰办公桌边的沙发上。

郑铁峰把水递给金海纳和朴龙湖，接着问：“后来呢？”

金海纳说：“我在去的路上就预料到会是这个结果。我想，再接着审下去也不会有什么收获，就在临回来的时候，和监狱的管教做了交代，让管教对刘长明进行深挖余罪。我们又向监狱长报告了刘长明的情况，让监狱方面安排狱侦，关注刘长明的情绪和动向，有什么情况随时和我联系。”

郑铁峰点点头说：“刘长明心里明白，一旦承认了，就不是交通肇事罪了，所以他会拼死抵赖。但我们不怕他不承认，你们这次提审，一定程度上会让他在心理上产生震动。下一步，你们要随时和狱方保持联系，另外还要在外围尽快搜集到有力的证据，只有在铁证面前，他才能低头认罪。”

金海纳说：“我也是这么想的。不过，我还有另外一个想法。”

郑铁峰问：“什么想法？”

金海纳说：“如果刘长明是受雇于李达林，那么，这起交通肇事案件的背后一定有一个‘保护伞’，要是能查到这个‘保护伞’，这起案件不就水落石出了吗？”

郑铁峰点燃一支烟深吸了一口，看着金海纳说：“在李达林还没到案的情况下，动幕后的这个‘保护伞’，时机还不成熟。等我们抓获了李达林，掌握了足够的证据之后，‘保护伞’自己就会跳出来的。”

金海纳说：“那好，我们听候郑局的安排，这两天，我们再扫一遍刘长明的外围，再到肇事现场搞一次模拟实验。”

郑铁峰说：“对，把外围再扩大一些，把能找到的证人、证据再查一遍，案情就一定会柳暗花明。”

金海纳郑重地点了下头，又和唐大勇挥了挥手，便离开了郑铁峰的办公室。金海纳出门之后，唐大勇把手中的材料放到了郑铁峰的面前，说：

“这两天，我们对涉及李达林的线索做了无数次甄别，觉得应该对在威尼斯花园给李达林打电话的物业经理再次展开调查，并且对小区业主做一次排查。”

唐大勇的话一出口，一下点醒了郑铁峰的记忆。在高速路口迎接佟柏青时，佟柏青说他在丹江工作的时候，家就在威尼斯花园，难道这是巧合？

郑铁峰问唐大勇：“什么时候去查？”

唐大勇说：“现在手头还有两条线索需要核实，我准备明天上午去。”

郑铁峰说：“好，但要做好保密工作。”

唐大勇说：“如果发现新情况，我马上跟你报告。”

47

郑铁峰打电话让李原明下楼等他，二人去市局见王章耀。去市局的路上，郑铁峰给王章耀打了个电话，说明自己要到市局调阅常福民死亡卷宗。王章耀接电话的时候正在主持召开局务会。姜东升病倒了，他分管的几个部门需要其他班子成员代管。他征求几位班子成员的意见，看看怎么代管合理，一名姓王的副局长首先发言，他说，姜东升分管的部门都是侦查打击口的，个别部门的业务和他分管部门的业务有交集，所以他把两个任务相对单一的部门先挑走了。剩下刑侦和技侦，王章耀点名让程光伟代管，程光伟考虑了一会儿，没做表态，王章耀又问了一遍，程光伟不太情愿地说那就代管几天吧。这时候，郑铁峰的电话打进来了，王章耀看了一眼号码，起身对在场的班子成员说："大家等我几分钟，我接个要紧的电话。"他回到自己的办公室，把门关上后，他接通了郑铁峰的电话。王章耀先和郑铁峰客气了一番，他告诉郑铁峰自己正在主持召开班子会，还有几个议题没研究，一时半晌结束不了。郑铁峰着急调出常福民的死亡卷宗，就对王章耀说：

"王市长如果脱不开身，能不能指派一个人配合我们取出来就行？"

王章耀说："郑局长，咱就不差这一宿的工夫了，能不能明天来市局见面再说？我这儿有些事，还需要咱俩当面沟通一下。"

王章耀的话带着恳求的语气，郑铁峰考虑到下一步有一些工作还需要市局配合，就语气平缓地说："那就定在明天上午八点半吧，你们上班后，我去市局。"

第二天上午，郑铁峰和李原明按照约定来到丹江市公安局见王章耀。进入市局大厅，郑铁峰看见市局副局长程光伟和刑警支队副支队长高万斌在等候他们，便走过去和二人握手。程光伟握着郑铁峰的手说："东升副局长病了，原先他分管的刑侦和技侦，昨天班子会上决定暂时由我代管。"

接着他话头一转，对郑铁峰说："你们这次来，一定要帮我们把常福民的案子核查清楚，上级信访部门已经给我们局下发三次督办单了。"

郑铁峰眉头不展地说："是吗？"

程光伟点点头说："上次我让我们局控申处把举报达海实业有限公司的举报信移交给了你们，不知道现在进展得怎么样？"

郑铁峰说："我们正在核查呢。"

郑铁峰想反问程光伟，为什么丹江市局不开展调查？话到嘴边又收了回去。程光伟又说了一些和案件无关的话，郑铁峰一边应和着，一边和其他几个人来到了王章耀的办公室门前。

王章耀已经让高万斌提前把常福民的死亡卷宗从局档案室调出来，送到了自己的办公室，他正在一页一页地翻看。听到走廊里纷至沓来的脚步声，他便合上卷宗，来到门前迎接郑铁峰。一见面，王章耀便半开着玩笑对郑铁峰说："欢迎郑局长啊！你们专案组一来到丹江，我们丹江的天好像比以前更蓝了。"

郑铁峰微笑着接过王章耀的话说："王市长不愧是市里的

领导，不仅操心着地面上的治安，还关心着天空的颜色啊，得向王市长好好学习。”几个人说着话，随着王章耀来到了会议室。

进入会议室，王章耀让高万斌把卷宗取过来，直接摆到郑铁峰面前，郑铁峰下意识地翻看了两页，然后交给了李原明。李原明清点了一下卷数和页码，在高万斌递过来的借阅卷宗登记簿上签上了自己的名字。

王章耀递给郑铁峰一支烟，郑铁峰摆摆手，笑着说：“我刚抽完。”王章耀把烟收回来，对郑铁峰说：“常福民这起案子，省厅把罗世杰的举报信转给过我们，我们局党委对这起案子也非常重视，抽调了刑侦部门的业务骨干组成专班进行了核查，没发现案件中有什么瑕疵，就按照程序退给省厅，打了报告。”

他停顿了一会儿，看着郑铁峰说：“正好今天高支队也在这儿，用不用高支队把案情介绍一下？”高万斌看着郑铁峰，等着郑铁峰点头默许。

郑铁峰不急不躁地对王章耀说：“案情就不必介绍了，等我们看完卷宗，就都了解了。”

王章耀说：“也好，你们在核查的时候如果发现存在什么问题，直接找高支队就行，高支队带队出的现场。”郑铁峰看了李原明一眼，意思是问李原明有没有需要现场向王章耀和高万斌提问的，李原明摇摇头表示没有。

郑铁峰对王章耀说：“王市长，那我们就把卷宗带回去看看，有什么问题，咱们以后再说。”

王章耀说：“好，好。”

郑铁峰和李原明起身正要离开，王章耀把郑铁峰叫住了。

王章耀对其他几个人说："你们先走一会儿，我和郑局长有几句话要单独说。"其他人知趣地走出了会议室，李艺涵却笑眯眯地进来了。

王章耀坐到郑铁峰的对面，心情复杂地说："郑局长，你们来了这么短的时间，就为我们丹江市扫黑除恶工作打开了局面，我对你们的工作十分敬佩，也十分感谢。"

听王章耀这么说，郑铁峰跟着解释道："我们按照厅党委的部署，核查了一些案件的线索，您说我们打开了丹江市的扫黑除恶的工作局面，是在褒奖我们的工作。我们在核查线索时，把带出来的与我们调查的案件无关的犯罪线索，全部都移交给了丹江市局和相关部门，可能这些线索发挥了作用。"

王章耀说："不仅是你们提供的线索起了作用，你们查了李达海和李达林兄弟俩，在整个丹江都引起了震动。李达海、李达林兄弟俩在丹江横行了多年，应该说，丹江市近几任公安局长都很头痛。"

郑铁峰问王章耀："那为什么不打呢？"

王章耀辩解说："打了，年年打，但就像割韭菜似的，割完一茬又长一茬，除恶难尽啊。"

郑铁峰对王章耀这番话非常反感，他不想再听王章耀的满腹牢骚，他起身告辞，王章耀马上看了一眼李艺涵，说："别急，郑局长，话还没说完呢。"

随着王章耀的话，李艺涵快速从兜里拿出一个装着银行卡的信封递给了王章耀。王章耀回避着郑铁峰的目光，用略有惶恐的语气说："你们来丹江办案，帮我们工作，这是我的一点儿心意。我不能安排你们吃住，这点儿钱，算是我个人给办案民警的生活补助。”说完，他将信封递到郑铁峰的面前。

郑铁峰抬手挡住了王章耀的手：“王局长，你想多了，我们绝对不会收你这个钱的，您还是拿回去吧。”

王章耀的脸色沉了下来，说：“郑局长要是不收，就是瞧不起我，也是瞧不起我们丹江市局啊。”

郑铁峰和气地说：“这和市局没有任何关系。王局长，你的心意我们专案组全领了，这个钱我们是万万不能收的。”说完，他利落地转身离开了会客室。

王章耀赶忙把信封塞进李艺涵的手里，嘴里喊着：“郑局长等等，我去送送你。”

48

唐大勇和王国鹏、张如坚来到威尼斯花园，首先找到了物业经理阚宝才。阚宝才原是丹江市城市综合执法局的副局长，退休后被聘为威尼斯花园的物业公司经理。李达林带人围攻省交通厅那天晚上，阚宝才给李达林打过一个电话，唐大勇和夏博洋找过阚宝才了解情况，所以这一次阚宝才看到唐大勇后，心里先是画了个“魂儿”，而后马上笑容可掬地迎了上去。

唐大勇向阚宝才说明来意之后，阚宝才带着唐大勇几个人来到了物业公司的财会室。阚宝才让会计把小区的业主信息打印一份交给唐大勇，会计说全部打印完得半个小时，请唐大勇他们稍等一会儿。阚宝才问唐大勇在财会室等，还是到他的经理室去喝会茶，唐大勇让张如坚留下来等资料，他和王国鹏来到了阚宝才的办公室。

阚宝才给唐大勇和王国鹏每人倒了一杯茶，三个人坐下聊了起来。唐大勇问阚宝才："你上次给李达林打过电话之后，你俩再联系过没有？"

阚宝才摇着脑袋说："没再联系。"

唐大勇站起身，环视着阚宝才的办公室，又接着问："也没听到有关李达林的什么消息？"

阚宝才呷了一口茶，说："啥消息也没听到。"

唐大勇说："据我了解，你和李达林的关系可不是一般的朋友关系。"

阚宝才听完唐大勇的这句话愣了一下，然后解释说："说是朋友也行。我当执法局副局长的时候，我们一年偶尔能见上两回面，自从我退下来之后，我们一次也没在一起聚过。人啊，你在位的时候是朋友，不在位了，狗见了你都绕道走。"

唐大勇说："但从那天晚上你和李达林的通话内容上看，可不像是人走茶凉啊。"

阚宝才说："他一直诳我说请我吃饭，一直也没请。其实我倒不是在乎他那一顿饭，我在乎的是他不该耍我，所以有的时候一想起这事，我心里就堵得慌，就给他扒拉个电话膈应膈应他。"

唐大勇说："老阚，我咋感觉你有啥话背着我们呢？"

阚宝才听出唐大勇对自己的猜疑，马上辩解说："我可没有背着你们，该啥是啥。我就是一个退休老头，早就被社会遗忘了，除了家里和物业这点儿破事，其他的一无所知。”

唐大勇看阚宝才紧张得脸通红，就缓和了语气笑着说：“知道就知道，不知道也没怪你，没必要急头白脸的。”

阚宝才看唐大勇笑了，他也跟着笑了。

在财会室等着打印业主信息的张如坚来电话了，问唐大勇他们在哪儿，唐大勇说他们在阚宝才的经理室，话还没说完，阚宝才就抢着对唐大勇说：“让他在财会室等着，我去接他。”

阚宝才的经理室和物业财会室隔着一栋楼，距离不算远，但得拐三个弯。唐大勇的话还没说完，阚宝才已经推门出去了。

威尼斯花园位于丹江市区西北部，距离高速公路北出口只需十几分钟的车程。小区依山傍水，花竹森严，是丹江市最高档的小区，光业主就有一千多户，入住率高达百分之九十以上。张如坚把厚厚的一沓业主信息放在唐大勇面前，小声对唐大勇说有个新情况。唐大勇摆了一下手，没让张如坚说出来，他站起身对阚宝才说：“阚经理，谢谢你的配合。我们就不打扰你了，这些资料我们先带回去，不过请你放心，所有业主的信息，我们都会严格保密的。”

阚宝才客气地说：“业主信息在你们那儿，我没啥不放心的，以后有事随时可以过来，我天天在这儿待着。”说完，他用手点了点自己的经理室。

唐大勇笑着说：“说不上哪天咱们还得见面，你先有个思想准备吧。”

阚宝才木讷地笑着说：“随时恭候。”

从阚宝才的经理室出来，唐大勇让司机开车回驻地。在车上，张如坚把刚了解到的情况向唐大勇做了汇报。

唐大勇离开财会室后，张如坚有意和物业公司的会计聊起天来。会计是一名三十多岁的少妇，涉世不深，开朗健谈。她问张如坚打印业主信息干啥，张如坚说了解一下威尼斯花园的房屋销售情况。会计说：“这个小区住的不是领导就是大款，原来市委组织部长佟部长调到宁边市当市长走了，他的房子委托阚经理给卖，你猜阚经理给卖了多少钱？”

张如坚问：“多少钱？”

会计笑着说：“比市场价高出一倍还拐弯。”

张如坚故意装憨说：“嗬，那不是让买主当冤大头了嘛。”

会计嘲笑张如坚说：“看来你真不懂，你以为谁的房子都能卖那个价呀？”

张如坚装作恍然大悟：“也是，要是普通老百姓的二手房，能卖上市场价就不错了。”

会计又卖着关子说：“买房的也不是一般人物。”

张如坚问：“买房的是干啥的？”

会计看财会室没有外人，就小声说：“亿达房地产公司的总经理王宇。”

张如坚接着会计的话试探着问：“看来王宇是有求于佟部长了？”

会计狡黠一笑：“那还用问。听说佟部长把宁边市的一个大工程给王宇了。”

张如坚笑着说：“原来是利益交换啊。”

会计把打印好的材料捋了两把，又在桌子上“墩”了一下，递给张如坚，说：“王宇是我们市达海实业有限公司李达海的小舅子，人家才是亿达房地产公司的幕后大老板，王宇不过是挂名而已。”

张如坚说：“我想王宇也不会有那么大的本事嘛。”

会计又神秘兮兮地对张如坚说：“听说买房子的钱是李达海的弟弟李达林出的，房子应该归李达林。”

张如坚疑惑地问会计：“这些事，你是咋知道的？”

会计把脸往外一甩，说：“听阚经理说的呗，他不说，谁能知道。”

张如坚开玩笑说：“看来你和你们经理关系挺铁啊，这么私密的事，他都能跟你说。”

会计的脸不红不白地说：“这算啥秘密，俺们物业的人都知道。”

张如坚说到这里，唐大勇说：“停。”他把威尼斯花园的业主信息打开，开始找王宇的信息，全翻了一遍也没有找到王宇名字，他又查佟柏青，在十六号楼找到了佟柏青的信息。如果物业会计说的是真的，说明佟柏青的房子还没过户。唐大勇让司机开车回威尼斯花园，司机正在找地方调头，郑铁峰的电话打了进来，他问唐大勇威尼斯花园情况怎么样，唐大勇说有可疑的地方。郑铁峰让唐大勇先回驻地，有事需要碰头研究。

49

郑铁峰从丹江市局回到专案组驻地，还没来得及喝上一口水，突然接到了佟柏青的电话。佟柏青开口就问郑铁峰：“听说你安排人去威尼斯花园调查业主信息了？”

没等郑铁峰回答，佟柏青紧接着又说了一句：“我无意中和你说过，我在丹江工作的时候住在威尼斯花园，你今天就安排人去调查，你这是什么意思？难道你对我有什么想法吗？”

还没等郑铁峰解释，佟柏青就挂断了电话。

郑铁峰拿着电话愣了半天，随口轻轻喊了一声：“孙露。”孙露没在身边，他把电话放到桌子上，冷静了片刻，拿起电话打给了唐大勇。

唐大勇回到专案组驻地，把张如坚在威尼斯花园了解到的情况向郑铁峰做了汇报，郑铁峰联想到佟柏青的电话，一切都明白了。

郑铁峰把佟柏青来电话的事情告诉给唐大勇，唐大勇疑惑地说：“我们前脚刚刚离开，后脚就被通风报信了，谁的嘴能这么快？”

郑铁峰思索了一会儿，说：“不可能是内部人干的，因为你们去威尼斯花园调查，只有我和你们组的人知道。”

唐大勇恼火地拍了一下桌子：“肯定是阚宝才这个老狐狸！我说他有话背着我们不肯讲，原来他和李达林他们是一丘之貉！”

郑铁峰安抚唐大勇：“你先冷静冷静，目标既然已经跳出来了，就让他们尽情地‘表演’吧。”

唐大勇问：“下一步怎么办？”

郑铁峰说：“先不管他，该查的时候还得查。你先看看常福民的现场勘察卷宗，这方面，你是专家。”

他让李原明把卷宗拿到案情研判室，让唐大勇和张如坚先看着，回头又安排李原明和岳之辉去增益村找老村主任罗世杰补一份询问笔录；安排金海纳和朴龙湖、尹天池围绕龚来福、王三黑和豁牙子提供的线索，对赵志学死亡案件开展外围追踪。

两组人马刚刚出发，孙露来到了案情研判室，她把刚写完的专案组在丹江的工作情况报告交给了郑铁峰，并小声对郑铁峰说：“有两个外地来的律师在楼下等着要见您。”

郑铁峰拿着报告，和孙露来到了一楼大厅，看见一男一女两个穿着正装的中年人站在大厅中央。两个人见到郑铁峰，主动过来自我介绍，男的说：

“我叫毕凯，这位是辛晓春。我俩是云天律师事务所的律师。”他向郑铁峰出示了两个人的律师执业证书和云天律师事务所的介绍信，以及李达海的委托书。

郑铁峰看过之后，问两个人：

“你们想什么时候会见李先军？”

毕凯说：“我们现在就想会见。”

郑铁峰说：“什么时候会见都没有问题，但我有必要提醒二位，我们侦办的是一起黑社会性质的犯罪案件，你们应该知道，律师会见涉黑案件的当事人，都应该遵守哪些规定。”

毕凯说：“这个我们明白，我们会按照法律的赋权行使律师的责任。”

郑铁峰说：“那就好。你二位稍等一下。”

郑铁峰转身对孙露说：“你到楼上通知王国鹏下来一趟。”

大厅南侧的落地窗边有一张会客桌和四把藤椅，郑铁峰礼貌地让两位律师坐在那里等候，毕凯说：“谢谢啦！我们还是站着等一会儿吧！”

王国鹏不一会儿就从楼上跑了下来，郑铁峰向王国鹏介绍完两位律师，让王国鹏陪同两位律师到看守所会见李先军。

王国鹏和两位律师走后，郑铁峰又回到了案情研判室。孙露跟在郑铁峰的身后，提醒郑铁峰审阅她刚刚完成的工作报告。

郑铁峰说：“你先回办公室等着，我看完后，给你送过去。”

孙露说：“那我请半个小时的假吧，到外面去买点儿东西。”

郑铁峰说：“去吧，用不用让司机陪你去？”

孙露说：“不用了，我就到附近的超市。”

等孙露离开之后，唐大勇对郑铁峰说：“郑局你回来得正好，看看这个现场勘查图上的法医签字。”说完，他把卷宗推到郑铁峰的面前。郑铁峰接过卷宗，仔细辨认着法医签字，看了一会儿，他把卷宗合上，用征询的口吻问唐大勇：“你的意见是，把卷宗送到省厅痕检中心做技术鉴定？”

唐大勇说：“我觉得做技术鉴定是一方面，另一方面，还要请省厅刑侦局的专家对案件进行会诊。”

郑铁峰说：“完全有这个必要啊。我们必须争取时间，今天连夜带着卷宗去省厅。”

唐大勇用疑惑的目光看着郑铁峰：“您亲自去，还是……”

郑铁峰说：“还是你去省厅吧，家里这一大摊子，我没法离开。”他接着说：“你去省厅的这两天，我们要对卷宗里面提到的证人重新进行询问，还要找几个关键的办案人谈话，也是时不我待。”

唐大勇问：“我什么时候出发？”

郑铁峰看了一眼时间，说：“我现在向雪松副省长请示，你现在就做好出发的准备。”

丁雪松在省委党校的学习近期即将结业，眼下正在撰写结业论文。在党校这些天，即便是顶着高度紧张的学习压力，他也没忘记郑铁峰带队侦办的李达海黑社会团伙犯罪案件。他只要有时间就和郑铁峰通话，了解案件的侦办情况，和郑铁峰一起分析案情，制定下一步行动方案。郑铁峰也是一样，每当遇有重要的情况，不管是什么时间，他随时可以给丁雪松发信息；只要丁雪松看到信息，总会在第一时间给郑铁峰回话。

今天还是这样，郑铁峰先给丁雪松发送了一条信息，信息刚发过去，丁雪松就把电话打了过来。郑铁峰首先简明扼要地向丁雪松汇报了和丹江市委书记吕光见面的情况；对于宁边市市长佟柏青来丹江慰问专案组一事，他考虑再三，决定暂时不作为汇报内容。郑铁峰汇报的重点是对常福民死亡案件开展调查过程中遇到的问题，他把安排唐大勇到省厅刑侦局对常福民死亡卷宗进行鉴定和找专家会诊，作为重点中的重点，向丁雪松做了请示汇报。丁雪松听完郑铁峰的汇报，同意了他的工作安排，并马上打电话给省厅刑侦局局长马乘风，安排他先放下手头的工作，全力做好常福民死亡卷宗的鉴定和专家会诊工作。丁雪松还告诉郑铁峰，他从省委党校结业后，会第一时间到丹江看望专案组成员。和丁雪松通过电话，郑铁峰备受鼓舞，他让唐大勇抓紧准备，准备完毕立刻出发。

50

孙露到森林公安局附近的超市买生活用品，在用手机付款的时候，佟柏青的电话打了进来。她中断付款，把购物车推到一排顾客稀少的货架旁，接通了电话。佟柏青在电话中称孙露为露露，这是孙露的乳名。

佟柏青生气地对孙露说：“我听威尼斯花园小区物业的人员说，郑铁峰安排人去调查我在威尼斯花园卖掉的住房，他究竟想干什么？”

孙露说：“还能干什么，肯定是办案需要呗。”

佟柏青听孙露这么和他说话，很是不悦：“我把你安排到专案组，就是想让你给我听着点儿消息，你倒好，反倒和郑铁峰坐到一条板凳上去了。”

孙露说：“舅舅，我也知道你让我进专案组的用意，但我……我不能那么做啊！舅舅，郑局长他们不顾生死，在和黑恶势力做斗争，每天的工作几乎都连轴转了，我本来就帮不上他们什么忙，要是再出卖他们，就等于出卖自己的灵魂，我的良心能安吗？”

佟柏青不耐烦地说：“好了，好了，不说这些了。今天给你打电话，是想告诉你，市妇联空出来一个副主任职位，你有没有想法？你要是有想法，就马上从专案组撤回来，准备参加竞争面试，你考虑考虑。”

孙露不假思索地回答说：“不用考虑了，我觉得当警察能为老百姓主持公道，我不转行了。再说专案组现在人手非常紧张，我也离不开呀。”

佟柏青想了一会儿，说：“那好吧，机会是你自己放弃的，到时候你可别后悔。”他不等孙露回应，气恼地挂了电话。

货架的另一面，李艺涵推着购物车正在购物。这些天，她一直在专案组附近转悠，以便能接触上孙露，刚才孙露和佟柏青的对话，她听得一清二楚。当孙露推着购物车走向收银台时，她也推着购物车走了过去，孙露刚要结账，李艺涵把卡递给了收银员，笑着对孙露说：“我来结吧。”

孙露一下子蒙了，她没见过李艺涵，不知道李艺涵是谁，急忙说：“我不认识你，你为什么给我结账？”

李艺涵笑着说：“我认识你啊，你不是孙露吗？”

孙露警惕地问：“你是谁？”

李艺涵仍然笑着：“这里说话不方便，一会儿咱们出去说。”

孙露坚持说：“你认识我，我也不用你给我结账。”说完，她挡住李艺涵的手机，让收银员扫了自己的手机付款码。

两个人结完账，一前一后从超市出来，找了个人少的地方站住了。李艺涵先开口自我介绍了一番，然后把话题转到了佟柏青身上，说：“我和你舅舅很熟的，我提市局警保部主任，还是你舅舅帮的忙呢。这两年我一直想找机会报答你舅舅，可一直也没有合适的机会。前些天听说你在专案组，我特意过来，想和你认识认识，今天真是天赐良机呀。”

孙露听明白了李艺涵的意思，就说：“你认识我舅舅，和我有什么关系？你要是没事，我先走了。”

李艺涵看孙露转身要走，急忙说：“先等等，咱俩加个微信吧，以后你在丹江有什么为难的事情，可以来找我。”

孙露说：“在丹江，除了工作，生活上不会有什么为难的事情的，谢谢你的好意，微信就不加了吧。”

李艺涵看孙露挺倔，就又笑着说：“就当我这个姐姐想认你这个妹妹还不行吗？”

孙露坚决地说：“我们现在认识不合时宜，等专案结束以后，再找机会认识吧。”

李艺涵脸上的表情十分尴尬，她没想到孙露会把她“卷”得这么狼狈，口中喃喃地说：“好吧，祝你好运。”

孙露在规定时间内回到了专案组，郑铁峰正好看完了她起草的报告。见孙露兴致低迷地回来，郑铁峰问孙露碰到了什么不开心的事，孙露把在超市偶遇李艺涵的事告诉了郑铁峰。郑铁峰眉头微微一皱，说：“你们两个都聊什么了？”

孙露说：“她想加我的微信，我没让她加。其他什么都没说。”

郑铁峰严肃地说：“咱们专案组的工作纪律，你没忘吧？”

孙露说：“那怎么能忘，我不会和她联系的。”

郑铁峰说：“不仅是她，其他和办案无关的人也尽可能不去联系。咱们在丹江办专案，接触的陌生人，或者给一些人打电话，都要格外小心。”

说完，他把修改过的报告递到孙露手里：“抓紧把报告改过来，改完后马上传给林政局长。”

孙露还想跟郑铁峰汇报佟柏青来电话的事，但看到屋里又来了别人，就接过报告说：“我知道了，郑局。”

第 十 三 章

51

李达林就隐藏在威尼斯花园，在佟柏青曾经住过的那套房子里。那天晚上，他收到李达海发给他的在西南省玉丽做玉石生意的肖猛家里的电话号码后，就把电话打了过去，当他得知肖猛因突发心脏病死在了缅甸时，心里顿时乱了阵脚，但很快就平复下来了。其实按照他自己的想法，回丹江躲避是保险系数最高的，但是李达海一定不会同意他回丹江来的。这次他决定自己做一回主，不和李达海打招呼，也不告诉任何人。他就地打了一辆出租车，告诉司机去丹江，司机扭头看了他一眼，告诉他路程太远，去不了，让他换一辆车。他又拦了第二辆出租车，司机也是连连摇头说去不了，太远了。直到打到第三辆出租车，司机听说给双倍的车费，才答应他。上车后，他用在电视上学到的反侦察知识，把手机卡拔出来，扔到了车窗的外面，然后关掉手机，一路奔向丹江。

到达丹江已经是凌晨两点多了，他付完车费，兜里还剩下一千多块钱现金。为了躲避无处不在的监控探头，他没有下车，而是又给司机五百块钱，让司机找一家二十四小时营业的超市，帮他买了足够用上半个多月的泡面、咸菜和日常用品，然后让司机把车直接开到了威尼斯花园，佟柏青家的楼门前，他知道那里有一个监控拍不到的死角。

从佟柏青手里买下威尼斯花园的这套房子之后，他来过两次，一次是计划对房子重新装修，装修之后让儿子回来住，可儿子大学毕业后死活不肯回丹江，装修计划就此搁浅。第二次来是因为一个女人。这个女人是他倾慕已久的一个官员的太太，女人要随升迁的丈夫到异地生活，临行前，二人来到这里厮混了一夜。

这次是他第三次踏入家门，和前两次不同的是，这次他是作为丧家之犬来这里避难的。他环顾着房间里的一切，顿时升起一种悲凉和失意之情。他进入客厅，坐在沙发上，点了一支烟，脑海中浮现出这些天发生的事情，要是不去冲击省交通厅，可能就不会沦落到目前的窘地，他越想越懊恼，把刚吸了半截的烟狠狠地摁进烟灰缸里，起身到卧室找了一条毯子。想到自己要在这所空房子里孤苦伶仃的不知躲到什么时候，心里不免有些伤感。他琢磨着是不是应该把自己回到丹江的事告诉李达海，思来想去，他还是决定先不告诉他。等自己在这里实在待不下去了，再趁着天黑外面没人的时候去找李达海。他甚至乐观地想，到那个时候，凭借李达海和孙计划的活动能力，这点儿事也应该摆平了。

李达林在这所空房子里躲到吃完最后一包泡面的时候，他听到了开动门锁的声音，他马上警觉地藏到厨房后面的储物间里，等了好长一段时间，门并没有打开，他才从储物间里面出来。这种担惊受怕的日子实在让他受够了，他想，到了去找李达海的时候了。凌晨一点多钟，正是人们睡梦正酣的时候，小区里居民家的窗户，都变成了黑色的方格子，他觉得此时应该是最安全的时候，便悄悄地溜出了房门。在小区的出入口，他看到一名值班的保安拿着手电在楼栋间巡视，就用帽子遮住了自己的半边脸，他庆幸的是保安并没有看到他。他出了小区的大门后，迅速拦截了一辆出租车，不到半个小时，他就到了李达海居住的别墅门前。

李达海正为联系不上李达林而愁得睡不着觉。在电话门铃里听到李达林的声音，他以为耳朵出现了重听，又反复听了几遍，才确认是李达林回来了，他马上按下了电话上的按钮把前门打开。李达林一进屋，李达海立即把门反锁上了，他端详着李达林，焦急地问道：“这些天你猫哪儿去了？”

李达林脱下外套，声音沙哑地说：“我就在丹江，住在威尼斯花园的那套房子里。”

李达海看着李达林衣衫不整蓬头垢面的邋遢样，让他先去卫生间冲个澡，有话冲完澡再说。李达海的妻子听到李达林的声音，也披衣从卧室来到客厅，李达海对妻子说：“去弄点儿吃的，一会儿我俩聊点儿事。”

李达海走到窗前，将窗帘拉开一道小缝，向外面看了一会儿，确认外面没有人后，又来到母亲的房间。他想告诉母亲李达林回来了，看到母亲已经睡着了，就把房门又轻轻地关上，回到客厅，等着李达林洗完澡出来。

自从断绝和外界的一切联系后，李达林这次见到李达海，突然感到身上那种过街老鼠般的恐惧感消失了。他坐在李达海的对面，看着李达海，几天不见的工夫，李达海竟然瘦下一圈，那颗曾经思维敏捷、料事如神的头颅上，凌乱不堪的灰白头发像秋天的枯草，东倒西歪地贴在头皮上，苍凉和挫败的气息布满了面容。

李达林问李达海："现在情况怎么样了？"

李达海深吸了一口气，说："先军他们都进去了。"

李达林身体抽动了一下，连着发出了三个疑问："咋这么快？都是什么罪？他们都交代啥了？"

李达海沮丧地说："还不知道是什么罪名，刚请了律师，还没回复。现在只知道他们交代了承包林地的事，而且高速公路已经复工了。"

李达林使劲往下咽了一口吐沫，颇有些不服气地说："他们说啥就是啥啊？不行我就领着几个弟兄和他们拼了。"

李达海瞪了一眼李达林，提高了嗓音说："你总是冲动行事，什么事都不经过大脑想一想，一些事做出来之后能不能收场？"

李达林把脑袋深深地垂下来，听着李达海的训斥。李达海接着说："现在已经不是前几年了，有些事情找找人就能压下来，现在风向变了，再没有人愿意替我们承担风险；甚至有些人一听说咱家摊上事了，连电话都不愿意接了。"

李达林像是做错了事情的小学生，问李达海："那该怎么办？”

李达海说：“我们不能坐以待毙，大不了和他们一起鱼死网破。”

李达林愤愤地说：“对，反正这些事都是我干的，我也不连累你们，不行我就豁出去了。”

李达海自己也没想到，专案组的动作这么快，他和李先军精心构筑的攻守同盟工事，仅几天的工夫，就让专案组从外围逐一攻破，而且导火索正闪着蓝色的火花刺刺地向前燃烧。

他跟李达林说：“知道你在哪儿就好了，至少有些事咱俩可以商量啦。”

李达林又问李达海：“那我该怎么做？”

李达海寻思了一会儿，说：“你还是先回到威尼斯花园那套房子里躲几天，等这边把事情摆得差不多了，我去找你，到时候可能要委屈你了。”

李达林说：“没事，大哥！只要能为咱老李家消灾解难，我就是把命搭上都在所不辞。”李达海知道李达林的性格，说到哪儿就能做到哪儿。哥儿俩沉默了一会儿，李达林突然问李达海：“我躲起来了，那你咋办？”

李达海说：“我是市政协委员，他们暂时还不能拿我怎么样。”

两个人一直聊到天色大亮，老太太睡醒后，听到客厅里两个人说话，就在卧室喊：“是不是老二回来了？”

李达林急忙站起来，一边答应着一边向老太太的卧室走去。

李达林在李达海的住处隐藏了一天，第二天半夜的时候，又悄悄地回到了威尼斯花园。

52

寇长友回到长青后，没有回家，而是直接给杜壮威打了个电话，问杜壮威有没有时间见上一面。杜壮威说：“我正要找你呢。”两个人约定晚间八点半，还在上次见面的小面馆见面。寇长友看时间还早，就让司机把自己送到原野沐歌娱乐城，他要泡个澡做个按摩，缓解一下长途颠簸的疲劳。

泡完澡，寇长友来到楼上的休息区，点了两个按摩技师，一个做按摩，一个做足疗，这两个年轻漂亮的女技师是寇长友每次来都必点的。他正惬意着呢，霍燕的电话打了进来。霍燕娇滴滴地问寇长友：“寇哥哥，到长青了吧？”

“刚到。”

“还什么时候来丹江啊？”

“嘿嘿，刚分开就想我了？”

“对呀，这两天和寇哥哥在一起，是我最开心的日子啦。”

“呵呵，开心就好。”

“寇哥哥你一走，我的心就好像无依无靠了似的，可能是这几天一直在一起，对你产生依赖了，但也是真的想你了。”

“宝贝想我，我也想宝贝，但是现在李达海那里正是需要有人在身边的时候，我咋能把宝贝带在身边呢？”

“李董对我确实挺好，不过……”

“不过什么？有什么话快说，别让我着急。”

“你知道孙计划吧，就是那个政协主席。”

“知道，他怎么啦？”

“他总缠着我，烦死人了，呜呜，呜呜……”

“别哭啊，宝贝，别哭，你先等两天，看我怎么收拾他。”

“别，寇哥哥，你可别收拾他，他是李董最好的朋友，打狗得看主人。”

“那你说怎么办？”

“我想离开丹江到长青去，永远陪着寇哥哥。”

“那就等李达海那边的事有点儿眉目了，你就来长青，我给你找个地方。”

“谢谢寇哥哥！谢谢寇哥哥！嘻嘻！”

“我还没说给你找什么工作就谢谢啦，小宝贝，呵呵。”

“只要能陪着寇哥哥，干什么我都愿意。”

“那好吧宝贝，我这边还有点儿事，有空再聊。”

其实寇长友在丹江的时候，霍燕就流露出了要离开李达海的想法，寇长友只是一直都在装糊涂。按照树倒猢狲散的道理，寇长友还是能够理解霍燕此时的心情的。

寇长友撂下电话，其中一个女技师对寇长友说：“寇总做完按摩，想不想放飞自我？”

寇长友色眯眯地盯着女技师说：“你想和我一起放飞吗？”

女技师笑盈盈地说：“不是我和你放飞，是我们这里新来了两个国外的小姐，都是参加过国际选美大赛的。”

寇长友一听便没了兴趣，“嘿嘿，我以为你要和我放飞呢。”

女技师说：“我是正规按摩师，不做那种事，寇总要是有兴趣的话，可以到楼上开房。”

寇长友笑着说：“什么国际名模，我啥样的没见过。”

按摩技师笑吟吟地说："听寇总打电话，是不是刚和小蜜分开呀？"

寇长友笑着说："你的耳朵真够尖的。"

53

做完按摩，眼看着快到和司机约定的时间了，寇长友才懒洋洋地来到更衣室换衣服。一进更衣室，他遇见一位穿好衣服的老者往外走，两个人一照面，都觉得对方眼熟，老者先认出了寇长友。

"你是小寇吧？"

"您是申局长？"寇长友模模糊糊地认出了老者是他在旅游局上班时的申光明局长。

"对呀，我是申光明。"老者嗓音洪亮地回答。

"二十多年没见过面了，您老还好吧？"寇长友热情地向老者打招呼。

"还算可以吧。退休快十年了，一直打听你的情况，听说你发大财了？"老者又回到更衣室，站在门边。

"发什么大财，就是混口饭吃，手头比上班族宽绰点儿。"寇长友自嘲着说。

"你还记得你离开旅游局的时候，和我说的那句话吗？"老者开始追忆往事。

"时间太长了，早不记得了。"寇长友应和着老者。

"当时因为你交通肇事，给局里造成了十几万元的损失，那时候的十几万元相当于现在的一百多万了吧？”老者开始叙述当年的往事，寇长友默默地穿着衣服。

“局党委研究决定给你开除处分，后来你四处找人为你说情，是我顶着压力坚持按原则办事，才把你开除的。你临走的时候踹开我的办公室，照着我的脸打了一拳，还和我说‘十年后见！’。我没和你计较，但从那时候开始，我就等着十年后你来找我，结果我等到退休，也没看见你来找我。”

寇长友恍惚想起了当年的事情，对老者说：“是有这么回事。”

老者继续说：“后来你下了海，利用在单位上班时积累的工作关系开了一家旅游公司。几年的工夫，你不仅赚到了钱，还结交了不少高官和大款，一些北安省的干部想在仕途上有所发展，都来找你帮忙，他们背地里叫你‘地下组织部长’。”

老者的话说到这里，显然已经不是叙旧，而是嘲讽和训斥了。寇长友万万没想到，眼前这个二十多年未见面的老头，今天竟给自己上起课来了。他匆匆地把衣服穿好，想要快速离开更衣室。

老者堵在门口，对寇长友说：“你先别走，我还没说完呢。”

寇长友有些愠怒，伸手要把老者推开，老者一把拨开了寇长友的手臂，愤怒地说 ：“我想要和你说的是，中国是一个法治社会，不会允许像你这样的‘掮客’恣意妄为地破坏政治生态，也绝不会放纵像你这样的破坏法制环境的违法者为所欲为！”

寇长友急不可耐地对老者说：“你说完了吧？”

老者又接着说：“这些话，我是以一个老共产党员的身份，在十年前就为你准备好的，今天在这里提醒你，请你好自为之。”

说完，老者把身体往屋内挪了半步，寇长友侧着身溜出了更衣室。

寇长友被老者痛斥后，心情极度郁闷，他来到和杜壮威约定见面的小面馆，给李达海打了个电话，把刚才的遭遇和李达海倾诉了一遍。李达海在电话里安抚寇长友说：“不用往心里去，他一个退休老头儿，就是嫉妒你赚到钱了眼红了。”

寇长友说：“不会那么简单，他对我的事知道得那么多，我怀疑他在暗中调查我。”

李达海将信将疑地说：“会有这种可能吗？你又不是公职人员，他调查你干什么？”

寇长友说：“这里面可能有猫腻，等我有时间，找找当年的同事打听打听再说吧。”说完他就把电话挂了。

杜壮威按照约定的时间来到了小面馆。寇长友虽然心情不好，但见到杜壮威，还是强作笑颜。

杜壮威一见到寇长友就说：“你小子这些天跑哪儿去了，连个电话也没有？”

寇长友说：“我去了一趟丹江，把您托付的事办完了。”

杜壮威问：“怎么样？”

寇长友回答说：“没问题，年底等分红就行了。”

杜壮威不放心地又追问了一句：“用的不是我的名字吧？”

寇长友说：“这事怎么能用您的真名，那个小额贷款公司是咱自家开的，我随便想了一个名字，叫马来喜。”

杜壮威一听，乐了：“怎么起了个马来喜呢？”

寇长友笑着说：“马上来喜啊！哈哈！”

两个人点了四个小菜，寇长友要打开一瓶红酒。杜壮威说：

“这个牌子的红酒没几瓶是真的，还是喝点儿白酒吧。”寇长友来到店外，让司机到车的后备厢里拿一瓶白酒送进来。寇长友打开酒，把两个人的酒杯都倒满，端起酒杯和杜壮威碰了一下杯，二人有滋有味地干了一杯。放下酒杯，杜壮威问寇长友：“找我有什么事？”

寇长友慢吞吞地说：“我的拜把子老大出了点儿事。”

杜壮威问：“你说的是丹江的李达海吧？”

寇长友点了点头。

杜壮威说：“李达海的案子是黑社会性质组织犯罪，现在他弟弟李达林在逃，李达林一旦被抓到，李达海就坐不住了。”

寇长友问：“那怎么办？”

杜壮威说：“黑社会性质组织犯罪，一旦定性，谁说情都没有用。再说了，他的案子是维汉省长批示的，丁雪松副省长又亲自坐镇指挥，谁说情，就等于自己往火堆里跳啊！”

寇长友无奈地用双手捂着脸。杜壮威吃了一口菜，放下筷子，看着寇长友说：“不是我不帮忙，从目前的情况来看，我的话在郑铁峰那里不仅不会起作用，弄不好还会惹火上身。”

他起身推开包房的门，看外边没有服务员，又把门关上，低声说：“你可以让李达海想想别的办法，比如找上面的人……”杜壮威把嘴巴贴在寇长友的耳朵边，低声嘀咕了几句，寇长友似乎明白了什么，意味深长地长吁了一口气。

54

专案组在丹江的工作情况报告，第二天一早通过内部加密传真电报，被传到了林政的手里。林政看过后，给郑铁峰打电话问："怎么没有下一步的工作打算？"

郑铁峰说："按照规定，我连这份报告都不应该写，他这明显就是干预办案。另外，如果发生泄密事件，谁来负责？"

林政说："如果没有下一步工作打算，这份报告在佟市长那里恐怕过不去。"

郑铁峰说："他要是通过了，我就得泄密。我办的是黑社会性质组织犯罪案件，我要为案件的保密工作负责，我能提供的，也只能是这些内容。"

林政坚持说："这份报告仅限于我和佟市长，还有市委金书记之间传阅，看完后，我当场收回烧毁不就行了吗？"

郑铁峰倔强地说："局长，那也不行，我有我的原则，佟市长如果不高兴，那就麻烦你帮我多做点儿解释。"

林政真的生气了，但他还是语气平和地说："我不和你讲了，佟市长要是真的挑出毛病来，还是你自己和他解释吧。"说完，他挂断了电话。

林政来到市政府佟柏青的办公室，把报告交到佟柏青的手上。佟柏青快速翻看了一下前几页，直接往后翻，没看到下一步工作打算，他轻轻地拧了一下眉头，顺手把报告放在了办公桌上。

自从郑铁峰率队到丹江异地办案，佟柏青的小心脏就没舒坦过。他先是把孙露安插进专案组帮他探听专案组的消息，后又到丹江以慰问专案组的名义暗示郑铁峰,结果两计全都落空。这些天，他一直在努力回忆着自己在丹江工作时和李达海的交往过程：一次是受孙计划的请托，在李达海的儿子李先军入党的问题上和下面打过招呼，事成之后李达海通过孙计划送来一块名表，被自己拒收；再就是自己在威尼斯花园的那套房子，通过物业公司的阚宝才卖给了李达海的小舅子王宇，虽然比当时的市场价格高出一截，但做买卖这事情，就是一个愿打，一个愿挨。真正令他寝食难安的是，他当上宁边市市长后，在李达海承揽宁边市政工程的时候曾暗中帮过李达海，而且事后他收了李达海给的一笔“辛苦费”。其他方面，他再没和李达海有过瓜葛。在选人用人方面，他虽然给个别人开过绿灯，但目前还没发现这些人有涉黑涉恶问题，即便这些人和李达海有瓜葛，那也是他们的事情。眼下，郑铁峰已经掌握了那套房子的买卖经过，以郑铁峰处事不进“盐酱”的秉性，他一定会抓住这件事没完没了，后果很难预料。想到这，他觉得应该想办法拿住郑铁峰，来硬的不行，就来软的，就不信他郑铁峰软硬都不吃。所以当林政拿着报告进入他的办公室的时候，他觉得没必要再向金书记汇报了。他把眼镜摘下来，边揉着眼睛边问林政：“郑铁峰任副局长多长时间了？”

林政想了一会儿，说：“应该有六个年头了。”

佟柏青重又戴上眼镜，说：“像郑铁峰这样的干部，我们得好好用啊。”

林政没弄明白佟柏青的意思，就问佟柏青：“怎么用？”

佟柏青说："提拔啊！提拔到重要的岗位来。"

林政一时没反应过来："往哪儿提拔？"

佟柏青说："最近市里倒出了两个位置，一个是市司法局局长的位置，另一个岗位是市委政法委副书记，这两个岗位都是正处级。现在市委组织部正在物色人选，我觉得无论从政治素养还是从个人业务能力方面来衡量，由郑铁峰接任司法局局长，再合适不过了。"

林政终于弄明白了佟柏青市长的意图，提拔郑铁峰，既成全了郑铁峰，又能迫使对方尽快结束丹江专案组的工作。这真是一招妙棋！他说："那得征求他本人的意见，看他愿不愿意离开公安队伍。"

佟柏青说："'个人服从组织'是党的民主集中制的基本原则。再说了，公安和司法，都是警察，工资待遇一样，就是叫法不一样，这对他来说可是一次难得的机会啊。"

"可不是吗，按照领导干部异地任职规定，他要想在本地解决正处级别，只有从公安出来才有机会。"

"你先在电话中了解一下他的想法，如果他本人同意，我就去和金书记沟通一下，然后通知组织部按程序考核就行了。"

"铁峰要是能去司法局任职，那可再好不过了，既解决了他的职务升迁问题，也为我们局的干部积压问题打开了豁口。"

佟柏青对林政微微一笑，说："孙露到你们局已经三年多了，也该给她加加担子了。"

林政说："放心吧市长，都在盘子里呢。"

听林政这么说，佟柏青刚才还拧着的眉头终于舒展开了。

第十四章

55

唐大勇到达省公安厅后，马乘风局长立即召集刑侦专家对常福民的死亡卷宗进行了“会诊”。通过阅卷发现，案件的尸检报告上提到的“常福民因突发疾病昏厥后摔倒，头部撞击到路边石头上，造成大量血液喷出而死亡”缺乏有效的证据支持。专家们从报告中“大量血液喷出”的描述来判断，只有用钝器打击头部，才会造成大量血液喷出的现象，而如果只是头部撞击到石头上，只会在伤口的周围留下血痕，不会出现大量血液喷出的现象。为了证实头部撞击石头和被钝器击打后的出血特点，几位专家还特地到省警察学院做了模拟实验，实验结果证实了专家的推断。由此判断，常福民的死亡系他杀，而绝非意外死亡。根据这一判断，专家们建议专案组对该案扩大侦查范围，从常福民的死亡时间入手查找物证、证人，必要的时候可以对常福民开棺验尸，借助科技侦查手段，梳理排查可疑对象，并以此为全案的突破口，查获杀人凶手。专家“会诊”结束后，马乘风单独把唐大勇留下，告诉他卷宗正在进行痕迹检验，需要等一到两天。唐大勇考虑到案情紧迫，经请示郑铁峰后，没有等痕迹检验结果出来，连夜驱车返回了专案组。

第二天一早，唐大勇把专家的结论向郑铁峰详细做了汇报，专家的结论正好验证了郑铁峰此前的判断，常福民系他杀。专案组当即召开了案情推进会，按照省厅专家的侦查意见，全方位开展“地毯”式排查。

李原明和岳之辉在给罗世杰做补充材料的时候，罗世杰提供了一条线索：村民严济仁在常福民死亡的当天，曾看到常福民在路边和一个人吵架，常福民的情绪很激动，声音很大，但他没听到和常福民吵架的人的声音。再加上离得比较远，他影影绰绰看到那个人侧面的身影，从穿的衣服颜色上看像是李达林，但不敢确认。那个人身旁停着一辆越野车，越野车的颜色和李达林平时开的越野车颜色一样。

这是一条非常重要的线索，因为在常福民死亡卷宗中，并没有严济仁的询问材料。郑铁峰和唐大勇商量过后，决定兵分两路：由郑铁峰带领李原明和岳之辉到增益村找严济仁进一步核实情况；唐大勇带领张如坚和孙露到辖区派出所调取进出增益村和养殖场车辆的监控，查找嫌疑车辆，其他人的工作不变。

在去增益村的路上，郑铁峰给村书记孟凡文打了个电话，孟书记正在镇里参加扶贫工作会议，他让郑铁峰先去找老村主任罗世杰，自己开完会就回村里。

严济仁的家在村子西头，是一座独门独院的四合院，院子空间不大，堆满了杂物和农具，院子中央停着一辆手扶拖拉机，严济仁正和另外两个农民模样的人把手扶拖拉机的挂斗换成翻地犁，准备去后山翻地。看见罗世杰领着郑铁峰走进了院子，严济仁就猜出了他们几个人来的目的。他面容淡漠，没有主动和罗世杰说话，只招呼给自己帮忙的两个人到屋里洗手。郑铁峰看了罗世杰一眼，罗世杰对郑铁峰说："先别着急，老严这个人我了解，你们等会儿再进屋，我先进去和他唠唠。"他跟着进了屋内，郑铁峰三个人在屋外等着。不一会儿，帮着干活儿的两个人从屋里出来后直接出了院子，罗世杰打开房门，招手让郑铁峰他们进去。

严济仁坐在炕上低头抽着烟，罗世杰反倒像主人似的张罗着搬凳子倒水。

郑铁峰说："老主任别忙活了，咱们又不是外人。"

罗世杰捅了一下严济仁的肩膀，严济仁把屁股往里拧了拧，从嘴里挤出三个字："坐，都坐。"

郑铁峰坐在严济仁身边，他看到炕头上放着一个烟笸箩，就顺手把烟笸箩拿到自己腿上，撕下一张卷烟纸，左手捏起一撮烟沫放在烟纸上，指尖轻轻一捻，卷成了一支老旱烟。严济仁看着郑铁峰熟练的动作，嘴上说了一句："领导咋也抽旱烟？"

郑铁峰说："我从小是在林场长大的，小的时候，家家炕上都有个烟笸箩，从那个时候开始，我就会卷烟，有时候还学大人的样子抽两口。"

罗世杰借机对郑铁峰说："那你就尝尝老严自己烤的烟，烟味是不是和你小时候抽的一样。"

郑铁峰说："那就尝尝。"说完，他把烟叼在了嘴里。

严济仁拿起烟笸箩里的打火机，双手给郑铁峰点上，郑铁峰深深地吸了一口，然后又慢慢吐出，烟雾在屋子里轻袅地散去。郑铁峰连声夸赞说："不错，不错，和我小时候抽的旱烟一个味道。看来严师傅是个烤烟高手。"

严济仁被夸得有些不好意思了，低着头说："自己瞎捅咕的，没寻思给外人抽。"

罗世杰看严济仁的态度有所转变，就趁热打铁说："老严，这三位是宁边市公安局的警察。"

他又指着郑铁峰说："这位是宁边市公安局的郑局长，他们今天来，想找你了解了解你那天看见常福民的情况。"

严济仁狠狠地吸了一口烟，一边吐着烟雾，一边和罗世杰说："老主任，你也知道我这个人，从来不多言不多语，但今天你领着郑局长他们来了，那我就知道多少说多少吧。"

罗世杰和郑铁峰目光对视了一会儿，郑铁峰说："老严大哥，你心里不要有啥顾虑，知道多少就说多少。"

严济仁把烟头摁在烟灰缸里，点了一下头："好。"

严济仁说："我记得是前年 5 月 23 号中午，因为那天是我老姑娘结婚回门的日子。我从北山坡那面采山野菜回来，走到草甸子边的时候，听到常福民在和谁吵吵，我就站住脚往那面瞅了一眼，看到一辆黑色的越野车停在路边，常福民喊'咋地，咋地'，当时我想过去看看咋回事，后来一寻思，多一事不如少一事，就往家这边走了。那时候我家已经把饭做好了，等着我回家陪姑爷吃饭呢。"

严济仁把头抬起来，看着郑铁峰说："我就知道这些。"

郑铁饭问严济仁："你是什么时候知道常福民死亡的？"

严济仁说："当天晚上，派出所来了两个民警跟我了解情况，我才知道常福民死了。"

郑铁峰接着问："你认识那两个派出所的民警吗？"

严济仁说："我就知道一个民警姓何，好像是副所长，名字叫何占刚，另一个我不认识。"

郑铁峰问严济仁："这些情况，当天你和派出所民警如实反映了没有？"

严济仁胆怯地说："说实话，那天晚上我听说常福民死了以后，我很害怕，怕派出所怀疑是我干的，所以就没敢说实话。"

郑铁峰说："你不说实话，疑点不就集中到你身上了吗？"

严济仁说："我啥也没干，有啥可疑的？不就是没说实话吗。"

郑铁峰拍了一下严济仁的肩膀，说："法律规定，凡是知道案件情况的人，都有作证的义务，而且是强制性义务。"

听郑铁峰这么说，严济仁低头搓了搓手，说："大兄弟，咱这一辈子，胆子比火柴头都小，怎么敢瞎说实话啊。"

郑铁峰怕严济仁太紧张，就笑着说："今天和我就不要说不知道了啊。"

严济仁说："从你卷烟就能看出来，大兄弟从小也是苦孩子。中，今天我知道啥说啥，和大兄弟不瞒不藏。"

郑铁峰随后又问了一些案发当天的天气情况、常福民和李达林各自的衣服颜色等细节问题，又和严济仁辨认了现场，制作了询问笔录，结束的时候，郑铁峰握着严济仁的手说："耽误了严大哥一天的工夫，等把案子办完，我来给大哥打一天工，把耽误的这一天补上。"

严济仁笑着说："看大兄弟说的，早一天晚一天，不耽误种地就行。以后随时欢迎你们来做客。"

随后，二人握手告别。

从严济仁家出来，罗世杰说刚才孟书记来电话，要留郑铁峰在村里吃饭。郑铁峰对罗世杰说："你转告孟书记一声吧，今天实在太忙了，等办完专案，我找时间专门来一趟村里，和大家好好聊聊。"

罗世杰说："那我和孟书记说一声，让他别着急往回赶了。"

郑铁峰在返回丹江的路上接到了唐大勇打来的电话，唐大勇说，派出所的监控设施去年进行了升级改造，以前的视频资料全都格式化了，现在他们三人正准备去市局交警大队调取国道上的监控视频。郑铁峰让他们暂时先不要去市局交警大队，马上返回辖区派出所找何占刚副所长，摸清楚案发时派出所对案发现场的调查走访情况。

56

李达海自从得知专案组把常福民的死亡卷宗调走之后，就感觉自己大祸临头了。他知道这份卷宗对他乃至孙计划、王章耀来讲有多么重要。想当初，为了彻底斩除常福民这个后患，从常福民第一次上访开始，李达海和李达林就密谋除掉常福民。

因为只要常福民活着，高速公路的巨额征地补偿款就无法安安稳稳地落入李家人的口袋里，要想没有任何干扰地独吞这笔巨款，必须置常福民于死地。

那天上午，常福民送走罗世杰后，他把自家的院门上好锁，开着三轮车来到了通往李达林的养殖场的路口。他把三轮车停好后，慢慢地往养殖场走去。这段将近一公里长的水泥路，是李达林花钱修的，路修好后，他不允许附近村屯的农用车和三轮车上道行驶，说是农用车噪音大，影响养殖场的鸡下蛋。村民到养殖场附近的农田干活儿，都得把车停在岔路口，徒步前行。说来也巧，那天，养殖场的员工按照市防疫站的要求，都到市里体检去了，养殖场里只留下李达林和一个做饭的厨师看家。常福民来到养殖场的时候，厨师收拾完碗筷到山上采野菜去了，家里只剩下李达林在喝茶。李达林打量了一眼常福民，问常福民谁让他来的，常福民说上面的林地是他自己的，他想来就来，用不着和谁请示。两个人没说上三句话就吵了起来，李达林顺手抄起一根镐把，照常福民头上打来，常福民急忙躲闪，镐把砸中了他的肩膀，常福民眼看自己要吃亏，就用手捂着肩膀，一边嚷嚷着到派出所报案，一边快速向外跑。李达林在后面撵了几步，突然听到放在茶桌上的手机响了，他骂了几句常福民后，把镐把狠狠地扔在地上，回屋去接电话。电话是李达海打来的，李达林在电话里把常福民来要林地的事和李达海说了。李达海听完，在电话里气恼地说："这个老犊子不死，咱们就消停不了！正好今天养殖场的工人都到市里体检去了，不如干脆把他干掉，省得以后领钱的时候给添乱。"

正在气头上的李达林一听要除掉常福民，立即跃跃欲试："我看看他走多远了，要是还没到路口，我就整死他。"他挂了电话快步出了门，开着自己的越野车来撵常福民。

常福民由于挨了李达林一棒子，走路的速度自然比正常情况下慢了许多，不到几分钟就被李达林追上了。常福民一看李达林追上来了，害怕李达林用车撞他，就急忙跳到路边，惊恐地看着李达林。李达林把车停下，不慌不忙地从车里拿出一根铁棍，走到常福民面前，常福民绝望地大喊："咋地，咋地，你还没完啦？"李达林冷笑了一声，举起铁棒照着常福民的头部猛击了一下，常福民一声没吭地倒在了草窠子里。李达林前后左右观察了一圈，确定没人看见他的行凶过程，赶紧把铁棒子放回车里，然后把常福民的头放在一块石头边，伪造了常福民卡倒，头部撞在石头上的死亡现场，然后迅速上车把车开到前方一个修路时挖沙子的沙坑里，调转了车头，又快速回到现场。他把车窗放下，在车里坐了一会儿，想下车看看常福民到底死没死。看到常福民躺在草丛里，还保持着被打倒时的姿势，他断定常福民肯定是死了，就关上车窗逃离现场，回到了养殖场。

回到养殖场，他把身上的衣服裤子以及鞋袜全部脱下来，装在了一个空编织袋里，又把车里里外外冲刷了一遍，觉得万无一失了，才打电话告诉李达海，常福民已经被自己除掉了。李达海听说常福民死了，长叹了一口气。他告诉李达林不要害怕，就像什么都没发生一样，该喝茶喝茶，该吃饭吃饭，一切等晚间见面后再说。

快做中午饭的时候，厨师采了一筐山野菜回来了。厨师兴致勃勃地给李达林炒了四个小菜，问李达林喝点儿不，李达林说这么好的菜必须得喝点儿，而且还要多喝点儿。于是两人开了一瓶二锅头，厨师喝了一口就不喝了，剩下的酒被李达林一饮而尽。下午，养殖场的员工体检结束后，乘车从市里返回养殖场的途中，司机发现了倒在草丛里的常福民，他把车停下，跳下车大声呼喊常福民，看见常福民一动不动，觉得事情不对，就和车上的另外几个人来扶常福民。当他们把常福民的身体转过来时才发现，常福民已经死了，头部流出的一大摊乌黑的血凝固在草地上。司机随后拨打了110报警电话。

晚间，李达林回到市里，直接去了李达海的会所，把杀死常福民的经过和李达海描述了一遍。李达海怕李达林沉不住气，就安慰李达林不用怕也不用慌，只要没人看见，警察找他，就说啥也不知道。两个人还编了一套谎言，让厨师证实李达林没有作案时间。警察到养殖场找过几次李达林和厨师之后，李达海就找到孙计划，以警察办案干扰民营企业生产经营为由，告了公安局的状。紧接着，孙计划就以市政协的名义，把李达海的诉求反馈给了公安局，又专门给王章耀打了一个电话。王章耀对孙计划的用意心知肚明，他把高万斌叫到自己的办公室，询问了常福民死亡案件的调查取证情况，高万斌把发现的疑点原原本本地向王章耀做了汇报。王章耀听完汇报后，并没有就下一步侦查方向提出要求，而是重点强调了维护民营企业声誉的重要性。高万斌当即就明白了王章耀在暗示他。从王章耀办公室出来后，高万斌经过一天一夜的思想斗争，最终做出了常福民因突发疾病昏厥导致意外死亡的结案报告。事后不久，李达海在会所宴请了王章耀和高万斌，宴会快要结束的时候，李达海拿出了为高万斌精心准备好的礼物，高万斌坚决不收。李达海把目光转向了王章耀，王章耀撂下手中的筷子，对高万斌说：“你就收下李董的心意吧。”高万斌才半推半就地将礼物收下了。

想到这儿，李达海真的沉不住气了，他又去了孙计划的办公室。孙计划早就知道卷宗被专案组拿走的事了。这些天，他一直在和王章耀商量怎么才能阻止郑铁峰的行动，两个人已经被这起案子搞得焦头烂额。李达海坐下后，目光直视着孙计划，把孙计划看得心里直发毛。他知道李达海是个心狠手辣的茬子，没有做不出来的事情。他对李达海说：“这几天，我和王章耀一直都联系着，但是比较被动。市纪委监委已经就常福民被非法拘禁没有立案一事，开始调查派出所所长张宏杰。王章耀也找了纪委书记杨忠庆，杨忠庆的态度是先调查，调查完再说。我这边也找到了佟柏青市长，但现在还没消息，不知道郑铁峰会不会买他的账。”

李达海听完孙计划的话，使劲摇了摇头，这些天他一直被顽固性头疼困扰着，神情倦怠，两眼发红。孙计划想起了李达海前几天找的律师，就问他：“前两天，律师会见完李先军，是怎么说的？”

李达海沮丧地说：“律师已经回去了，退回了三百万的代理费。”

孙计划惊诧地问：“怎么回去了？”

李达海说：“他们说涉黑的案子谁都不敢接，接了怕打不赢。”

李达海说完，好像坐在针毡上了似的，站起身在孙计划的面前来回走了两圈。他突然停住脚步，对孙计划说：“你认识的那个开西餐厅的女老板，不是在省纪委有关系吗？问问她有没有办法。”

孙计划说：“看来这回真得动用她的关系了，我现在就给她打电话。”

孙计划掏出手机，拨通了潘美玉的电话。

“喂，潘经理你好啊！”

“您好！孙主席，今天怎么有时间打电话了？”

“潘经理，上次你说你哥哥去新加坡考察，不知道他回来没有？”

“我哥今天从新加坡回来，我晚间准备去机场接他呢。”

“我上次和你说的那件事，这回见到你哥哥，你可不能忘了。”

“放心吧孙主席，我就是为您的事来找我哥的。”孙计划和李达海目光对视了一下。

“你看，用不用我过去和你哥见上一面？”

潘美丽迟疑了一会儿，说：“我先征求一下他的意见吧，看他回来后怎么安排的，如果有时间的话，你就飞过来。”

孙计划说：“越快越好啊，我这边有急事需要你哥出面给协调。”

潘美玉娇滴滴地说：“孙哥托付的事，小女子哪敢怠慢呀。嘻嘻！”

李达海在一旁对孙计划和潘美丽的通话听得一清二楚，他不由得觉得任何人都是在拖延他、敷衍他，包括孙计划和王章耀。他越想越生气，顺手拿起孙计划办公桌上的剪刀，比画着对孙计划说："你转告王章耀一声，保住了我李达海，就保住了他的仕途和他的身家性命，要不然，咱们一起同归于尽。"说完，他转身离开了孙计划的办公室。

57

唐大勇来到派出所，没有见到何占刚，他在派出所的警务公开栏上看到了何占刚的照片，照片下面有何占刚的职务和电话。他来到派出所外，给何占刚打了个电话。何占刚正在辖区查找一起电诈案件的线索，二人约好在时代广场附近的一家咖啡馆见面。唐大勇来到咖啡馆时，何占刚已经提前到了。他给唐大勇、张如坚和孙露每人点了一杯咖啡，又打电话把和他一起调查常福生死亡案件的民警叫了过来，二人回忆着案发后围绕现场走访的情况，把所有的疑点毫无保留地告诉了唐大勇。在他的走访对象中，只有李达林不仅占有作案时间，而且还和常福民因林地转让的事情发生过冲突。常福民死亡之前为要回林地去找过李达林。最关键的是，案发后，何占刚通过调取国道上的监控视频发现，当天只有李达林的黑色越野车从国道的岔路口驶入过增益村养殖场。因此可以判断，李达林有重大作案嫌疑。但在对李达林进行讯问时，李达林对当天见到过常福民矢口否认，只说自己中午和厨师喝了一瓶二锅头，酒后睡着了，什么事情都不知道。至于进入岔路口的越野车，他拒不承认是他开的，而且厨师也帮着李达林作证，说李达林当天没有开车，一整天都在养殖场里，没有外出。

唐大勇问何占刚："是否对李达林采取了强制措施？"

何占刚说："我们把走访调查的情况向局里做完汇报后，局里要求我们停止调查，后来让我们把所有材料都交给刑警队，我们就从这起案件中撤了出来。"

唐大勇吸了一口烟，对何占刚说："你今天说的这些话，对重启常福民死亡案件调查非常关键。我回专案组向铁峰局长汇报一下，下一步还需要你们继续配合。"

何占刚说："没问题，我随时等你们的电话。"

告别了何占刚，唐大勇和张如坚、孙露一起回到了专案组。郑铁峰正在接待到外地散心回来的常玉玲。常玉玲怕回来晚了专案组离开丹江，所以特意提前赶回来了解父亲常福民和丈夫赵志学被害案子的进展情况。常玉玲的精神状态比之前好了很多，说话的声音洪亮了，性格也变得开朗了，脸上浮现出了红润的光泽。她这次来专案组，还特意给专案组买了一些重庆的特产。郑铁峰拒绝了常玉玲送的特产，他对常玉玲说："我们虽然办的是案子，但办的也是当事人双方的人生，我们如果收了任何一方的东西，哪怕是抽了一支烟，喝了一口水，我们都将失去公信力，这样的办案结果，你们还会信吗？"常玉玲这便明白过来，把东西收了起来。

郑铁峰把常福民和赵志学的案件核查情况向常玉玲简要做了介绍，让她不要着急，所有的疑点都要一个一个排除。唐大勇看到常玉玲，突然想起常福民卷宗中尸体解剖书上的亲属签字，就问常玉玲当时是谁签的字，常玉玲想了一会儿，说尸体解剖书上的名字不是她签的，是赵志学签的。郑铁峰让常玉玲好好想一想，毕竟过了很长时间。常玉玲又想了一会儿，肯定地说："是赵志学签的。"

常玉玲把父亲死亡后发生的事情向专案组讲述了一遍。常福民死亡的消息，是一个在养殖场上班的同学打电话告诉她的。等她和赵志学坐着表哥宋小宝的出租车赶到现场的时候，警察已经把现场封锁起来了。她看到父亲侧卧在草丛里，头上蒙着一件旧衣服，几个警察正对现场进行拍照。等她告诉警察她是死者的女儿时，一个三十多岁的男警察把她和赵志学叫了过去。男警察先让她和赵志学看了常福民的尸体，确认死者就是常福民后，警察让她在一张纸上签字，由于她当时手抖得很厉害，握不住笔，她就让赵志学替她签了字。签完字，警察说要把尸体拉回市里解剖，让他们跟着到现场。由于她悲伤过度，到市里后，赵志学让宋小宝先把她送回家，然后他俩去了解剖现场，第二天早晨赵志学才回家。赵志学和她说，尸体解剖完被存放在了解剖室的冰柜里，警察让他回家等结果。

等到第五天的时候，她接到市局刑警队的电话，让她到市局刑警队一趟。撂下电话，她和赵志学坐着宋小宝的出租车去了刑警队。到刑警队后，那天在现场的那个警察把他们叫到了一个没人的房间里，先问了一遍三个人的名字，和常福民是什么关系，等他们回答完后，警察告诉她，常福民的死因已经查明，排除了他杀。赵志学问人是怎么死的，警察说，常福民因突发脑溢血昏厥后摔倒，头撞到石头上，造成失血性休克死亡。因为之前常福民得过脑溢血，所以三个人当时都没提出疑问。赵志学随后问尸体在哪儿，警察说，尸体存放在解剖室的冰柜里，家人现在可以把尸体领回去处理了。他们跟着警察来到了解剖室，看到常福民的遗体后，三个人商量是火化还是土葬，赵志学说火化简单，打电话让殡仪馆的车拉到殡仪馆就行了。宋小宝问她啥意见，当时她的脑袋跟糨糊似的，什么事都糊里糊涂的，就说让赵志学和表哥商量着办。宋小宝说增益村可以土葬，得找个车拉回去土葬，一来可以给舅舅留个囫囵身子，二来将来要是有啥说道还能……宋小宝没再往下说，但赵志学听出宋小宝的意思了，就问宋小宝车怎么办，宋小宝说往村里拉不能用殡仪馆的车，用他们的车就给拉火葬场去了，得自己找车拉回去。赵志学又问宋小宝上哪儿找车，宋小宝说，车的事他来负责，他叫他朋友开车过来帮个忙，到时候给对方钱就行了。尸体从解剖室被拉出来的时候，没人问他们往哪儿拉，人们都以为拉火葬场火化去了。所以他们把尸体拉回村后，也没敢张罗，就匆匆下葬了。

下葬后的第三天，她和赵志学坐着宋小宝的车回村圆坟。圆完坟，罗世杰来到了她家，说常福民死得蹊跷，他们几个孩子太年轻，办事太草率了，糊里糊涂就把常福民给埋了。赵志学愁容满面地说不埋咋办，这么热的天，尸体也放不了。罗世杰说他活了大半辈子，头一次听说卡倒还能卡死人的。宋小宝说埋了也没事，如果有他杀的线索，可以开棺验尸。罗世杰听完宋小宝的话，半天没吱声，临走的时候和他们说埋了就埋了，这事先告一段落，让他们该忙啥忙啥，等他找到线索后再一起给常福民讨回公道。他还特意交代说把常福民的坟看好，别让山猫野兽把坟给盗了。后来又过了很长时间，罗世杰找到她和赵志学，说她爹是被李达林打死的，罗世杰还拿出了找到的证据，就这样，她开始了漫长的申诉。

常玉玲讲述的内容，与专案组调查的情况吻合度极高。她的讲述中所提到的警察，指的是高万斌，因为让派出所停止调查的刑警队领导就是高万斌。这一连串诡异的操作，让郑铁峰和唐大勇深信，常福民死亡案件的背后，肯定有一只看不见的"黑手"，这只"黑手"就是李达海和李达林他们哥儿俩的"保护伞"。二人经过研究，决定下一步工作：一是查找李达林的越野车；二向省厅申请技术支持，对常福民的尸体开棺勘验。

第 十 五 章

59

林政从市政府回到市局，仔细回味着这几次佟柏青在不同场合说过的话，越回味越感觉意味深长。第一次是接到省厅抽调郑铁峰成立专案组的消息的当晚，佟柏青要求郑铁峰定期汇报在丹江办案的工作情况；第二次是佟柏青到丹江慰问专案组时在饭局上说的话；第三次是今天在佟柏青办公室，佟柏青和他说的话。虽然是在不同的语境下，但每一次对话，他都能听得出佟柏青想知道李达海案件内部消息的迫切心情。说来也是，在鱼龙混杂的社交场合，身为一名领导干部，面对各种诱惑和干扰，只要警惕性稍一放松，就可能成为一些别有用心之人的围猎对象。佟柏青在丹江市为官五年，要说没有一点儿心虚，恐怕不太现实。

林政按照佟柏青的授意，打电话给郑铁峰，把佟柏青推荐他到司法局任局长一职的事告诉了郑铁峰，征求他的意见，这让郑铁峰感到十分意外，他一时不知道该怎么回答，只好在电话里面说先考虑考虑。林政说："佟市长非常关心你的进步问题，这是一次非常难得的机会，机不可失啊。要尽快给我回话，佟市长那边还等着呢。"

郑铁峰说："如果市长等不及的话，那就先考虑其他人选吧，我一直都没有离开公安的想法。"

林政一听急了，对郑铁峰说："这件事不像你想的那么简单，推荐你，既是佟市长的想法，更是市委主要领导的意图。再说……再说……"

林政往下的话没说出口，郑铁峰拿着电话等了半天，只听到林政在电话里急促的喘息声，没有听到下半句话。他猜林政没说出口的下半句话应该是"你同不同意，不是你个人能够决定的……"，于是他接过话头对林政说："局长，感谢您和佟市长对我的关心，我理解您的意思了，我服从组织安排。"

林政说："这就对了嘛，我们都得识时务啊。"

郑铁峰放下电话，两滴泪水不知不觉地流到了嘴边，他轻轻地舔了一下，是一种苦涩咸酸混杂的味道。

佟柏青得知郑铁峰的答复后，就想把郑铁峰从专案组马上撤回宁边来。他让林政先和省公安厅政治部透透气，试探试探政治部的想法。省厅政治部岂能做得了这个主，就把事情向丁雪松副省长做了汇报。丁雪松听过后，觉得事情的来头不对，就直接给郑铁峰打来了电话："铁峰同志，厅政治部的同志刚给我打来电话，宁边市委近期对你有意提拔使用，这件事，你怎么没和我汇报啊？"郑铁峰听丁雪松这么说，觉得有必要把事情的前后经过向丁雪松做一次全面汇报，就把从成立专案组伊始，到佟柏青来专案组慰问的一系列举动，详细地向丁雪松做了汇报。丁雪松听完后沉思了很久，对郑铁峰说：

“我们开展扫黑除恶斗争，免不了会出现各种各样的杂音和干扰，这都是可以预料到的。这些天来，你带领专案组顶着巨大的压力，在丹江开展扫黑除恶工作，说明你和专案组的同志们的政治素质是过硬的，厅党委对你和专案组也是完全信赖的。希望你不要受到个人职务升迁问题的影响，该怎么推进还怎么推进。关于你的个人问题，厅党委会给予考虑的。”

和郑铁峰通过电话后，丁雪松又给林政打了个电话。林政看到是丁雪松的电话号码，立即紧张起来。关于佟柏青提议提拔郑铁峰的事，他其实应当首先向丁雪松汇报，现在丁雪松的电话打过来了，他只能被动地去接。丁雪松在电话里并没有责备林政，先是问了几句省厅近期部署的几项工作的进展情况，然后把话题转到了郑铁峰的身上。林政想和丁雪松做些解释，丁雪松打住了他的话头，他让林政向佟柏青转达省公安厅的意见，也是他本人的意见：提拔郑铁峰到司法局任职一事暂缓，关于郑铁峰的人事安排，等专案组的工作结束之后再研究。林政还想和丁雪松说些什么，丁雪松已经把电话挂了，听筒里传来了“嘟嘟”的忙音。

林政拿着电话，呆呆地愣了好半天才缓过神来。他猛然惊觉自己正干着一件既荒唐又愚蠢的事情。郑铁峰冒着生命危险在异地扫黑除恶，自己却在后方不断地给郑铁峰制造干扰，这岂是一个合格的公安局长的所作所为？他甚至非常懊恼，在佟柏青三番五次地提出干扰建议的时候，自己为什么没能及时制止佟柏青？为什么还对他的干扰行为给予默认？他幡然醒悟，在郑铁峰带领专案组在丹江市开展扫黑除恶这件事上，他必须制止佟柏青的一切出格行为。他甚至觉得，佟柏青一而再，再而三地干扰专案组办案，这有没有可能是在给李达海充当“保护伞”呢？自己如果还站在佟柏青的一边为他摇旗呐喊，那自己不就成了李达海的帮凶了吗？想到这一点，他竟惊出一身冷汗。不论如何，在专案组查案的这段时间，他应该支持专案组的工作，而不是扯后腿。冷静下来，林政把电话打给了郑铁峰：

“铁峰啊，我……我觉得在对你和专案组的问题上，我做了一些不妥的事情，好在我现在认识到了，希望你不要受我的影响，放开手脚，该怎么干就怎么干。从今往后，我坚决做你的坚强后盾。”

给郑铁峰打完电话，林政又把电话打给了佟柏青。佟柏青刚开完会，有时间和林政见面，林政便让司机备车，他梳理了一下思绪，赶到了市政府。

佟柏青以为林政带来了好消息，一改往日冷峻严肃的面孔，热情地招呼林政入座。林政坐下后，佟柏青发现林政的脸色很难看，就问林政：“怎么了，身体不舒服吗？”

林政坐直了身体，用拳头擂着胸膛说：“不是身体不舒服，是心里，是心里不舒服。”

佟柏青以为林政心脏病犯了，急忙说：“哎呀，心脏不舒服，可别是心梗，马上去医院看看。”说完就要叫秘书。

林政又好气又好笑地说：“去什么医院啊。我心里不舒服，就是心里堵得慌。”

佟柏青长叹了一口气，说：“心里不舒服，说出来不就舒服了嘛。”

林政说：“是得说道说道啦，不吐不快啊。”

佟柏青说：“有什么不痛快的，说出来我听听。市委组织部正在开展谈心活动，今天咱俩就谈谈心。”

佟柏青走到饮水机前给林政接了一杯温水，又从办公桌上把自己的水杯端过来，坐在了林政的面前。林政接过水，浅浅地抿了一口，先开了口。

“刚才，雪松副省长让我向您转告他本人和省公安厅的意见：关于推荐郑铁峰到司法局任职一事，先缓一缓，等丹江市专案结束之后，市委、市政府再具体研究。”

佟柏青“哦”了一声，感觉有些意外。

林政接着说：“我今天按照您的意思和省厅政治部通了个电话，厅政治部请示过雪松副省长之后，雪松副省长直接给我打来了电话，说的这件事。”

“雪松副省长说暂缓的意思，是不同意市里的安排，还是省里对铁峰同志另有安排？”佟柏青疑惑地问林政。

“至于怎么安排，雪松副省长没说，但是对在这个时候市里撤回郑铁峰一事，他十分不满。”

“是呀，在这个问题上，我有些欠考虑了。”

“接完雪松副省长的电话，我进行了反思，越是在扫黑除恶的关键时刻，越能看出一个人的立场和站位。我觉得，在丹江扫黑除恶这件事上，自己犯了一个愚蠢的错误。”

“还谈不上是错误，无非就是在这个时候不该让郑铁峰撤回。要真是错误，也是我的想法出了问题。”佟柏青轻描淡写。

林政继续说：“市长，恕我直言，在丹江扫黑除恶的问题上，我感觉你有些顾虑啊。”

佟柏青怔了一下，他没想到，平常言语不多的林政，这番话说得这么刺耳。他沉默了一会儿，回答林政说：“你问得好！我是有顾虑，我的顾虑在宁边和丹江两个城市之间的经济合作上，在吸引外资的营商环境上，在壮大民营企业的相互助力上，这些事情你们可以不考虑，可我一个堂堂的市长不能不考虑啊。”

林政说：“这些问题当然应该考虑，但这绝不是让郑铁峰向您汇报在丹江开展扫黑除恶工作的理由。”

佟柏青有些愤怒了：“我让他汇报工作，也正是出于这方面的考虑。”

林政也愤怒了：“您那是干扰办案！”

佟柏青愣住了，他没做任何辩解，他知道，如果再你一句我一句地把话接下去，两个人之间很可能就要爆发一场争论。他喝了一口水，对林政说：“好吧，如果我越位了，我干扰了郑铁峰办案，我会好好反思的。今天先不说这个话题了。”

林政站起身，对佟柏青说：“对不起，市长，我刚才说话的方式有点儿不冷静，但我相信您能够理解我的心情。在扫黑除恶的大是大非面前，我必须和我的职业身份保持一致。”

佟柏青起身回到办公桌旁，他没想到林政是来向他摆明态度的，等他转过身来想要稳住林政的时候，发现林政已经走了。

60

寇长友原计划把杜壮威“搬”出来为李达海摆事，但没“搬”动。临别的时候，杜壮威伏在寇长友的耳边给出一计，让李达海找人实名举报郑铁峰，只要是实名举报，纪检监察部门马上就会介入，并停止他的工作。

寇长友问：“要是查不出问题，那不就构成诬陷罪了吗？”

杜壮威狡黠地说：“他不是请了律师吗，律师有办法。”

寇长友愁眉不展地说：“是请来了两个律师，人家一听说是涉黑的案子，把代理费退了，不干了。”

杜壮威又想了一会儿，无奈地摇摇头说：“那就只剩下死路一条了。”

寇长友怀疑自己的耳朵是不是听错了，问了一句：“死路是什么意思？”

杜壮威恶狠狠地说：“只剩下让李达林自生自灭这一条路了，只有李达林了断了自己，才能给别人留下活路。”

寇长友在离开杜壮威的时候，犹豫是不是应该把原野沐歌娱乐城给杜壮威的五百万分红存在李达海小额贷款公司的事告诉杜壮威，就在快要上车的时候，他决定还是告诉杜壮威，关键的时候，得让他和自己死死地捆在一起。

“等会儿，杜副厅长，我还有个事，得跟您说一声，到时候您好有个准备。”

杜壮威站在原地没动，纳闷地问：“还有啥事？”

寇长友走到他身边小声说：“您那五百万分红，我放在李达海的小额贷款公司里了。”

杜壮威一怔，非常不悦地说：“怎么放到他那儿了？”

寇长友阴沉着脸说：“所以，我得提前告诉您一声，您真得想办法帮帮他。”

杜壮威快要气炸了，憋了半天才说：“我一直把你当成最可靠的朋友，你怎么会给我挖个坑啊？”

借着外面的灯光，寇长友看到杜壮威一张脸涨得通红，他低声说：“现在已经不是争论谁给谁挖坑的时候了，现在咱仨得一起想办法，怎么才能从坑里跳出来。”

杜壮威气得嘴唇发抖，过了好一会儿，说：“这样吧，你这两天抓紧把钱从李达海那里转出来，我找找关系，看有没有能说上话的人拉他一把。”

寇长友说：“这就对了。您想好了办法，告诉我一声，需要怎么办，我来安排。”他说完就上了车，留下杜壮威一个人孤零零地站在昏暗的夜色里。

61

离开了杜壮威，寇长友知道，此时此刻，李达海一定在心急火燎地等待着他和杜壮威见面谈话的结果。他给霍燕打了个电话，让霍燕把他司机的电话号码告诉李达海，让李达海过半个小时后，打他司机的电话。半个小时的时间刚到，李达海的电话就打过来了，司机把手机递给寇长友，把车停到附近的停车场，到车外边吸烟去了。

李达海在电话里直接问寇长友："老六，你和杜副厅长谈得怎么样？"

寇长友用略带伤感的口吻说："这时候，谁都想多一事不如少一事，老杜也不例外。我实在是没办法了，才把他那五百万的事说了出来，他被逼无奈，答应想想办法。"

李达海急切地问："他没说找谁帮忙吧？"

寇长友说："没说，但我想，他至少得找能压住丁雪松的人出面，否则找别人不仅不管用，可能还适得其反。"

李达海在电话里叹了一口气："唉，现在只有你能帮我出主意想办法了，其他人都溜边了。"

寇长友安慰李达海说："你得势的时候，身边总有人鞍前马后地围着你，一旦落难了，就树倒猢狲散了。现在的人就这么现实，人心难测啊。"

李达海说："老六啊，你要是在长青没什么重要的事，能不能再回来陪我两天，我这心里空落落的。"

寇长友犹豫了一会儿，说："我是得回去见你一次，有些话在电话里不好说。等我这两天把长青这边的事处理完了，我就去找你。"

李达海说："这些天，我也想了些办法，但还是拿不定主意，你办完事马上来，咱俩商量商量。"

寇长友说："我尽快吧。"

62

孙计划等着潘美玉让他去长青见她在省纪委当副书记的哥哥，没想到等来的却是长青市公安局的警察。

那天，孙计划正要主持召开市政协常委会会议，突然一个陌生的手机号码打了进来，他微微皱了一下眉头，放下手里的文件，把电话接了起来，还没等开口，对方先问他是不是叫孙计划，他被问得一愣，反问对方："你是什么人？"

对方说："我们是长青市公安局刑警支队的警察，正在侦办一起诈骗案件，想找你核实一些情况。"

孙计划被说迷糊了，问："诈骗案件和我有什么关系？"

"肯定有关系，要是没有关系，我们就不打扰你了。"

孙计划听完对方的回话，把对方当成了骗子，觉得又好气又好笑，心想，现在的骗子真是啥骗术都敢用，就接着问："是我骗了别人了，还是别人给我骗了？"

对方听孙计划这么问，就告诉他："是你被别人骗了。"

孙计划将信将疑："不可能吧，我一不网购，二不贷款，三没给别人打过款，和被骗这种事没有一点儿瓜葛，别人怎么能骗着我呢？我感觉你们倒像是骗子。"

对方说："我们不是骗子，我们是长青市公安局刑警支队的警察。今天打电话给你，是想了解你现在在什么地方，我们马上过去找你。"

孙计划听说对方要来找他，才相信对方的警察身份。既然警察要找自己核实情况，就得如实告诉对方自己的所在地点。

“我在丹江市，在市政协工作，你们来的时候，请提前给我打电话。”

对方说：“好的，你最近不要离开丹江，我们很快就会和你联系的。”

放下电话，孙计划越发感觉不对劲，谁能骗到他呢？眼看开会的时间就要到了，孙计划拿起文件出了办公室。

第二天，长青警方的两名刑警走进了孙计划的办公室。出示过警官证后，二人对孙计划进行了询问，孙计划这才知道，骗自己的不是别人，是他朝思暮想的潘美玉。

潘美玉是被省纪委副书记举报的。

一个偶然的机会，纪委副书记听同事说，自己有一个妹妹在丹江市海兰湖高尔夫球场开一家西餐厅，同事提醒副书记让这个妹妹收敛点儿，以免给他造成负面影响。副书记当即表示不可能，自己是独生子，哪来的妹妹？为了证明虚实，他特地到丹江市海兰湖高尔夫球场查看真伪。在小天鹅西餐厅，他见到了潘美玉，但他并没有暴露自己的真实身份。回到长青后，他把在海兰湖高尔夫球场的所见所闻向省纪委主要领导做了汇报，纪委主要领导意识到，这是一起假冒领导亲属行骗的刑事案件，在这起诈骗案件的背后，一定隐藏着官场腐败的案件，于是决定先由公安机关立案侦查，涉及的腐败案件由省纪委监委进行调查。

孙计划如实供述了送给潘美玉五十万现金做“铺路费”的经过，至于五十万现金的来历，在长青警方的追问下，孙计划交代是帮李达海摆事，李达海送给他的好处费。等两名警察离开孙计划的办公室后，孙计划马上就瘫在了椅子里，头上的冷汗瞬间从毛孔里密集地渗出，一张脸像被水浸透了似的，脱水后的面孔，宛如秋后被霜打过的茄子叶向下耷拉着，两条又深又长的法令纹将上下嘴唇紧紧地箍成了一个圆形。长青警方将孙计划受贿的案件移交给了省纪委监委，省纪委监委正式对孙计划立案调查。

第 十 六 章

63

丁雪松副省长接到专案组请求对常福民的尸体开棺勘验的请示后，当即责成省厅刑侦局在全省刑侦专家库里抽调专家组成了专家组，由马乘风局长带队，到丹江对常福民的尸体开棺勘验。

专家组到达丹江的第二天，在征得常玉玲的同意后，三名来自省内不同地区的专家不顾旅途劳累，马不停蹄地赶到了增益村。专家组在村民的帮助下挖开了常福民的坟墓。常福民的尸体已经白骨化，专家组把常福民的尸骨运回实验室，进行了细致勘验。经过三个多小时的勘验，专家发现常福民的颅骨有一处钝器打击伤，肩胛骨多处骨折，最终尸检结论认定，常福民生前是被钝器击伤后导致失血性休克死亡。

揭开了常福民的死亡之谜，下一步只有将李达林缉拿归案，才能告慰被害人家属。虽然李达林早已被网上通缉，但从各地警方反馈的情报来看，有价值的线索并不多。郑铁峰和唐大勇对全案的线索进行了细致的分析，决定从李达林熟悉的环境和特定的关系人入手，查找李达林的藏身之地。起初，唐大勇带领王国鹏和张如坚到威尼斯花园调查佟柏青卖给亿达房地产开发公司总经理王宇的那套房子时，因为佟柏青的干预，调查被迫叫停，现在需要马上对这套住宅进行搜查，看看李达林是否藏匿在这套房子里，搜查工作继续由唐大勇组担任。另外，金海纳和朴龙湖、尹天池负责调查的刘长明交通肇事案件也有了突破性进展，经过多方走访和调取大量视侦资料，刘长明受雇于李达林杀害赵志学的犯罪证据已经被找到，为了加大对刘长明的审查力度，郑铁峰经和林政局长请示，由宁边市局派特警到水冰沟监狱协助金海纳组，将刘长明押解回宁边进行审查。李原明和岳之辉负责查找李达林的黑色越野车下落，先到市局交警队调取越野车的行驶轨迹，然后顺藤摸瓜，力争在一天之内查获嫌疑车辆。

三组人马按照分工全部投入到了紧张的工作之中，专案组只剩下郑铁峰和孙露。早饭过后，郑铁峰就下一步工作部署向丁雪松副省长做了汇报，汇报中特别提到了近期在侦办案件过程中发现的丹江市公安局个别领导干部为李达海黑社会性质犯罪团伙充当“保护伞”的问题，丁雪松对此高度重视，他要求郑铁峰把发现的“保护伞”问题马上形成报告报省公安厅；同时，把发现的线索向丹江市委书记吕光做一次专题汇报，请求市纪委监委共同行动，在打击黑社会性质犯罪团伙的同时双线出击，对“保护伞”也要一并铲除。郑铁峰结束与丁雪松的电话，用座机通知孙露到他的办公室来一趟。

自从和佟柏青通过电话后，孙露就想找机会和郑铁峰汇报一下通话内容和自己的思想变化。来到专案组的这段日子，孙露的内心深处发生了180度的转变，这种从里到外的转变是经过了血与火的淬炼、刀与剑的交锋、钢与铁的碰撞，所形成的不屈不挠的品质和坚如磐石的意志。特别是夏博洋牺牲的时候，她看到以郑铁峰为主的专案组成员忍着巨大的悲痛，义无反顾地重返扫黑除恶的战场上时，她感觉到了他们人格的伟岸和自己卑微渺小的强烈反差。也就是那一刻起，她体验到了做一名人民警察的荣光与担当。人都是容易被环境感染的，在和郑铁峰他们朝夕相处的这些日子里，她渐渐地改掉了说话柔软无力、走路弱柳扶风的习惯，更加趋向于阳刚硬朗、雷厉风行的飒爽英姿。她不知不觉地模仿着郑铁峰的说话风格和肢体动作，渐渐地对这个群体产生了敬爱和依恋。

郑铁峰把刚才和丁雪松副省长的通话内容简明扼要地告诉了孙露，让她根据办案中发现的“保护伞”线索起草一份报告。孙露口中答应着，但没有马上离开，郑铁峰猜测孙露有事要和他说，就问孙露：“还有什么事吗？”

孙露点头说：“有。”

郑铁峰指着对面的椅子笑着说：“坐下说吧，来了这么长时间，咱们还没交过心呢。今天正好有点儿时间，听听你最近的思想变化。”

孙露坐在了郑铁峰的对面，先稳定了一下情绪，然后不紧不慢地说：“这些天我一直想着跟您汇报，但看您一直都没时间。其实我是向您汇报我舅舅前几天给我来电话的事。”

郑铁峰“哦”了一声，问孙露：“来电话说的是公事还是私事？”

孙露想了一会儿，说：“应该属于私事，但问的事和案件有关。”

郑铁峰推测说：“是不是调查威尼斯花园的事？”

孙露点了一下头：“嗯，就是威尼斯花园的事情。”

“他都问了什么，你怎么回答他的？”

“他先是埋怨我没事先没告诉他咱们去威尼斯花园调查，然后又问我想不想去市妇联工作。我直接怼搡[①]他说：‘我们有工作纪律，我要是把我们的工作秘密都告诉了你，那我不等于是专案组的奸细了吗？我不会干出卖自己的灵魂的事情。’至于问我想不想去妇联工作，也被我拒绝了。”

“你这么和他说话，他不得生你的气吗？”

“我不怕他生气，如果我不敢让他生气，那我就成长不了。没来专案组之前，我感觉他是这世上最疼爱我的人；到了专案组之后，我突然发现，如果一个人心里一直渴望得到他人的疼爱，那她就永远不知道去疼爱别人，成为不了一个真正意义上的人。”

“你说得好，警察就是一份没有矫情的职业，不论男女，都要有勇士的精神。敢爱，是敢爱他人之所恨；敢恨，是敢恨他人之所爱。”

“就是这样。以前，我对普通老百姓缺乏同情心，总觉得

---

① 怼搡：东北方言，拿话顶撞。怼，duǐ。

一切都是命运的安排，现在我不那么想了。通过常玉玲家发生的事情，我觉得每个个体生命都有尊严，都应该受到平等公正的对待，任何人都不能破坏这种平衡。”

“这就是正义所在啊。”

“郑局长，您发没发现，我比刚来时变了？”

“嗯，变了，是变了。不仅思想上发生了变化，就连你的个人气质和思考问题的方式,都逐步在向一个成熟的警察靠拢。”

“如果我要是不来专案组,我就接受不到这血与火的洗礼，这一点，我还要感谢我舅舅。”

“是啊，你舅舅为你也是操了不少心。唉，怎么没听你说过你父母？”

“我父亲是铁路工人，母亲是银行的副行长，不过他们都已经退休了。”

“哦，看来你小时候也是家里的掌上明珠啊。”

“也算不上是掌上明珠，只是比农村长大的孩子少吃不少苦。我毕业于音乐学院声乐系，参加过歌唱比赛，而且还得过金奖。要不是毕业那年父亲在工作中出了事故，我可能就留在当地了。”

“那你是为了父亲才回到宁边的？”

“是啊。因为那时候父亲需要有人照顾，我母亲在单位又请不下来假，所以我就回到宁边，一边照顾我父亲，一边复习考公务员。我报考公务员时征求了我舅舅的意见，他让我报考公安局，说公安局招录的岗位多，所以我就报考了公安局的宣传岗位。”

“看来，你的人生是你舅舅给你设计的。”

“他应该是我的引路人，因为我的每一次选择，都有他的因素，所以我想摆脱他，活成我自己。”

听完孙露的话，郑铁峰明白了眼前这个姑娘为什么会来到专案组。专案组或许是她人生坐标的另一个起点。

他以长辈的语气关心地问孙露：“在专案组工作，感觉累不累？”

孙露说：“我倒是没感觉到有多累，每天看到您忙忙碌碌的样子，自己有劲帮不上，反倒有点儿愧疚。”

郑铁峰笑着说：“不是我一个人在忙碌，是大家都在和犯罪嫌疑人赛跑，这其中也包括你啊。”

孙露腼腆地笑了，又说：“以后我要是找男朋友，就找像郑局您这样的人，刚毅、果敢、坚强、勇往直前。”说完这句话，孙露有点儿不好意思了，用手捂住了绯红的脸颊。

郑铁峰郑重地对孙露说：“找男朋友可是一个女孩子对自己生命的寄托，一定要谨慎，到时候要多听你家人的意见。我相信，以你现在的眼光择偶，一定错不了。”

孙露说：“有标准，我就不迷惘了。”

郑铁峰笑着点了点头。他抬头看了一眼时间，孙露也觉得与郑铁峰聊得差不多了，站起身对郑铁峰说：

“郑局，我先去写报告了，不打扰您了。”

郑铁峰笑了：“去吧。我马上去吕光书记办公室汇报工作。”

孙露向郑铁峰行了个礼，转身离开了郑铁峰的办公室。

64

唐大勇带领王国鹏和张如坚来到威尼斯花园。他们先到物业经理办公室找到了阚宝才。阚宝才看见唐大勇后，表情非常不自然，因为他背着唐大勇给佟柏青通风报信的事，被专案组全盘掌握了。唐大勇开门见山地说："阚经理，你太不够意思了，我们前脚走，你后脚就把我们来威尼斯花园的事告诉了佟市长。你知道这是什么行为吗？"

阚宝才的脸"刷"地红了，他连忙辩解说："误会，误会，我是和佟市长有别的事要说，嘴没把住门，顺便把你们来的事秃噜出来了。"

唐大勇没听他的解释，接着说："今天我们来你这里，你还接着告密呗？"

阚宝才意识到唐大勇话中带刺，急忙谦恭地说："哪里，哪里，我也是受党教育几十年的老党员，这个觉悟我还是有的。"

唐大勇说："好吧，既然你说自己是党员，一会儿我们离开这里，你就要用党性替我们保密。"

阚宝才立即说："必须的，我用我的党性担保。"

唐大勇说："那我就相信一次。你现在马上安排人，把小区空置房屋的钥匙都送到这里来。"

阚宝才问："都拿来吗？"

"都拿过来。"

阚宝才给物业会计打电话，让她立即把钥匙都送过来。不到十分钟，会计把空置房屋的钥匙都送到了经理室。唐大勇接过钥匙，对张如坚说："如坚，一会儿我和国鹏出去看看，你在这里陪阚经理喝茶。阚经理可有好茶啊，就看你能不能让阚经理主动贡献出来。"

张如坚看着阚宝才说："阚经理的好茶不会留着自己喝吧？"

阚宝才说："有好茶当然要分享嘛。"

唐大勇和王国鹏带着钥匙直奔佟柏青原来的住宅。佟柏青家的房门是密码锁，王国鹏试着按了几次密码，都没把房门打开，他又尝试着用钥匙开，也没打开，他们猜测是李达林把门锁换了。唐大勇给开锁公司打电话，让他们上门来开锁，开锁公司的师傅很快就来了，但他们要唐大勇出具派出所的介绍信，没有介绍信，谁说也不给开。唐大勇掏出警官证对开锁的师傅说："我们在执行任务，请你马上配合。"开锁师傅这才把门给打开。唐大勇和王国鹏走进室内，室内空无一人。地上凌乱地扔着吃过的方便面桶和喝过的矿泉水瓶子，茶几上的烟灰缸里堆了满满的半截烟头；卧室的床上卷着一条半旧的军用毛毯，床头柜上的茶水壶里泡的茶叶已经腐烂；厨房的冰箱里还有几盒没开封的午餐肉罐头和火腿肠、酱菜等；卫生间的纸篓里满是用过的卫生纸。种种迹象表明，这间屋子近期有人住过。唐大勇打电话给张如坚，让他询问阚宝才知不知道谁来这里住过，阚宝才说："从来没发现有人入住，你们要是不来，我们还不知道里面已经住人了呢。"唐大勇和王国鹏对视了一眼，离开了房间。

从佟柏青家出来，他俩来到了小区的视频监控室，向负责视频监控的小区物业人员出示警官证后，唐大勇和王国鹏对过去一个月内出入佟柏青家单元门的四十五至五十五岁年龄段的中年男人进行排查。经过翻查，终于在半个月前的一段监控视频上，看到一个只出去一次而没有返回的年龄段男人，他用卫衣的帽子遮盖住了脑袋，脸上戴着一个大口罩，在凌晨一点十三分的时候从楼道的单元门里行色匆匆地跑出来，通过小区保安值班室左侧的出入口出了小区。这个男人在小区大门前徘徊了五分钟左右，拦截了一辆出租车，乘出租车离开小区后再没回来。唐大勇问看管监控的物业人员认不认识这个男人？物业人员摇摇头说不认识，但有一点可以肯定，这个人不是小区里的业主。

唐大勇将发现的情况向郑铁峰进行了报告,郑铁峰听完后，要求他们扩大调查范围，查出这个男人进入小区的时间。郑铁峰接着给李原明打电话，询问查找李达林越野车的进展情况。李原明说，通过轨迹追踪，已经找到了李达林的越野车，现在正押着车，在赶回专案组的路上。郑铁峰说等他们到家后再一起去威尼斯花园。

郑铁峰上午和孙露谈完心后，就去了市委吕光书记的办公室。他把近期办案过程中发现的“保护伞”问题向吕光做了汇报，吕光对此极为重视，郑铁峰走后，吕光马上把市纪委书记杨忠庆叫到了自己的办公室。

李原明和岳之辉押着李达林的越野车回到了专案组的驻地后，李原明把越野车停进了地下车库，贴上了专案组的封条。他们和郑铁峰汇报完毕后，郑铁峰带着他们一起来到了威尼斯花园。

在去威尼斯花园的路上，郑铁峰想起了佟柏青来专案组慰问时，特意提出要从威尼斯花园小区的门前经过一事。佟柏青当时的想法可能就是一走一过，看看自己曾经居住过的地方。但佟柏青不知道的是，在李达林带领着村民到省交通厅闹事的时候，有人在这个他曾经居住过的小区给李达林打出来一个可疑的电话。郑铁峰通过佟柏青的这一无意之举，再联想到那个电话，产生了新的侦查思路，后来唐大勇提出再次回到小区调查的时候，郑铁峰立即就同意了。而且正是这次调查，有了和案件有关的重大发现。当郑铁峰接到佟柏青恼羞成怒的电话时，心情反倒轻松了，佟柏青有没有问题，一个电话就全都说明了。郑铁峰之所以让唐大勇暂时撤回来，并不是想终止对威尼斯花园的调查，也不是惧怕佟柏青的官威，而是放长线，看看这个小区究竟还会牵扯出什么样的关系网，这个网里究竟还有多少不为人知的秘密。

但也不得不说，有的时候，郑铁峰也会像普通人一样有世俗的一面。他自己也承认，自己的内心深处还住着一个狭隘的、矛盾的、世故的小“我”。按当下一些人的说法，佟柏青市长没把你郑铁峰当外人，才告诉了你他在丹江的住处，你不能他前脚刚告诉你自己曾经居住过的小区，你后脚就安排侦查员去调查他曾经住过的房子吧，这么做人是不是有点儿不厚道？即便可以打着侦查办案的旗号进行秘密侦查，但也不应由你郑铁峰来查，你如果那么做了，内心就会遭到他人的谴责。每遇到这样的事情，代表着铁肩担道义的大“我”和代表着人情世故的小“我”，就会在郑铁峰的心里不停地斗争。时而大“我”

占据了上风，时而小“我”又卷土重来，而最后的胜利者，总是摒弃了人情世故，代表着正义一方的大“我”。

车子很快就来到了威尼斯花园。唐大勇正在小区门前等着郑铁峰。几个人快步来到了佟柏青住过的房子，李原明打开勘察箱开始在室内的冰箱把手、水杯、茶壶、烟灰缸以及一些生活用品上提取指纹，岳之辉对留在室内的足迹进行了拍照和取样。郑铁峰对房屋的结构和室内的衣橱，以及厨房的橱柜进行了检查，没有发现暗室和暗道。在另外一边，王国鹏已经对监控视频完成了拷贝，准备接下来到看守所提审已经逮捕的李先军、二老尿和豁牙子等人，让他们对视频上的中年男子进行辨认。

两边的工作完成之后，郑铁峰在现场召集侦查员开了个碰头会，对侦查员的工作作出了调整。由唐大勇带领王国鹏到看守所提审李先军等人；他跟李原明回驻地，对李达林的越野车上的指纹和足迹进行提取，然后把两次提取的指纹上网进行比对；张如坚和岳之辉留在佟柏青的老房子里守株待兔。

唐大勇事先打电话通知了看守所要来提审，所长正在门口等着唐大勇和王国鹏。唐大勇一下车，就把提审所需的手续交给了所长，所长安排管教分别把李先军等四名羁押的犯罪嫌疑人轮流带到提审室。第一个被提审的是二老尿，当王国鹏在投影屏上播放出从单元门出现的黑影时，还没等李原明提问，二老尿下意识地说：“这不是李老二李达林吗！”第二个被提审的是“豁牙子”，他一口咬定这个黑影是李达林，并说出了专案组并不掌握的一个习惯特征：李达林走路基本不摆动胳膊。第三个被提审的是王三黑，王三黑看了一会儿，又让李原明重新慢放了一遍，然后信誓旦旦地说：“就是李达林。”最后提审的是李先军，李先军看后先是一愣，然后慢吞吞地说：“给我看这个干什么？”王国鹏边放视频边讯问李先军：“你难道对这个人不熟悉吗？”李先军回答说：“从走路的姿势上看，像是李达林。”

郑铁峰和李原明从看守所回到专案组驻地后，李原明又来到李达林的越野车上提取了部分指纹，然后把两次提取的指纹进行了比对，确定了佟柏青室内物品上留下的指纹和李达林越野车上提取的指纹为同一个人的指纹。为了确保比对的可靠性，李原明又把两次提取的指纹上传到省厅刑侦局刑事技术支队，经过省厅专家二次比对，进一步确定佟柏青家中物品上留下的指纹和从李达林车上提取的指纹为同一人的指纹。另一路，唐大勇到看守所进行人像辨认，也证明威尼斯花园从佟柏青原住宅单元门出来的中年男子就是李达林。事实证明，李达林并没有外逃，就藏匿在本市。

65

李达林半夜从潜藏的威尼斯花园小区溜出来，他是再也不想这样没头没脑地躲下去了。他想好了，与其像个困兽似的整日被关在笼子里，还不如回家隐藏更安全。他坚信最危险的地方，就是最安全的地方。只要不和熟人联系，不使用通信工具，不被家人告密，警察就不会抓到自己。另外，回到家中能随时和李达海见面，知道外面发生了什么，那样更便于对抗警察的抓捕。即便是警察上门来抓自己,以自己对家宅路线的熟悉程度,也便于拒捕和逃跑。于是，他又像上次那样，趁值班的保安打瞌睡的时候,用卫衣的帽子遮盖住脑袋,再戴上一个黑色的口罩,然后在人们熟睡的后半夜，神不知鬼不觉地快速溜出了威尼斯花园。让他没想到的是，他的一举一动，都被监控探头完整地录了下来。

上了出租车，他直奔李达海家，在离李达海家还有一公里左右的地方下了出租车,然后东张西望地避开路上的监控探头,缓慢地向李达海家移动。到了李达海家门前，他还像上次那样摁了一下门铃，然后迅速躲进灯光照射不到的地方。李达海听到门铃响，就知道是李达林回来了，他连忙起来打开门，把李达林一把拽了进来。

“你怎么跑出来了？”李达海惊恐地埋怨李达林。

李达林用绝望的眼神看着李达海：“事办得怎么样了？我实在是挺不住了。”

“挺不住也得挺，现在警察在到处抓你，你要是进去了，一切就全完了。”

李达林无心听李达海唠叨，可能是饿急了，他对李达海说:“先给我整点儿吃的垫吧垫吧，快饿死了。”

李达海从冰箱里拿出一些点心和熟食，摆在厨房里的餐桌上。李达林顾不上冷热抓起来就往嘴里塞，李达海给李达林倒了一杯热水，让他慢点儿吃。

李达林把嘴里的食物咽下后，对李达海说：“我想在家里躲几天，不行的话，再去外地。”

李达海说："你不能躲在家里，你家和我家都被警察监视了。你来的时候有没有被人发现？"

李达林说："没人发现。"

李达海说："没人发现也不行，你吃完饭，赶紧离开这里。"

李达林红着眼睛近乎绝望地问李达海："你让我上哪儿躲啊？"

李达海想了想，说："你从威尼斯花园出来，行踪肯定暴露了，那里是回不去了。"

他又想了一会儿，说："你先躲到王宇的工地去吧，那里有个样板间，水电都通上了。而且那里还没连上'天眼'。"他回到卧室给李达林拿了几件衣服。李达林还想磨蹭一会儿，李达海催促着说："快点儿，再磨叽一会儿警察就找上门来了。"李达林乖乖地和李达海缩头缩脑地出了门。

王宇的工地在市郊的城乡接合部，离李达海的住处大概五公里。李达海不敢开自己的车，也不敢走前门，两个人从后门溜出来，躲在一棵被树叶挡住了监控探头的大杨树下，打了一辆出租车。上车后和司机说了目的地，司机快速调头向市郊驶去。由于凌晨街路上车辆稀少，加上司机车开得又快，十几分钟的时间就来到了王宇的工地。

到了工地，李达海怕被人发现，让司机把车停在一个背静的地方，二人下车后，李达海把样板间的钥匙递给李达林，让李达林不要走正门，顺着墙边走，前面围墙有一个豁口，那是李达海让工地的工人特意留出来的。从豁口进入工地后，正对面的五号楼三单元的五楼，就是王宇装修好的样板间。李达海叮嘱李达林进入样板间后不要开灯，先在客厅的沙发上休息，等天亮了他来给送饭。临别时，李达海再三叮嘱李达林，千万不要出门，他会来给送吃的，保证他饿不着，并且他会抓紧时间联系外面的关系，尽最大可能把事摆平。等李达林答应了之后，李达海才坐车回到了上车的地方，然后悄悄地回到了家中。

66

寇长友处理完了长青的事情，开车从长青返回了丹江。这一次他没让司机陪他一起过来，事先也没有告诉任何人，这是一次秘密之旅。一辆豪车在傍晚时分进入了丹江市区。

为了避开别人的眼目，寇长友把车停在了距离会所三百多米远的一处公共停车场。把车停稳后，他前后左右看了一会儿，见四处没有熟人，才从车里钻出来，直奔李达海的会所。寇长友推开会所的门，会所里空空荡荡的。他围着客厅、茶室、健身房、餐厅走了一圈，最后在客厅后面的小茶厅找到了李达海。这是李达海密谋事情的地方，只有几个人知道这间小茶厅。李达海正深陷在沙发里想着心事，屋子里弥漫着浓重的烟味。

寇长友的到来，使李达海一下子振作起来。他“霍”地从沙发里站起身，两眼放着异样的光。

寇长友向李达海摆摆手，示意李达海不要激动。他来到李达海身边，紧挨着他坐下，端起茶几上的茶水喝了一口，放下茶杯，闭上眼睛，把身体往沙发靠背上一仰，长长地吐出了一口气。李达海看着寇长友急切地问：“杜壮威咋说的？”

寇长友把眼睛睁开，把手搭在李达海的肩膀上，坐直了身体，把和杜壮威商量的情况对李达海说了一遍，但他没提杜壮威说的让李达林自我了断。李达海无奈地把十指插进灰白的头发里，半天没有说话。寇长友站起身，在地上来回走了两步，弯下腰对李达海说："你不是认识海东青吗？"

李达海抬起头看着寇长友，点了点头。

"都啥时候了，该找就得找他了。"

"你没听说吗？"

"咋地了？"

"他已经被中纪委指定的办案单位留置调查了。"

"你搁哪知道的消息？"

"别问了，都是泥菩萨过江，自身难保。"

"那就玩完了。你的案子，已经被定性为黑社会性质组织犯罪案件，现在专案组在全力抓捕老二，如果老二被抓，你、我、老杜、孙主席，还有王章耀就都得受到牵连。"说完，寇长友做了摊牌的姿势。

李达海内心不知想过多少次李达林万一被抓获的后果，正因为恐惧和害怕，这些天他才一刻不停地找人摆事，所有的关系网能用的都用上了，可没有一个挺身而出为他说话的。那些人几乎都是听到他落难的消息后，忙着和他撇清关系，只有寇长友直到现在还没有离开他。可寇长友又有多大的本事呢？再说海东青，他这些年在海东青身上没少投入，可到了用人帮忙的时候，却传来了海东青落马下课的消息。看来任何抱有侥幸幻想的人，在国家反腐的这面照妖镜前，都得原形毕露。

“我说句不当说的话吧。”寇长友把杜壮威的话演绎成自己的话说给了李达海。

“说吧。”

“老二现在躲在什么地方？”

“在王宇新建的小区样板间里。”

寇长友停顿了一下，说：“以老二做的那些事，如果被警察抓到了，你认为他还能活着吗？”

李达海站起身，眼睛直勾勾地看着寇长友：“你的意思是……”

“让老二自己了断吧。”

“怎么自己了断？”

“跳楼、割动脉、上吊，怎么了断都行。”

“如果老二不自我了断呢？”

“那大家谁都别想消停，特别是你。”

李达海在房间里来回走着。

寇长友接着说：“老二是明白人，说不定他已经有了这方面的打算。”

李达海慢慢品着寇长友的话。他对寇长友说：“我今晚去找老二唠唠，看看老二什么态度，你等我的消息吧。”

寇长友说：“关键的时候不得不丢卒保车啊，这也是没办法的办法。”

李达海轻轻地点了点头。他坐在寇长友身边，问寇长友：“霍燕知不知道你来我这儿？”

寇长友警觉地说：“我这次来和谁都没说，尤其是霍燕，她知道的事情太多了，如果老二自己了断了，那么将来坏事可能就坏在她身上。”

李达海长长地喘了口气，说：“是啊，这几年我没拿她当外人，很多不该她知道的事情，都让她知道了，这个娘儿们不能留在这儿了。”

寇长友把手中的茶杯往茶几上一墩，说：“她现在走到哪儿都是后患。”

李达海停顿了有几分钟的时间，盯着寇长友问：“你的意思是做了她？”

寇长友说：“那还用问吗！”

李达海问寇长友：“怎么做？”

寇长友说：“来的时候我就想好了，先把她骗到海南，然后带她到公海上钓鱼，在公海上给她推下去。”寇长友双手做了一个推人的动作。

李达海问：“你的意思是我也去海南？”

寇长友说：“警察抓不着老二，就该找你了，你要是还在这儿待着，不是坐以待毙吗。”

李达海寻思了一会儿，说：“是得出去躲躲了，要不然就真他妈完蛋了！”

第十七章

67

丹江市纪委书记杨忠庆带着第三监督检查室主任黎明来到了市委书记吕光的办公室。吕光让杨忠庆和黎明先等等，他拿起电话打给了市长张钦霖。

“钦霖同志，您现在有没有时间？”

“我手头有两份文件，马上就处理完。”

“一会儿请您来我办公室一趟，纪委忠庆同志要汇报个案子，我想咱们两个人一起听听。”

“好的书记，我马上到您办公室。”

撂下电话，张钦霖处理完手头的文件，来到了吕光的办公室。

吕光说：“咱们到常委会议室吧。”杨忠庆和黎明不约而同地站起来，和市长打过招呼后，随着吕光来到了常委会议室。黎明转身关上了会议室的门。

几人落座后，吕光对杨忠庆说：“开始吧。”

杨忠庆首先把今天来到吕光书记办公室的目的向两位领导阐明之后，对吕光和张钦霖说："具体案情由纪委第三监督检查室的主任黎明同志来汇报。黎明同志是这起案件的主要办案人。"

黎明从接到专案组移交的安明派出所所长张宏杰的违纪线索说起，对整个案情开始了汇报。

黎明说："我们是从调查安明派出所所长张宏杰渎职罪入手的。专案组把增益村村民常福民和他女儿常玉玲控告安明派出所不作为的材料转到纪委后，我们对涉案的丹江市公安局安明派出所所长张宏杰等三人进行了审查。张宏杰等人如实交代了对达海实业有限公司养殖场法人代表李达林，指使多名刑满释放人员对增益村村民常福民实施非法拘禁不予立案的渎职行为。

"据张宏杰交代，常福民到派出所报案后，派出所派民警到增益村和养殖场走访了当事人，李达林所犯下的罪行完全符合非法拘禁罪的构成要件，但在办案过程中，丹江市公安局局长王章耀打电话给张宏杰，暗示张宏杰以民间经济纠纷为由不予立案。后来，常福民因遭到李达林等人的殴打，又到派出所报过几次案，张宏杰同样要求民警以民间经济纠纷为由不予立案，导致李达林等犯罪嫌疑人逃脱了法律的制裁。之后，常福民和常玉玲多次到省、市上访，李达林害怕常福民、常玉玲上访对达海实业有限公司造成影响，便安排手下人对常福民和常玉玲进行二十四小时跟踪监视，给常福民和常玉玲造成了极大的人身伤害。目前，派出所所长张宏杰和另外两名办案民警已按相关规定被留置审查。

“现在的问题是，丹江市副市长、公安局局长王章耀在派出所受理李达林非法拘禁案件中，利用职务对派出所办案进行干扰，已经触犯了党政领导干部问责制的有关规定。同时，张宏杰还揭发了王章耀涉嫌为李达海黑社会性质组织犯罪团伙充当‘保护伞’，收取巨额贿赂的犯罪事实。”

黎明汇报到这里，停顿了一会儿，他想听听在座领导的意见，吕光书记和张钦霖市长都没有表态，杨忠庆示意黎明继续汇报。黎明接着说：“下一步，市纪委监委将根据王章耀的违法违纪事实，报请省纪委监委，对王章耀采取纪律检查和监委调查留置措施。”

吕光听完黎明的汇报，问杨忠庆：“还有其他违法事实吗？”

杨忠庆说：“关于王章耀的问题，我们暂时只掌握了这些。等省纪委对他采取留置调查之后，其他违法问题会一步步揭开。”

吕光又征求了市长张钦霖的意见，张钦霖说：“同意纪委监委的意见，不管涉及谁，都必须按照法律程序办。”

吕光说：“好，我也同意你们的意见。不过对王章耀采取留置前，必须向省纪委和省公安厅进行报告，由省纪委指定其他地方的纪检监察部门来受理。”

杨忠庆说：“我们会后马上把吕书记的建议报给省纪委和省公安厅。”

吕光看着杨忠庆和黎明说：“还有没有要汇报的事情？”

黎明看向杨忠庆，杨忠庆说：“还有一件事要和书记市长汇报。”

黎明打开手上的文件袋，把一份材料递给了吕光。吕光接过材料看了几分钟，又把材料传给了张钦霖。等二位领导都看完了，杨忠庆才对吕光和张钦霖说：“不久前，纪委监委接到了长青市公安局转来的案件线索，他们在侦办一起诈骗案件时，发现我市政协主席孙计划涉嫌违纪违法。孙计划和犯罪嫌疑人潘美玉保持着不正当的两性关系，同时，经长青警方侦查，孙计划被骗的五十万元巨款存在利益输送问题。请求我委对孙计划的这笔巨款的来源展开调查。长青警方已将这笔巨款的账号提供给了我委。”

吕光和张钦霖对视了一眼，说：“账不查不明，理不说不清。既然长青警方要求我们配合调查，我们就要一查到底，绝不姑息。如果问题属实，立即报省政协常委会和省纪委监委。”

张钦霖接着说：“该查的坚决要查，不能因为是领导干部，就枪口抬高一寸。”

杨忠庆听两位领导这样表态，信心十足地说：“那就好，只要两位领导态度坚决，我们查清后，马上就把孙计划的问题专报省政协常委会和省纪委监委，最好由省纪委监委直接对孙计划立案调查。”

“另外还有佟柏青的问题。”杨忠庆接着说。

“佟柏青有什么问题？”吕光疑惑地问道。

杨忠庆说：“他离开丹江到宁边任职的时候，把自己的住房以高出正常市场价格的价格卖给了开发商王宇，实际就是卖给了李达海。这种不正常的交易，是变相受贿。”

吕光听后犹豫了片刻，他转过头问张钦霖：“张市长，你看这个问题怎么办？”

张钦霖市长沉思了片刻，说：“虽然问题发生在丹江，但佟柏青的各种工作关系已经不在丹江了，我的想法是，最好由专案组直接把问题报给省纪委监委。”

吕光说：“就这么办吧，回头你们纪委和专案组沟通一下。”

杨忠庆和黎明从常委会议室出来，正好与王章耀走个照面。王章耀主动把手伸过来，杨忠庆停下脚步，无奈地和王章耀握了一下手。王章耀说：“杨书记，一会儿我想到您办公室谈点儿事，您有时间吗？”

杨忠庆推脱说：“实在不巧，省纪委来个检查组，一会儿我有个汇报。接待不了王市长了。”

王章耀说：“没事，您先忙您的，什么时候有时间再说。”

杨忠庆一语双关地说：“只能过几天不忙的时候了，咱们有的是时间谈。”

王章耀没听出来杨忠庆话里的另一层意思，客气地说：“对对对，有的是时间。”

68

李达海和寇长友开着车，在夜色的掩护下，来到了李达林躲藏的工地样板间的楼下。

李达海说：“你在这里给我放风，有事按一声喇叭，我就知道了。”

寇长友怕李达海关键的时候儿女情长，就说：“大哥，你见了老二不要心太软，果断点儿。”

李达海轻手轻脚地来到李达林躲藏的样板间前，先从窗户往楼下看了一阵，感觉没有异常，才用房门钥匙打开样板间的门。他前脚刚进去，李达林就说话了：“大哥，老这么躲下去也不是个事啊。”

“那你想怎么办？”

“咱们这一劫看来是躲不过去了，我他妈想和他们拼了！”李达林气急败坏地说。

李达海环顾了一圈室内紧闭的窗帘，安抚李达林说：“这些天我和孙计划、王章耀一直在想办法，寇长友在长青也是四处找人活动，可没人敢出面帮咱们。”

“那是不是就得等警察上门把我抓走了？”李达林绝望至极。

“绝对不能让警察抓到你，如果你被警察抓到了，咱们这些年打拼来的家业就全打水漂了。”李达海停顿了一会儿，又接着说：“还有这些年帮过我们的人，都得跟着完蛋。”

李达林坐立不安，不断地在室内走来走去。李达海把带来的食物摆在桌上，然后打开一瓶铁盒白酒给李达林倒上，给自己也倒了满满一杯。他把李达林叫到沙发上坐下，自己半蹲半跪在李达林面前。

“大哥，你这是……”

“老二，你不是一直想尝尝这瓶酒吗，今天我给你带来了。”

李达林看着李达海放在茶几上的空酒瓶，问李达海：“大哥，你怎么把这瓶酒带来了？”

李达海声音低沉地说："咱哥儿俩在一起，除了这瓶酒我没答应你，其他的，只要你开口，我都满足你了。你也知道这瓶酒我为什么一直珍藏着，不是它有多值钱，而是它见证了咱们兄弟俩多少次的出生入死。"

李达海停顿了一会儿，接着说："我知道你的为人，不管我说什么你都会去做。今天，我陪你把这杯酒干了，从此以后，我不再来看你了，咱妈那儿，我会替你尽孝的。"

说完，李达海先把自己杯中的酒一饮而尽。李达林什么都明白了。

"大哥，啥都别说了。"

说完，李达林跪在地上，朝着家的方向拜了三拜，然后站起身，一口把酒干了。李达海站起来，紧紧地抱住李达林："来世咱哥儿俩还做兄弟，你当大哥！"

李达林猛地推开李达海："你走吧，我知道自己该做什么。走吧，快走吧！"

李达海松开抱着李达林的手，从怀里掏出一把手枪，递给李达林，李达林没有伸手去接。

"老二，子弹已经上膛，如果你不想死，那就在我还没走出这个门的时候，从后面向我开枪。"

李达林看着这把精致的手枪，他知道这是李达海到缅甸旅游的时候，肖猛陪他在黑市上买的。

"不，大哥，事都是我干的，要死，也是我死。你死不能顶罪，只有我死，才能把罪都顶过来。"

李达海把手枪放在了李达林面前，转身朝门口走去。他走到门前，没听到身后的声音，就在门口停留了十几秒钟，身后还是没有声音，他转过身，见李达林泪眼涟涟地看着自己，他轻轻地拉开门，走了出去。

寇长友已经在楼下等得不耐烦了，李达海一下来，他马上发动汽车，一溜烟离开了。

69

确认了半夜从威尼斯花园溜出的人是李达林后，郑铁峰马上把情况向省公安厅情报指挥中心主任吴远声进行了汇报，请求省厅马上协调丹江市公安局，部署全市各派出所对李达林进行地毯式摸排。他自己找到丹江森林公安局，抽调了二十名特警队员配合专案组对丹江市的各个出城口四门落锁，对李达海黑社会性质组织犯罪团伙成员进行拦截。

吴远声放下电话后，直接给王章耀下达了指令。王章耀接到吴远声的指令，把副局长程光伟叫到了办公室，把省厅的指令转达给了程光伟，问程光伟怎么办。

程光伟说："马上召开全市派出所所长紧急视频会议，你亲自对排查行动进行部署。"

王章耀说："那就通知办公室赶紧给我起草个讲话提纲。"

程光伟说："摸底排查派出所一年不知要搞多少次，不如在会上直接部署，别让办公室起草提纲了。"

王章耀有些为难地说："重大意义和紧迫性，会上咋也得说说。"

程光伟说：“那些都不重要了，现在最紧迫的是赶紧把工作落实下去，不能让李达林听到风声，从咱们眼皮底下跑了。”

王章耀说：“要不这样，会议由我主持，你做部署。”

程光伟说：“行。”

十分钟后，全市派出所所长紧急视频会议正式召开，王章耀简单说了几句后，把话筒推给了程光伟。程光伟就事论事，不到十五分钟就把排查工作部署完了。会后，王章耀对程光伟说：“老程，我这两天事比较多，摸排的事你就全权负责吧。”

程光伟多少听说点儿张宏杰把王章耀交代出来的事，就说：“局长，有事你就去忙，摸排工作我来主持。”说完，程光伟就去了情报指挥中心。情报指挥中心主任也参加了刚才的会议，他回到情报指挥中心就把全市的工地、废弃的工厂、矿山、出租房屋的详细信息整理了出来，看程光伟来了，就把资料交给了程光伟。程光伟看了一会儿，说：“再想想还有没有其他能藏人的地方。”

主任摸着脑袋想了半天，说：“平常搞排查也就这些重点地方，再就没什么地方了。”

程光伟说：“一搞排查就去翻腾这些地方，犯罪嫌疑人早就知道了。”

主任又想了一会儿，说：“那我和两个副主任研究研究吧。”

程光伟点了点头：“嗯，根据现在的季节特点，想想犯罪嫌疑人最有可能藏身落脚的是什么地方，研究好了，立即发到全市各派出所。”

主任说：“明白了。”

程光伟想把部署情况向郑铁峰做个汇报，他打电话问郑铁峰在哪儿，郑铁峰说：“我在丹江高速公路北出口呢，正想给你打电话呢。”

程光伟说：“你在北出口等着我，我马上就到。”

丹江森林公安局的二十名特警已经卡住了出丹江城区的四个主要道口，郑铁峰在每个道口都安排了一名专案组的侦查员。程光伟赶到的时候，郑铁峰没让他下车，而是自己钻进了程光伟的车里。

郑铁峰对程光伟说：“我已经安排我们专案组副组长唐大勇和侦查员王国鹏，去市局视频侦查支队调取李达林在威尼斯花园小区门前搭乘的出租车的轨迹，你再安排两名民警协助一下。”

程光伟问：“两名民警够用吗？”

郑铁峰说：“如果还需要警力，你能保证随时给我增派就行。”

程光伟说：“这个应该没问题。”

郑铁峰说：“那好，你现在就安排吧。”

程光伟说：“等我两分钟时间。”

程光伟把电话直接打给了丹江市局视频侦查支队支队长于亮成。

“喂，于支队，你在局里吗？”

“我在支队，什么事儿，程局？”

“宁边市局的专案组有一起案子需要你马上安排两名民警配合。”

“程局，他们办的案子就是我们应该办的案子，我带领民警亲自上，请程局和宁边局的同行放心。”

“那就由你亲自协调配合吧，可不能让宁边局的同志看我们的笑话啊。”

“这是绝对不可能的，放心吧，程局长。”

站在一旁的郑铁峰听着程光伟和于亮成的通话，脸上露出了一抹笑容。

“好，你等一下，现在宁边市局铁峰副局长和你通话。”

郑铁峰接过程光伟的电话。“你好，于支队。”

“你好，郑局长。”

“我们专案组的支队长唐大勇和侦查员王国鹏已经到你们支队去了,唐支队马上就会联系你的,具体工作,你们一起研究。”

“好的，郑局长，我这就去和唐大勇支队长对接。”

70

高万斌因为被停止了工作，没有资格参加刚刚结束的紧急视频会议。自从市纪委找他谈过话之后，他就一直在家里写交代材料，经常是写几个字就撂下笔，走到窗前，一根接一根地抽烟。写材料的过程,也是他反省的过程,他不断地想一个问题:

自己走到今天这种地步，究竟是为了什么?

他想起当年警校毕业的时候，同学们给他的留言：愿你成为警察的骄傲，社会的栋梁。为了这句话，刚参加工作的他确实付出了比常人更多的汗水，接踵而来的是各种荣誉和组织的重用。他是全班同学中第一个被提拔使用的，也是第一个荣立个人一等功的功臣。那时候的高万斌意气风发，前程似锦，在很多同事的眼中，他就是一座高不可逾的山峰。后来，他慢慢地发现，比自己提拔晚的同学都超过了他，起初他没当回事，工作还是那么拼劲十足。几年过去了，别人的职务又拔高了一节，他还在原地踏步，他的心不淡定了。

一次，他带队到本省的一个地级市办案，抽空参加了一个已经调到政府机关工作的同学为他安排的酒局，两杯酒下肚，同学的一番话戳破了他的心结。他听着同学的升迁之路，终于找到了自己原地踏步的原因。于是回到宁边后，他想方设法结交神通广大的能人，最后经人引荐，他搭上了王章耀。他天真地以为只要把工作干好就可以得到王章耀的赏识，然而他想错了，每次提拔干部的时候还是没有他，后来他在一则笑话里找到了答案。

这则笑话是这样说的：一个老板带着他的秘书乘电梯，这时老板放了一个屁，电梯里的人都说不是自己放的，秘书看大家都瞅自己，就连忙说不是自己放的，这时大家就把目光聚焦到了老板的身上，老板十分尴尬，但又不能像年轻人那样为自己辩解，于是就默认了屁是自己放的。出了电梯后，老板找了个理由把秘书辞了。秘书觉得非常委屈，去找老板问自己哪做错了，老板笑着说："你连屁大点儿事都不敢担当，我要你干个屁。"

虽然是个笑话，但这让高万斌想起王章耀让他办的几件事，都因为违背原则被他拒绝了。摸透了王章耀的心思，他的胆子就放开了，办过几件事后，他就成了王章耀的心腹，一来二去，也敢和王章耀讨价还价了。而王章耀毕竟是官场上的老手，开始调着他的胃口，把他一步一步引向深渊，无法自拔。现在他被停止工作了，有时间细想自己的问题了，把前因后果捋了一遍，他捶胸顿足地问自己：自己争那个官为了啥啊？难道当一名普通警察就不能成为警界的骄傲吗？公平公正地处理好每一起案子，就不是国家栋梁吗？他越想越为自己的虚伪和无知感到气恼，几次都想翻身越过栏杆跳下楼去。但他又想，不能就这么不清不白地摔死拉倒，他要把自己的教训告诉和他一样的年轻人，告诫他们别走他的路，让他们把自己当作反面教材。

这天，高万斌写完悔罪材料，准备去纪检委投案自首，出门后，他突然改变了想法，他要去看看把自己引入歧途的王章耀。他来到市局王章耀的办公室门前，看到程光伟和王章耀在一起，就躲在了卫生间门口，等程光伟从王章耀的办公室里出来，慢慢地消失在走廊尽头，他快步进入了王章耀的办公室。王章耀正要换便装出去办事，见高万斌气势汹汹地进来，已经猜到了他来的目的。他招呼高万斌坐下，高万斌没有理会，他先把整间屋子环视了一圈，发现办公室只有他和王章耀两个人，便回到门前，把门“咔”的一声反锁上了。

王章耀机警地问：“万斌，你要干什么？”

高万斌冷冷地说：“我要弄死你。”

王章耀下意识地去取抽屉里的手枪，高万斌走到王章耀面前，指着他的鼻子：“你可把我害惨了，我做鬼都不会放过你。”

王章耀看高万斌对自己并没有做出危险性动作，就把手慢慢地拿到桌面上，但仍面带惧色。他对高万斌说："你先别激动，我这不正在做工作吗。"

高万斌怒气冲冲地说："谁还信你的鬼话！省厅刑侦局已经对常福民死亡卷宗做完了鉴定，鉴定结果已经报给了丁雪松副省长。"

"什么，你听谁说的？"王章耀假装不知道，反问高万斌。

"马乘风局长带领专家组对常福民的尸体进行了开棺检验，你装什么糊涂？"

高万斌气恼不已，一屁股坐在了王章耀的对面。

"我提前找杜壮威副厅长了，难道杜副厅长没给办事？"

王章耀想转移高万斌的情绪，他拿起电话拨通了杜壮威的手机，手机半天没人接听。

王章耀对高万斌说："杜副厅长可能在开会，手机没人接。"

高万斌冷笑了一声，对王章耀说："不用再演戏了，我一会儿就去自首。"

王章耀突然像换了个人似的，反问高万斌："你自什么首？"

高万斌被问得一愣。"到现在你还装糊涂，当然是常福民死亡鉴定书的事。"

"这和我有什么关系，现场也不是我出的，尸检报告也不是我签的字，死亡鉴定书跟我更是没有一毛钱关系。"

"你！你还不认账了？当初不是你暗示我，我能停止对常福民死亡案件的侦查吗？"高万斌被气炸了。

"你有什么证据证明是我暗示你了？你自己的事情和我有

什么关系？你不要在这里胡说八道，血口喷人。”王章耀突然理直气壮地把高万斌训斥了一顿。

高万斌失去了理智，他“腾”地站起来扑到王章耀面前，嘴里喊着：“你真他妈不是人！不是你暗示我，我能那么去做吗！”

高万斌一边喊着，一边用双手去抓王章耀的衣领。这时李艺涵推门走了进来，高万斌看见李艺涵进来了，就放开了抓着王章耀衣领的手，扔给王章耀一句话：“咱们走着瞧！”

说完，他气呼呼地走出了王章耀的办公室。

第十八章

71

郑铁峰建议专案组和丹江市局成立一个临时抓捕指挥部，程光伟经请示，得到王章耀的同意，临时指挥部就设在了丹江森林公安局专案组的驻地。为了便于工作，程光伟把视侦支队的于亮成、情报指挥中心主任张翔和刑侦支队另一名副支队长石文彪一同抽调到临时指挥部，连同他自己，都听从郑铁峰的指挥。

郑铁峰和程光伟商量了一下，对几个人进行了临时分工，程光伟负责全市派出所摸底排查，根据排查情况，灵活调整重点排查部位；于亮成配合唐大勇和王国鹏，负责全市出租车轨迹侦查，重点做好监控视频调控；情报指挥中心主任配合李原明和孙露，负责各警种信息研判，及时提供有价值的线索。石文彪带领市局刑警队侦查员待命，随时听从指挥部的调遣。

程光伟打电话把分工汇报给了王章耀，王章耀半天没有回应。程光伟在电话里“喂，喂”喊了两声，话筒里才传来王章耀低沉的声音：“程局长，你看着配合吧，我这两天血压不稳，需要休息。”

郑铁峰已经察觉到了王章耀的反常举动，对程光伟说：“程局，我建议你现在回局里看看王局长，别让他病倒在办公室。”

程光伟说：“我这就回局里找他，看他是真有病还是装病。”

程光伟走了之后，郑铁峰接到了唐大勇的电话。唐大勇说，已经查清了当晚李达林乘坐的出租车的行驶轨迹，他们现在正在赶往李达林下车的地点。郑铁峰让唐大勇把具体位置发给他，他也赶过去。

唐大勇和于亮成先郑铁峰一步赶到了李达林下车的地点。郑铁峰来到后，和程光伟通了一个电话，程光伟让管区派出所所长马上和郑铁峰汇合。所长一到，马上锁定了李达林的去向——李达海家。

李达海是丹江市政协委员，而且还是常委，不能贸然对他采取行动。郑铁峰把情况向吕光做了汇报，吕光让郑铁峰稍等一会儿。少顷，吕光给郑铁峰回话说，市政协刚召开了常委紧急会议，同意对李达海采取强制措施。

这边，派出所所长已经安排内勤办完了对李达海住处的搜查手续，郑铁峰立即带队对李达海家进行了突击搜查。搜查并没有发现李达林，也没有发现李达海。郑铁峰马上安排唐大勇对李达海的车辆轨迹进行排查，同时，由自己带领一个侦查组对李达海进行抓捕。

72

李达海从李达林藏身的样板间出来后，已经预感到不祥。他和寇长友没敢回到会所，而是直奔霍燕的住处。车在楼下停稳后，寇长友一个人上楼去找霍燕。霍燕刚刚洗完澡，寇长友的到来让她颇感意外。

寇长友已无心欣赏霍燕的美色，他催促霍燕说：“赶紧收拾东西，咱们马上走。”

霍燕问寇长友：“刚来，什么都没做呢，这么火急火燎的，去哪儿啊？”

寇长友说：“去三亚，我帮你联系了一家跨国公司，到董事局当董秘，那边急着要见人呢。”

霍燕一听说去跨国公司，当即心花怒放地扑进寇长友的怀里撒起娇来，寇长友把嘴贴在她的耳边说：“宝贝，现在不是缠绵的时候，等到了三亚，我好好补偿你。快点儿吧，李达海在楼下等咱俩呢。”

霍燕放开搂着寇长友的双臂，嗔怪地说：“他怎么来了？”

寇长友说：“哦，我和他刚谈完一件事，一会儿咱们仨一起走。”

霍燕说：“那你先在客厅坐一会儿，我这就去收拾。”

寇长友说：“衣服和化妆品简单带几件就行，等到了三亚全换新的。”

霍燕回应说：“知道了。”

李达海在楼下等寇长友的时候，接到了孙计划用别人的手机打来的电话。孙计划说："达海，市政协常委刚开完紧急会议，研究对你采取强制措施的事，你快离开丹江吧。" 他停顿了一会儿，又接着说："达海，这回我是真的帮不上你了，我也面临着纪检的纪律检查和监察审查，咱哥们儿各求多福吧。"

李达海听完心一凉，想安慰孙计划几句，可孙计划已经把电话挂了。他又回拨孙计划刚打给他的号码，接电话的已经不是孙计划了。

李达海之前为了对抗专案组的调查,和孙计划密谋过几次，孙计划告诉他，自己被丹江市纪委第三检查室主任黎明约谈了两次，黎明告诉他不许离开丹江。二人也说到了王章耀，自从张宏杰把王章耀交代出来后，纪委也约谈了王章耀，王章耀现在的情况是死不认账，纪委正在做外围调查。他俩密谋的观点和寇长友的想法一样，把所有事都推到李达林和王章耀身上，以减轻各自的罪责。李达海知道，自己离开样板间过不了多长时间，李达林就会自我了断，即便李达林不拿枪把自己打死，警察去抓捕他的时候，他也会开枪抵抗，到那时，警察就会开枪把他当场击毙。李达林一死，所有的事情都死无对证，他和孙计划就可以按照之前统一的口径保全自己。可孙计划不接他的电话，这让李达海非常着急。

李达海本来计划接上霍燕后回趟家，但他转念一想，家里一定被警察盯上了，回家就是自投罗网。他也不敢给自己的老婆打电话，没准警察就坐在客厅里等他来电呢。他思前想后，给顾凤杰打了个电话，他告诉顾凤杰，自己这回凶多吉少，请她和甘霖帮他临时管理公司的业务。顾凤杰听后,哽咽了一会儿，对李达海说："老弟你就放心跑吧，家里这一摊子，我帮你看着。"

李达海说："大姐，咱俩缘分未尽，等风平浪静了，我回到丹江，咱姐弟俩再续前缘。"

顾凤杰说："你快跑吧，警察刚从养殖场离开。"

李达海撂下电话，就把手机关了。

在寇长友的催促下，霍燕匆忙收拾了几件衣物，和寇长友一起来到了楼下。寇长友钻进车里把车发动着，问李达海这里距离哪个出城口近一些，李达海说："北出口。"寇长友驱车往丹江高速北出口驶去。在离高速北出口大概还有一百多米距离的时候，李达海看到很多荷枪实弹的警察在对出城的车辆进行检查，他的心一下子提到了嗓子眼，看来北出口是出不去了。他让寇长友调头去走国道，到了国道才发现，这里也设置了出城卡点，而且警察比高速北出口还多。李达海让寇长友拉着霍燕过卡点，自己从便道步行绕过卡点后，在前边汇合。

寇长友说："用咱们去缅甸时做的那张假身份证能过去。"

李达海说："那张身份证不能在丹江使用，丹江认识我的人太多了，还是你在前面等我吧。"

寇长友说："那你注意点儿啊。"

李达海刚要开车门下车，突然从后面传来了警笛的声音，他回头一看，三辆警车飞驰着向他驶来，他心想，这回完啦。

三辆警车呈"品"字形停在了寇长友的车周围。车门被打开，郑铁峰率领十多名特警把寇长友的车团团围住。四名特警同时拉开车门，厉声喝道：

"全部下车，接受检查。"

寇长友第一个下的车，脚刚落地，他就被两名特警摁倒在地戴上了手铐。李达海在车上稍稍迟疑了一下，一名特警上前来拉他的衣袖，他左手迅速从后排搂住了坐在副驾驶位置上霍燕的脖子，右手从坐垫下抽出一把尖刀对准了霍燕的颈动脉。

"都离我远点儿，再敢靠近，我就攮死她！"

特警见状马上后退到了公路边上。"再远点儿！"李达海声嘶力竭地喊着。

现场的气氛骤然紧张起来，大家把目光都聚焦到郑铁峰身上。郑铁峰冷静地来到李达海对面，对李达海说："李达海，你罪不至死，没必要把自己送上绝路。聪明点儿，配合我们下车调查。"

李达海丧心病狂地大叫："少废话！把他的手铐打开，放我们出城！"

郑铁峰转头看了一眼被两名特警押着双臂的寇长友，他从特警手里要来手铐钥匙，自己亲自来给寇长友开手铐。在手铐还没打开的间隙，郑铁峰用指尖在寇长友的手心扣了三下，寇长友似乎明白了郑铁峰的用意,他用手指捏了一下郑铁峰的手，郑铁峰快速地将手铐打开。

寇长友揉了揉手腕，钻进了车里。车前站着一排特警，郑铁峰挥了一下手，特警们从车前离开，郑铁峰走到车前，对李达海说："我可以放你出城，可你跑得了吗？到哪儿不都是法网一张。"

由于李达海用力过猛，霍燕已经快窒息了。郑铁峰看着寇长友的眼睛说："难道你要让她为他殉葬吗？"

寇长友头一低，把车火熄了，转头对李达海说："老大，把手放开吧，霍燕要被勒断气了。"寇长友的话分散了李达海的注意力，他的手臂微一松动，站在路边的特警飞身上前把李达海拽出了车外，顺势将人压在了身下。霍燕立即冲到车外蹲到地上大口大口地喘着粗气。

郑铁峰带领特警把李达海一行三人押到车上，又按照唐大勇推送来的李达海的车辆行驶轨迹找到了王宇的工地。在王宇的工地，郑铁峰对李达海展开了政策攻心，李达海主动交代了李达林的藏身之处，但他没有交代李达林有枪。

指挥部针对李达林的藏身之所制定了抓捕方案。郑铁峰让程光伟从市局调来两台红外线无人机，对样板间的内部环境进行了侦察，由于样板间紧拉着窗帘，无人机无法侦查到内部的情况。郑铁峰决定找到装修样板间的工人了解内部情况，装修工人很快被带到了工地。据装修工人反映，样板间共有一百三十五平方米，南北通透，双卫双卧一厅，卧室、客厅和厨房都有窗户，只有两个卫生间是封闭式结构，能躲藏人。郑铁峰和程光伟经过研究，决定从丹江市消防支队调来两台云梯车，由程光伟和唐大勇各带两名特警乘消防云梯上升到五楼封堵前后窗户，防止李达林跳楼自杀，郑铁峰带领一组特警，用破门工具对样板间的门进行破拆。方案确定之后，郑铁峰要求所有参加抓捕的特警队员佩戴钢盔，穿上防弹衣，如发生不可预测的紧急情况可以直接开枪还击，三组同时开始行动。

消防云梯升向五楼，这时，李达林砸碎了唐大勇这侧窗户上的玻璃，探出头对着正在上升的云梯开了一枪，子弹打在云梯上，擦出一串火花。郑铁峰在门前听到枪声后，加快了破门的动作，就在李达林探头打第二枪的时候，郑铁峰组的特警扣动了破门器的扳机，“轰”的一声巨响，样板间的门被破拆开，破门器爆炸产生的强大气浪把李达林掀翻在地，唐大勇等特警顺着窗户跳入室内，将躺在地上的李达林生擒。

抓获李达海、李达林的第二天，自感处境不妙的顾凤杰，经过一番思想斗争后，主动到专案组投案了。

73

丁雪松带领公安厅纪检书记夏广新和情报指挥中心主任吴远声来到了丹江。出发之前，吴远声把丁雪松在丹江的活动行程向郑铁峰做了介绍。丁雪松在丹江市的行程共计有两天：第一天到丹江市委，向丹江市委、市政府的主要领导传达全国公安机关开展常态化扫黑除恶斗争会议精神，并听取丹江市委开展常态化扫黑除恶工作汇报。第二天上午，到丹江市公安局参加全省公安机关队伍教育整顿电视视频会议，会上他做重要讲话；下午到专案组驻地慰问专案组成员，然后返回长青。郑铁峰由于要安排对李达海黑社会性质犯罪团伙成员的押解任务，不参加第一天的行程，只参加第二天的会议和慰问活动。

丁雪松来到丹江市委的时候，吕光已经等候多时了。丁雪松跟随吕光直接来到了市委常委会议室。在会议室内，除了市委、市政府的主要领导，还有几位省纪检委的干部和市纪检委书记杨忠庆。

这是一次十分重要的会议。会上，省纪委的同志首先宣读了省委的决定。经省委批准，省纪委监委对丹江市政协主席孙计划，丹江市副市长、市公安局局长王章耀严重违纪违法问题进行立案审查调查。紧接着，丁雪松传达了全国公安机关关于开展扫黑除恶专项斗争常态化的有关精神，然后又代表维汉省长对丹江市李达海黑社会性质组织犯罪团伙案件提出了“一案三查”的要求：既要查办黑恶势力犯罪，又要追查黑恶势力背后的“保护伞”，还要倒查党委、政府的主体责任和部门的监督管理责任。

丁雪松讲完之后，吕光羞愧地说：“作为丹江市委书记，我感到非常内疚。李达海黑社会性质组织犯罪团伙在丹江作恶多年，严重干扰了丹江市的营商环境，特别对丹江的社会治安造成了恶劣的影响，我代表丹江市委、市政府在这里做深刻的检讨。”吕光表态说：“丹江市委、市政府完全赞成关于对孙计划、王章耀违法违纪问题立案审查调查的决定，我们将按照公安部的部署，深入推进扫黑除恶专项斗争常态化，并以李达海黑社会性质组织犯罪团伙为反面教材，举一反三，深刻吸取教训，严查部门的主体责任和监督责任，坚决还丹江市人民群众一个朗朗晴天，坚决打造全省最优质的营商环境。”

会后，丁雪松和省纪委的几名同志还研究了第二天全省公安机关队伍教育整顿的会议安排，并以此次会议为起点，对全省公安机关的领导干部开展一次警示教育。

丁雪松一行在丹江市委工作到很晚，简单吃过晚餐之后，三个人事先没和郑铁峰打招呼，悄悄地来到了专案组驻地。孙露正在值班室值班，丁雪松微笑着向孙露问好，孙露有些局促不安地说："郑局长刚要休息，我去叫他一声。"

丁雪松说："不必了，让他睡个安稳觉吧，明天我们就见面了。"

孙露点头说："好的，省长。"

丁雪松比任何人都清楚，这两个多月来，郑铁峰带领着专案组顶着巨大的压力，克服了一个又一个困难，以顽强的意志，将李达海黑社会性质组织犯罪团伙一网打尽。想到这里，他的眼睛湿润了。他回过头和夏广新、吴远声摆摆手说："咱们回去吧，别在这儿打扰铁峰同志了。"夏广新和吴远声点了点头。

丁雪松又问孙露："小同志，你叫什么名字？"

孙露站起身告诉丁雪松说："省长，我叫孙露，是专案组唯一的女侦查员。"

丁雪松说："孙露同志，请你转告郑铁峰局长，就说我们来过了，对你们的工作，我们表示由衷的敬意。"

孙露愉快地回答："请省长放心，我一定转达到。"

郑铁峰隐约听到值班室有说话的声音，等他穿好衣服来到值班室的时候，丁雪松他们已经离开了。他问孙露刚才谁来了，孙露把丁雪松来过的事向郑铁峰做了汇报。

郑铁峰急忙拨通了丁雪松的电话，铃声刚响，丁雪松就接起了电话。

郑铁峰说："省长，打扰您休息了吧？"

丁雪松说："没有，我刚从你们驻地回来，正在看明天会议的讲话稿。”

郑铁峰说：“我也是刚听说您来专案组了。”

丁雪松说：“本来打算看望一下专案组的同志们，听远声主任说多数人都押解嫌疑人回宁边了，我们几个就回来了。”

郑铁峰说：“李达海黑社会性质组织犯罪团伙成员已经全部被押解回了宁边，留下的三名同志，准备参加明天的会议。”

丁雪松说：“厅党委对专案组的工作是满意的，我们已经达成共识，凡是参加这次扫黑除恶行动的侦查员，建议宁边市委该重用的重用，该记功的记功。你们回到宁边后，要对这次异地用警开展扫黑除恶的做法好好总结，提炼出这次异地用警的经验和教训，厅党委要建立异地用警的长效机制，推动扫黑除恶斗争的常态化。”

郑铁峰说：“放心吧省长，我们回到宁边，第一件事，就是总结这次异地扫黑的工作经验，形成报告专题报厅党委。”

丁雪松说：“还有一件事要告诉你，经过省纪委调查，向李达海通风报信的那个人，是杜壮威，他把成立专案组的消息故意透漏给了特定关系人，导致李达林潜逃。另外，李达林带领村民围攻省交通厅，被传唤到派出所后，特定关系人找到杜壮威,杜壮威通过向长青市公安局相关领导施压,将李达林释放。昨天，杜壮威已经向省纪委监委投案自首了。”

郑铁峰听完丁雪松的话，气愤地说：“我总觉得咱们内部有内鬼，没想到会是他。”

丁雪松说：“据纪委工作人员反映，杜壮威还有其他违法犯罪行为。”

郑铁峰感慨地说："这就是民警们常说的害群之马啊。"

丁雪松停顿了一会儿，说："天马上亮了，今天就聊到这吧，咱俩还要参加大会，会场咱们就见面了。"

郑铁峰说："好的，省长，会场见。"

上午九点整，北安省公安机关队伍教育整顿动员大会正式开始。丁雪松、夏广新、王章耀、吴远声、郑铁峰坐在主席台上，台下第一排坐着丹江市公安局党委成员，后面坐的是丹江市公安局的副职以上中层干部。省公安厅纪检书记夏广新主持会议，夏广新刚宣布开始开会，从会场的后面走来两名省纪检的工作人员，他们直接来到坐在主席台上的王章耀面前，亮明身份后，将王章耀从主席台上直接带走了。

会场里鸦雀无声，等纪检的工作人员将王章耀带出会场，夏广新宣读了省委的决定："根据省委决定，省纪委监委对王章耀严重违法违纪进行立案审查调查。"与此同时，在市政协办公室的孙计划也被省纪检工作人员带走，接受审查。

74

全省公安机关教育整顿电视视频会议闭幕后，专案组完成了在丹江市扫黑除恶的使命。

临别的时候，吕光书记率领市里五套班子一直把郑铁峰一行送到高速出口。就要进入高速收费站了，几辆车同时停在路边，车上的人都下了车。吕光书记来到郑铁峰的面前，拉着郑铁峰的手，指着对面的一片原野说："我来丹江工作三年啦，心情从来没有像今天这样舒畅过。你看前方的那片原野，有即将成熟的庄稼，有弯弯曲曲的河流，还有钟灵毓秀的山峰，人只有在心情畅快的时候，才能看见这眼前俊美山川，也才能干出一番青史留名的事业。铁峰啊，感谢你们为丹江铲除了李达海这一黑社会性质组织犯罪团伙，净化了丹江市的社会环境；社会大局的稳定，将进一步推动丹江市的经济社会发展，丹江市委、市政府和丹江市一百二十万人民群众是不会忘记你们为丹江做出的贡献的。”

郑铁峰也很激动，他拉着吕光书记的手，看了看其他几位班子成员，感慨万千地说：“各位领导，两个多月前，我奉命率领弟兄们来到丹江开展扫黑除恶工作。在丹江近九十个日夜，我们深深地感受到了丹江市各级领导和人民群众对扫黑除恶斗争的重视和期望。这些天来，我们接到很多群众打来的电话，有提供线索的，有关注进展的，但更多的是鼓励加油的。这让我们更加感受到了肩上担子的分量和心中那份沉甸甸的责任。在我们最困难的时候，我们得到了丹江市委、市政府的大力支持，也得到了丹江市各界群众的鞭策和鼓舞，让我们很快走出了低谷，更加坚定了和黑恶势力斗争的勇气。我们深深地知道，在丹江开展扫黑除恶专项斗争，仅凭我们十几个人的力量是很难完成任务的。在此，我要感谢以吕光书记为代表的丹江市各级领导对我们的理解和帮助，感谢丹江市各族群众对我们的大力支持，也要感谢丹江市公安局的战友们的默默付出。我们收到的每一束鲜花都有你们的汗水，收到的每一面锦旗，也都书写着你们的名字。我们永远不会忘记在丹江有这样一群秉持正义，心系百姓的好干部、好战友，也不会忘记成千上万勤劳朴实、遵纪守法、爱国爱家的父老乡亲。谢谢大家啦！”说完，郑铁峰一行人一字排开，向在场的人们敬礼。

这时，远处传来了一片汽车的鸣笛声，顺着声音望去，几百辆出租车排列在公路的两侧，司机全都站在车门旁，微笑着向郑铁峰这边招手。吕光书记纳闷地问身边的工作人员：“他们怎么知道专案组今天要走的？”程光伟回答吕光书记说：“老百姓一直关注着专案组的动向，他们来公安局打听好几回了，说专案组撤离的时候，一定要夹道欢送。”这时，宋小宝和另外两名出租车司机抬着一块匾额向郑铁峰走了过来。吕光书记看着匾额上镌刻着八个金色的大字：扫黑除恶，深得民心。吕光书记对郑铁峰说：“群众的褒奖才是最高的奖赏。”郑铁峰和孙露接过匾额，挥着手大声地说：“谢谢乡亲们！谢谢乡亲们！”说完，他带领着孙露和另外一名侦查员往前迈出一步，再次举起右手，向出租车司机敬了一个军礼，现场的出租车师傅用出租车的笛声，回敬着郑铁峰他们。

郑铁峰率领孙露和另一名侦查员开启了返程之旅，在车上，他收到程光伟发来的一条信息：省纪委在会场上把王章耀带走后，队伍中反响很大。高万斌主动到纪委投案了，李艺涵也被纪检工作人员找去说明情况，现在还没回来。

专案组回到宁边的第二天，郑铁峰带着专案组全体侦查员来到宁边市烈士陵园为夏博洋扫墓。他们刚到陵园的门前，就看到一个熟悉的人影，走近了才看清是常玉玲。常玉玲穿着一身白色的裙子，她刚刚祭奠完夏博洋。常玉玲也看见了郑铁峰他们，她是为了向夏博洋的父母捐钱的事来宁边的，夏博洋的父母没有接受常玉玲的捐赠，她最后将捐赠的钱转捐给了宁边市红十字会。

常玉玲走到专案组面前，对每个人都深深地鞠了一躬，而后便离开了。

郑铁峰和专案组全体成员围拢在夏博洋的墓前，孙露代表专案组为夏博洋献上了一束白玫瑰后回到了队伍里。郑铁峰轻轻地说了声：“敬礼！”

正当大家敬礼的时候，刚才还是艳阳高照的万里晴空，突然间下起了微微细雨。雨滴沙沙地落在了夏博洋的墓碑上，侦查员们的警服上，翠绿的松柏上……